高建群全集

大顺店

高建群中篇小说精选

高建群　著

陕西师范大学出版总社

图书代号：WX21N2171

图书在版编目（CIP）数据

大顺店/高建群著. —西安：陕西师范大学出版总社有限公司，2022.1
（高建群全集）
ISBN 978-7-5695-2759-9

Ⅰ.①大… Ⅱ.①高… Ⅲ.①中篇小说—中国—当代
Ⅳ.①I247.5

中国版本图书馆CIP数据核字（2021）第262601号

大 顺 店
DA SHUN DIAN

高建群 著

出 版 人 刘东风
总 策 划 孙留伟
责任编辑 刘存龙
责任校对 王文翠
出版发行 陕西师范大学出版总社
（西安市长安南路199号 邮编 710062）
网 址 http://www.snupg.com
印 刷 北京天宇万达印刷有限公司
开 本 880mm×1230mm 1/32
印 张 9.5
插 页 2
字 数 225千
版 次 2022年1月第1版
印 次 2022年1月第1次印刷
书 号 ISBN 978-7-5695-2759-9
定 价 66.00元

读者购书、书店添货或发现印刷装订问题，请与本公司营销部联系、调换。
电话：（029）85307864 85303629 传真：（029）85303879

总　　序

文稿一旦变成铅字，一旦成为一本装帧得或粗糙或精美的书本，那它就是一个独立的存在了。它将离你而去。它将行走于世间。它将开始它自己的宿命。它或被读者供之于殿堂，视为经典，视为对这个时代的一份备忘录；或被读者弃之于茅厕；或被垃圾处理厂重新化为纸浆，以期待新的人在上面书写新的东西。凡此种种，那就看这本书它自己的命运了。

这时，于作者本人来说，倒是没有太大的干系了。于是他成了一个旁观者。他和这本书唯一的联系是，那书本的额头上，还顶着他卑微的名字。知道《一千零一夜》中的《渔夫和魔鬼的故事》吗？渔夫打开铅封的所罗门王的瓶子，于是一缕青烟腾起，魔鬼从瓶子里走出来，开始在世界上游荡，开始在暗夜里敲打你的门扉。渔夫这时候唯一能做的事情，是一手拿着空瓶子，一手捏着瓶子盖儿，傻乎乎地看着他放出的魔鬼，横行于世界。

此一刻，在这二十五卷本的《高建群全集》即将付梓出版之际，我感到我的已日渐衰老的身躯，便宛如那个已经被掏空的——或者换言之——魔鬼已经离你而去的空瓶子一样。此一刻，我是多么虚弱而疲惫呀。

人生一场大梦，世事几度秋凉。一想到这个名叫高建群的写作者，在有限的人生岁月中，竟然写出这么多的文字，我就有些惊讶。一切都宛如一场梦魇！这是一笔一画写出来的呀！如果我不援笔写出，它们将胎死腹中。但是很好，我把它们写出来了，把它们落实到了纸上。

那每一本书的写作过程，都是作者的一部精神受难史。

建于西安航空学院的高建群文学艺术馆，要我给一进馆的墙壁上写一段话，于是我思忖了一个星期，最后选定帕乌斯托夫斯基《金蔷薇》中的一段话，写在那上面。那么请允许我，也将这一段话写在这里：

> 是什么东西迫使一个作家，从事这种庄严的但却又是异常艰辛的劳动呢？首先是心灵的震撼，是良心的声音。不允许一个写作者在这块土地上，像谎花一样虚度一生，而不把洋溢在他心中的，那种庞杂的感情，慷慨地献给人类。

谎花是一种虽然开放得十分艳丽，但是花落之后底部不会坐上果实的花。植物学上叫它“雄花”，民间则叫它“谎花”。

我们光荣的乡贤，以大半辈子的人生履历，驰骋于京华批评界，晚年则琴书卒岁，归老北方的阎纲老先生说：

> 相形于当代其他作家，高建群是一个马拉松式的长跑者，他以六十年为一个单元，在自己的斗室里，像小孩子玩积木一样，一砖一石地建筑着自己的艺术帝国。他有耐性，有定力。喧嚣的世界在他面前，徒唤其何。

当我听到阎老的这段话时，我在那一刻真的很感动。感动的原因是世界上还有人在关注着这个不善经营不懂交际的我。诗人殷夫说：“我在无数人的心灵中摸索，摸索到的是一颗颗冷酷的心！”现在我知道了，长者们一直作为艺术良心站在那里，为当代中国文学保留着它最后的尊严。

“有些故事还没讲完那就算了吧！”这是一首流行歌曲里的话，如果这个名叫《总序》的文字，需要拿出来单独发表的话，建议用这句话作为标题。

我们这一代人行将老去，这场宴席将接待下一批饕餮客！人在吃完宴席后，要懂得把碗放下，是不是这样？！

2020年10月11日早晨6点

写于西安

目录

CONTENTS

大 顺 店

1

嗨！我是一个魔术师。我的职业是包装和制造偶像。隔一段时间，我就设计出一个穿着大红袄的角色，给世界带来一次激动。知道巩俐吗？她的那件大红袄，就是我给设计的，她一穿上它就红透了半边天。不瞒你说，我还给张晓敏做了一件，让她扮演宋美龄时穿。她大约没有穿，因此她只能屈居巩俐之后。这真可惜了我的一片苦心。张晓敏知道我对她有些微词，她放言说，有一天她高兴了，要开着车来找我，将我扳倒放平，将我淹死。可别将我淹死呀，淹死了，谁来包装你们。

七种颜色中我偏爱红色。红色，炫人眼目刺激人感官的红色，总令我激动。我这一生，一直像一头斗牛场上的西班牙斗牛一样，横冲直撞，瞅着那片招展的红布片前进。许多年来，我一直不明白这是怎么回事。最近，有一天早晨，当我站在阳台上，瞩望着远处苍茫的群山，瞩望着我的同样苍茫的来路时，我突然明白了，我的恋红癖，与我七岁时的一次经历有关。

以上是扯淡，是调侃，是节外生枝，是无中生有有中生无，它完全与故事本身无关。聪明的读者可以跳过去不读。读了的人当然更聪明一些。

2

日本人在拂晓包围了大王庄。人们可以找出许多理由解释这一次大杀戮。其中一条是，日本炮楼里的一个哨兵，给这个村子里的人杀了。哨兵在站哨的时候，大约想起了某一个大姑娘或小媳妇，于是荷着枪，离了职守。第二个原因是日本人本身的。这正是战争的相持阶段，兵源不足，日本人从列岛本土招募了一群戴着眼镜的大学生。指挥官想叫这些天之骄子的白嫩的手，第一次染上血腥。理由其实不必找，来到这块土地本身，就是理由。

全村的人都被赶到了麦场上，一层一层地排满。三八大盖里，压满了子弹。但是指挥官摇了摇头。他希望近距离接触，用刺刀。他是个粗人，没有上过学，当刺刀进出一股又一股黑血时，他有一种嗜血的快乐。他感到他不光是在欺侮这些绵羊一样的中国人，也是在欺侮那些面孔白白的、手指嫩嫩的、戴着眼镜、穿着还不太合身的军装的日本人。由于家境贫寒，没有上过学，他对那些有知识的人，有一种本能的仇恨。

“举枪……投刺……刺！”指挥官的口令下了。最后一个“刺”字，尾声高高地扬起，然后像快刀切豆腐一样，戛然一个停顿。

在这威严的口令下，没有人敢迟疑。举枪—跳跃—弓步—出枪！这一切短期军事训练后掌握的机械动作，现在付诸实施。许多士兵，在出枪的那一刻，虽然双臂夹紧，全身爆发，但是，眼睛是闭着的。只有当那黑血，“唰”的一声，溅满脸、溅满眼镜时，才意识到这是杀人。

多吉喜一是一个粗粗壮壮的新兵，大学篮球队的队员，大号军衣穿在身上，还嫌小。他和别人的感受是一样的。一团鲜血结结实实地糊在了他的眼镜上。他首先嗅到一阵血腥，他睁开眼睛时，眼前是一片血红。他想卸下眼镜来，擦一擦，但是没有这样做。他怕稍微停顿一下，自己就会胆怯。透过眼镜朦胧的红光，他又向另一个影影绰绰的人影刺去。“好痛快！”当刺刀穿过心脏时，他想。“真美气！”他接着又想。

“真美气”是那些街道上的粗野的孩子说的话。在家里，因为这句话，他没少受过父母的训斥。他们叫他用书面语言讲话。但是现在，他觉得用这句话表达自己的感受，最确切了。

3

大王庄的人，一茬一茬地栽倒了。中国人像羊。兔子急了还咬三口哩，但是羊不。羊闭着眼睛，忍受，当刺刀穿心那一刻，实在受不住了，才有点不好意思地哼哼两声。中国的土地，也真神，光光的场上，血一落地，就渗下去了，因此场面上并不光滑，并不妨碍日本兵的弓步。

这场大杀戮进行了一到两个小时。当多吉喜一终于可以停息一下，掏出喷过香水的手绢，擦拭眼镜时，他发现，满场只有一个站着的目标了。他感到有些不过瘾。

多吉喜一平端着枪，向这最后一个目标走去。一定也有许多像多吉喜一的士兵，同样瞅准了这最后的目标，这一场丰盛的午宴的最后一道菜。

这是一个大王庄的少女。她穿着一件卡腰的大红夹袄，辫子盘在头顶，嘴在笑着，笑成一个喇叭花。她的背后，是一座小塔似的麦秸垛。少女向麦秸垛靠了靠。向后靠的原因，不是出于胆怯，而是为了将身子靠实，好让枪刺来时，刺得准确一点，省力一点。靠实以后，她解开衣襟，指着左奶奶头下面的这个位置，示意日本兵往这里捅，这里是心脏。

多吉喜一大叫一声，平端起枪，一个饿虎扑食，向少女刺去。与此同时，其他的日本兵，也像多吉喜一一样，去吃这最后的一道菜。少女很平静。她的美丽的嘴角高挑着，仍然在笑，好像那刺刀不是捅向她一样。

这少女后来没有死。她成了这支部队的慰安妇，或者叫随军妓女，或者再“雅致”一点，叫军中乐园。第一个享用这个少女的是指挥官，最后一个享用这个少女的是新兵多吉喜一。

至于这个少女为什么没有死，军中有多种的说法。一种说法是，三八大盖上的刺刀，是匕首形的，刺过许多人以后，刺刀就会发软。因此，当几十把刺刀一齐刺向奶下部分时，刺刀全都弯曲了，卷了回来。这件事相信是真的。因为自从那场战争结束以后，军械专家们将刺刀从匕首形改成了圆锥形，现在的士兵们，还在享受这种研究成果。第二种说法则趋向于浪漫，人们说，士兵的刺刀在刺的途中，停下来了。他们被她的平静、她的美震慑了，手臂发软，发不出力，他们明白如果杀死她，那将是暴殄天物。他们怀疑这是蒲松龄小说中，那种狐妖之类的人物。他们是大学生，知道蒲松龄。

4

胡宗南进攻陕北的那一年，五黄六月，天上下了一场冰雹。冰雹小的像核桃，大的像拳头，揭地的牛，脊梁杆子被打得白花花的，露在外边。院子里那棵老槐树，树枝全部被打成了白色的细条儿，槐树披散着立在那儿，像个白发魔女。父亲在地里看瓜，急了，将锅反扣在头上，才没有叫冰雹打死。“光景是没法过了，走，东渡黄河，走山西！”父亲对母亲说。

陕北人遇了灾荒，就往外跑，叫“跑年馑”。人挪活，树挪死。跑的路线一般是三条，一是下南路，一是走西口，一是东渡黄河，走山西。张家畔这一带的人，通常是走山西，祖祖辈辈地跑，跑顺了。

母亲哭着。父亲黑青着脸，不理她。父亲挥动老镢头，把门窗挖下来，又在畔上起了个壕，把门窗埋了。然后，拉起母亲，又拉起我们兄弟仨上了路。上路的时候，多绕了一截路，到祖坟上，磕了个头。

黄河岸边，八条赤条条的艄公，站在浅水的地方，一边往身上撩水，一边向岸上张望。母亲一身白衣服，脸也生得白。刚往岩石上一站，八个后生腰间的那东西，都直挺挺地端翘起来。母亲羞红了脸，赶紧背转了身子。见我们兄弟仨，还站在那里，傻呆呆地望着，母亲把老小，一把揽到怀里，又伸出两只手，挡住我和弟弟的脸。

父亲是个五大三粗的汉子，见了，笑一笑，摇一摇头。父亲过来，接我们上船。船在这里，靠的是老崖，一块船板，支了，我们一家五口，颤颤悠悠地上了船。

“船开不等岸边人！”艄公们齐声怪叫了一声，船缓缓地离开了岸。

5

船在黄河里行着。浪一会儿把船掀上了天，一会儿又把船抛向了谷底。母亲有些晕船，脸色煞白，两眼只瞅着自己的脚尖。父亲大约也有一些晕，只是，他努力支持着，伸出两只大胳膊，把我们兄弟仨搂在了一搭。

艄公中，有一个一只眼睛上蒙了个黑罩的，那只明溜溜的贼眼，老往母亲的脸上瞅，母亲觉察到了，只是不敢吭声。父亲也感到这些艄公，不像一些正路人，他想发作，可是是在船上，于是忍了。

艄公们喊着凄凉的号子。三场号子过罢，船终于靠了东岸。这里是山西境了。父亲轻轻地舒了口气。这边是滩，离地面大约还有一箭之地。八个赤条条的艄公，现在停了桨、停了橹、停了歌唱。他们互相望了一眼，然后“扑通！扑通”一个接一个跳下了水。

水只到大腿根儿。水大约有些凉，他们往身上撩了撩水，然后，慢慢地，一个接一个走过来，将光光的屁股靠在船舷上，将脊背对着乘客，两只手垂下来，弯成一个拳窝。

船上还有一些乘客，他们大约是过过黄河的，知道下数。于是，一个一个地，扑到艄公的光脊背上，用手搂着艄公的脖子。艄公开始背他们上岸。乘客中，有一个面皮皱得像老核桃，擦着铜钱厚的官粉，颠着小脚，鬓上插一朵花的老女人，她选择了最年轻的一个艄公背她。

“伤兵，你可等上了一个好机会！”黑眼罩喊。“你操你的心去吧！”那个被称作“伤兵”的，回敬了一句。艄公们一阵笑，笑得叫人胆寒。那伤兵原来是个跛子，他背起那老女人，一开脚走，身子就像摇耧一样，摇荡开了。行走期间，他还不断地腾出手来，挠这女人的痒痒，逗得这女人一阵阵大笑。

6

黑眼罩越过了几个人，后来停在了我母亲跟前。他命令式地说了句：“趴上！”然后背转过身子，垂下胳膊，两只手在后边蜷成一个拳窝。母亲的脸色已经不像刚才那么苍白了。但是，听到这黑眼罩的声音，又苍白起来。“我有男人！”她小声地说。“男人是男人，我是我！”黑眼罩的声音充满了威严，不允许你违抗。母亲无奈，只好求助地望着父亲。

父亲双脚已经站在水里，他的两只胳肘窝里，各夹了一个弟弟，背上，则背着我。他用一个男人的目光，扫了黑眼罩一眼，继而故作轻松地说：“背就背吧！这黄河上的规矩，我知道，上过一回脊背，这河才算过完！”也许是因为水凉，也许是紧张，我感到，父亲轻轻地打了一个冷战。

父亲大步蹚着水，来到岸边，将我们三个，“扑通扑通”地丢在沙滩上，然后，背转身，抡了抡胳膊。父亲的眼睛瞅向母亲。

黑眼罩大约在母亲的“解放脚”上，掐了一把。我看见，母亲羞红了脸，只是咬着牙，不吭声，眼神中有一丝恐怖。

终于就要到岸边了。父亲跨前两步，走进水里，一伸手，从黑眼罩背上取下母亲。然后又返回来走了两步，一松手，母亲端端地站在了地上。

黑眼罩一愣。“快走！”父亲训斥般地骂了我们兄弟仨一句，然后，牵着母亲的手，大步流星向前走去。我们兄弟仨，起身，跑来拽住母亲的衣襟，磕磕绊绊地，跟上跑。

“过路客！你站住！”突然，身后传来一声大喊。喊声像响雷一样，吓得我打了一个冷战。

7

喊声是黑眼罩发出的。黑眼罩说罢，一步一挨，向我们走来。而那另外的七个艄公，听到喊声，也都掀掉了背上的人，交裆里那东西，“不来，不来”地晃动着，跑了过来，将我们一家五口，团团围住。

父亲朝四下里瞅了瞅，见逃不脱了，就停下来。父亲丢开母亲的手，双手打拱，叫道："兄弟，有什么话要说吗？那船钱，过河之前，不是已经付了？"

"船钱是付了。可是，这痞巷渡，还有一样规矩，你懂吗？"

"啥规矩，你且说说！算是叫我增长见识！"

"背女人过河，是要付钱的，你知道吗？"黑眼罩仍然不动声色地说。

父亲看黑眼罩一眼，不卑不亢地说："我不知道！确实不知道！不过，就是知道了，也是白知道！我没钱！逃难的人，哪来的钱！刚才那几个船钱，把身上都打扫空了！"

父亲说着，把上衣的口袋翻过来，让艄公们看。"没有钱也行！逃难的人，没有钱才像个逃难的。只是，你这白脸婆姨，不能走，让我们兄弟们耍上一回。只几个时辰，就完事了，行路人，耽搁不了你赶路的！"

母亲见说，颤颤晃晃地，站不稳，扶住了我的肩头。我们弟兄仨，预感到就要有一场大事发生了，都有些怕。可是，这场事究竟有多么可怕，我们却不知道，甚至，孩子的心里，还多多少少有一份期待，期待发生点什么。

8

众艄公见黑眼罩已经将话挑明，于是不再忌讳，有大声恫吓的，有小声嬉笑的，将圈儿围得更小。还有一个，大约是那个瘦条脸的年轻伤兵，竟伸出手来，朝母亲的腰间捏了一把。吓得母亲，"吱哇"地叫了一声，腰身一闪。

父亲见状，突然哈哈大笑起来。他身子往下一矬，扎了个马步，然后说："我张谋儿是属猪的，怕水。见了水，打蔫！可是，只要叫我站到这陆地上，兄弟，不瞒你说，你们八个，我也不放在眼里。这张家畔的张谦儿，拳打陕甘五省，脚踢黄河两岸，你们也该是知道的！”

父亲的大话一排出，倒镇住了这八个艄公。黄河岸边，静悄悄的，只有水波涌到岸滩上的声音，还有河心那响雷一样的波浪声。

父亲继续说：“兄弟，让人一步自己宽，且抬抬手，让我们全家，抬脚走人吧！这是一把钱钱饭，我们张家全部的家当，都在这里了。我们用全部的家当，买一个平安，这总可以了吧！”

父亲说着，从裤腰带上解下那个炒面口袋，撂在了黑眼罩的眼前。黑眼罩将炒面口袋端详了一阵，然后撩起光脚，将口袋踢远：“你这是打发要饭吃的，还是咋咧？真正地要辱没我们！弟兄们，咱们闲话少说，不跟他费唾沫了，起手！”

黑眼罩话到手到，一个黑虎掏心挥拳向父亲胸口打来。父亲挥拳格过了。另一个艄公嗷嗷叫着，从后边飞起一脚，踢向父亲的裆部。父亲轻轻一跃，双脚腾空，躲过了，身子又款款地落在地上。

9

突然传来一个女人咯咯的笑声。笑声过后，是一串话。话是这样说的：“八个人欺侮一个人，你们好能行哇！我看，这后生是不想惹事，要么，你们八个，不一定是他的对手哩！”

听到声音，八个人都一齐住了手。父亲的马步依然扎着，但也不像原先那么紧绷绷的了。循着声音望去，我看到，在离我们不远的地方，有一块很大的卧牛石。说话的女人，脚踩在卧牛石上。她穿着一件水红色的裤子，水红色的衫子，胸前挂着一个红裹肚。头发很长，河边的风，吹得头发纷纷扬扬地，好像要带着整个人飘起来。

她的水红色的上衣，一个袖子已经登上了，另一只袖子还在登着。手臂一扬一扬地，露出白色的一段胳膊。她已经停止说话了，但是脸上还在嘲讽地笑着。

那身水红色的衣服，大约是最好的绸子做成的，像红云一样罩在她的身上。河边的风很大，因此这一团红色，绕着她的身体，来来回回地摆动着。

“大顺店！”八个艄公在同一刻说了上面这三个字。说的同时，他们突然一下子都蔫了，包括他们腰间的那东西，也都耷拉了下来。他们好像很怕这个女人似的，眼睛都一眨不眨地盯着黑发缠绕的那一张妖娆的脸儿。

父亲真聪明！他在这一瞬间判断出了这个女人的分量，于是向那块卧牛石走去。但是，黑眼罩走在了他的前面。

黑眼罩捡起了父亲扔给他的那个炒面口袋，紧走两步，到了女人跟前。他有些卑怯地说：“大顺店，我们想叫你高兴，想给你弄点礼物回来！”

那女人已经穿好了衣服，扣好了扣子，她现在开始慢腾腾地把头发往头顶上盘。听到黑眼罩的话，她有些恼怒，大声斥道：“胡说，你们这些偷吃的狗，你们想干什么，当我不明白！我一不在跟前，你们就想打野食吃！”

黑眼罩唯唯诺诺地说不出话来。大顺店走过来，扳住黑眼罩的下巴，盯住黑眼罩的那个独眼珠：“你想来，你就来我！人家是良家妇女，你要造孽的！”说完，大顺店顺手接过炒面口袋，手探进去，摸了摸，摸出几颗豆钱钱来，撂进嘴里，嚼着。

10

“女菩萨，你的一句话，消了人间一场干戈！我们全家逢年过节，要给你烧香哩！”父亲站在几步远的地方，毕恭毕敬地说。

大顺店一撩头发，笑着说：“我大顺店平生，最不喜欢听这样的话。不过，这话是从你口中说出，我倒还是爱听。问一句，这位大哥，刚才我们痞巷的人欺侮你，你怎么只是躲闪，并不还手！”

“出门三辈低！在你们痞巷渡，我想我还是忍着点好！不过，这位大嫂，你救我，这也是一番恩义了！”

“不要叫我大嫂，也不要叫我女菩萨。我讨厌套近乎。还是叫我大顺店吧！就是你们陕北人走西口路上的那种行人小店，谁瞌睡了，谁都能进来丢个盹儿的那种店。普天下的人，都这样叫我！”

大顺店说完，自己倒先咯咯咯咯地笑起来。笑的途中，一扬手，将炒面口袋扔给了父亲。“大顺店，天色不早了，我们该能走了吧？”父亲试探着问。黑眼罩愤愤不平地说：“我背了这一回，就算白背了吗？伤兵背那老女人的时候，还从她身上，摸出一块银圆哩！”

“没白背！工换工，我现在要请这位大哥，将我背上痞巷去！反正他们也是顺路！”所有的人都不再说什么了。父亲背转身，给了大顺店一个案板一样的脊梁。大顺店一跃，两腿夹住父亲的胯骨，一双有红指甲的手，抱住父亲的脖子。父亲的两只手，在背后交叉起来，捧住大顺店的尻蛋子。

11

这就是我第一次见到大顺店的经过。也就是说，贯穿我生命始终的那一团红色，就是从这时候开始的。

她在日本军营里是怎么度过那漫长的四年的，那已经成为永久的秘密。日本人自己拍摄的电影《阿崎婆》（《望乡》），那里面有在南洋，一群脸上生着粉刺的粗壮的日本兵，排着长队，在阿崎婆的门前等候的情景，这个镜头也许能给我们提供一点想象的基础。

打了胜仗的日本兵，要靠这些慰安妇来犒劳他们；打了败仗的日本兵，要靠这些慰安妇来鼓舞士气。而在一次战斗与另一次战斗之间，那些宝贵的间隙中，人闲生余事，驴闲啃槽帮，慰安妇成为这些战争禽兽的主要的消遣。把不带门闩的门轻轻合上，当一个男人与一个女人面对时，战争的神经才稍稍松懈。

大顺店的身上经历过多少日本兵，她已经忘记。自从在大王庄的麦场上，经历了那么一场血浴之后，事实上，她的神经已经麻木。只有那些特殊一点的事情，她还有些模糊的记忆。

例如那些性变态的，那些施虐狂，那些水路不走走旱路的，那些要你反客为主、强暴他的，那些因为第一次干这种事情而羞涩得阳痿了的。是的，这些她都还能影影绰绰地记得。严格讲来，兵役的生活和残酷的战争，会使那些心理最正常的日本侵略兵，也会出现一种变态，或者是走向暴戾，或者是走向怯懦，这种变态在面对一个可以被随意宰割的女人的时候，表现得最充分。他们在某种程度上是兽。

不过，有一件事情她记得最清楚。那是一个乳臭未干的小兵，上一个走了，他进来了，撞上了门。当她以习惯的动作，来迎接他时，他却一下子跪倒在了床边。他抱住她的腰，让她坐起来，他说在这一阵子，他突然强烈怀念起了他的妈妈。这珍贵的几分钟中，他希望能做一件事情——他希望能叫一声“妈”，并且希望得到回答。大顺店在这一刻，被这个小兵感动了，忘记了自己为自己定下的“不配合”原则，忘记了全世界的妓女都必须遵守的那个“蔑视男人、仇视男人”的原则，她应了一声。在她应的同时，那个小兵，噙住了她的奶头，而一种天性，促使她将手指，插进小兵的头发里，摩挲着。突然，她尖叫了一声，疼得昏了过去。她的奶头嘴儿，被这小兵咬掉了。小兵的嘴角挂着血，盯着这昏死在床上的大顺店，站起来，吐了一口血唾沫，吐出奶头，然后，哭着跑了出去。

她身下的那个草垫子，换过多少次了，不知道！这草垫子所以要换，不是由于磨损，不是由于被她的尻蛋子塌下的两个窝窝，而是由于她的汗水，还有无数男人的汗水，每天都将这垫子浸湿，像在水里泡了一遍似的。垫子发出一股霉味，一股汗腥味，一股奇怪的恶臭。

最初的日子，她来过几次红。“插红旗”的日子，也不能休假。后来，这四年的日子里，就不再来红了。如果说这四年中，她麻木的神经曾有过一次害怕的话，那是进入山城的那一次。中国人将县城团团围住了，县城里，住着一团的日本兵。一辆牛车，将她秘密送进了城里。她被整整折磨了三天三夜。

这一切突然在一个早晨结束。日本人投降了，长长的军列，挂着白旗，缓缓向太原城开动。她这时候已经成为一个类无生物，一个白痴，一个被世人以轻蔑的口吻谈到的那种尤物。她糊里糊涂地也坐在了车上，坐在两个士兵的膝盖上。日本兵的阳具不再挺起的那一刻，令她明白这世界发生了一些变化。一个戴着红袖章、态度蛮横的接管大员，查车，从日本兵怀里一把拽出她，复一脚，将她踢下火车。哨子一响，火车开动了。

她带着日本兵送给她的“大顺店”这个绰号，留下了。糊里糊涂地，她不知道该往哪里走。大王庄是不能再回去了，村子已经没人，即便又有了新的人口，她也觉得自己没有脸见乡亲们，见那水那山。她漫无目的地走着，路途上，遇到了一个国民党伤兵。她为伤兵包扎好了伤，扶着他一起走。在路上，还遇到了土匪拦劫。土匪要抢她去当压寨夫人，可是，真奇怪，睡过一觉以后，土匪却自愿地一把火烧了自己的巢，要跟着她走。路途上，这支队伍越来越庞大，输了钱的赌博汉，烟瘾发了的大烟鬼，难民乞丐，都加入进去了。难民中有个重要的人物，人称马王爷，我们后面将会谈到。

最后，这一支奇怪的人群，登上一架很高很高的山时，黄河拦住了他们的去路。“就在这里住吧！不要跑了，天底下的好地方，早让人占了！”大顺店说。她的话就是圣旨，所以没有人说不同意的话。山梁上，不知为什么有些废弃的窑洞，有一盘碾子，有一棵古槐，有一座破烂不堪的文昌庙。这就是他们的落脚的地方。这地方原来叫吊儿庄。山下的人们，见了这些人，叫他们是痞子，将他们居住的这地方，改口叫痞巷。大顺店觉得这名字很好。她说，唉，我们也就是一群人底子，走投无路，被逼到这一块山高皇帝远的地方来了。

12

父亲背着那女人，腰身一闪一闪的，在我头顶晃动。母亲很沉默地走在队伍最后边，像吆一群羊一样，吆着我们弟兄仨，并且目光不时越过我们的头顶，不满地向父亲望去。

我也受到了母亲目光的感染。黄河岸边的山，很高很陡，路自然也是十分陡。几次，到了悬崖边上，我看见父亲停下来，招呼着让我们小心。说话的当儿，父亲用眼睛的余光，扫了扫悬崖底下，扫了扫背上的穿红衣服的女人。我在心里暗暗鼓劲，盼父亲一撒手，腰一拱，屁股一撅，将这女人扔下崖去。可是，这女人仿佛看透了父亲的心思，她突然说：“这位大哥，你可不要有瞎瞎想法，我要有个三长两短，你们全家，是出不了这个痞巷山的！”这女人的话使父亲断了念头，他开始专心专意地背着这女人，爬坡了。

越过山顶，再往前走几步，一处阳坡上，有一溜高高低低不规则的窑洞，有一架碾盔，有一棵很粗的，但是树身不高的老槐，有一座破烂不堪的文昌庙。这就是痞巷了。

大顺店留我们在痞巷吃饭。做饭的是一位老汉，身材很高，很瘦，鹰钩鼻子，下巴下面有一圈胡子，烂眼圈。大顺店叫他“马王爷”。马王爷对我们这五张大肚皮，很反感，他阴沉着脸，把个锅锅灶灶弄得乱响。但是，很显然，他也不能得罪大顺店，因此，只好勉强去做。

这一顿吃食，是我从生下来一直到那时，吃过的最好的一顿吃食。这叫“猪肉撬板粉”。碗里，一半是腊猪肉，一半是宽宽的板粉条子。我敞开肚皮，一连吃了三大碗，直吃得在一旁看着的父亲都有些不好意思。“这娃娃小时候，受了饿！”父亲向大顺店解释说。

父亲自己，大约也吃了三碗。吃饭的途中，恰好空中有一架国民党的飞机，盘旋了一阵，父亲挑起一筷子板粉，说：“蒋介石老子，吃些什么呢？到这份儿上，恐怕也就尽了！”

吃过饭，在这大顺店的窑洞里，父亲迟迟不走，呷着茶。母亲仍旧像惊了枪的兔子一样，神经兮兮的。这些艄公，这个有些古怪的女人，这个烂眼圈老头，还有这一顿过于丰盛的吃食，还有山顶这个荒凉的村庄，都使她有些害怕。她觉得深浅难测。

母亲爱抚地摩挲了一下我的头发，要我去提醒父亲，说“该走了”！谁知，当我走到父亲面前，刚一提起个“走”字时，父亲说：“不走了！天下黄土，哪里不埋人！”说完，他看了大顺店一眼。大约在路上背她时，大顺店曾经向父亲提出过这个话题，因此，现在，她的目光里，出现一种鼓励和赞许。

母亲忧愁地皱起眉头。

13

一弯钩子似的弯月，渐渐地隐现在头顶。这是我在痞巷度过的第一夜。我们家，被分配在距大顺店不远的一孔闲窑里。野外干活的人都陆陆续续地回来了，都是清一色的男人。这些男人，分成两帮，一帮是我们在黄河岸上遇到的那些艄公。另外一些，没有这些强壮，是些痨病鬼，大烟鬼，死娃病老汉之类，他们的活路是种地。

掌灯时光，人们陆续来到了大顺店的窑里。油灯下，大顺店的一张小小的俏脸儿，显得容光焕发，妩媚动人。她全不是我们在黄河边遇到的那个村姑了，耳朵上，头发上，脖颈上，手指上，穿金戴银，一副华贵的样子。父亲自然也参加了这个每晚一次的聚会。大顺店把父亲介绍给痞巷的居民们，说这是她邀请他在这里居住的。她还要父亲自报家门，介绍一下自己。

烂眼圈马王爷，原先，我以为他只是个做饭的角色。其实我错了，他在痞巷的位置，大约相当于管事。我发觉大家都有一些怕他。而他，最初给我们做饭，仅仅是一次临时动作。

那个瘦瘦的青年士兵，在父亲的自我介绍这项议程结束以后，便迫不及待地从腰里摸出一块光洋来。他走上去，将光洋放在炕上，在放的同时，献殷勤似的冲大顺店一笑，然后，又回到他的小凳上。大顺店捡起银圆，熟练地在手里撩了两下，又放在口里吹了吹。“从那个老女人身上摸来的？”她问。

几个出外行乞的乞丐，亮开他们的篮子，里面是一些干食。他们将篮子也放在了炕边。种地的农民，从腰间摸出两个沉甸甸的东西，原来是两颗手榴弹。农民说，有几个逃兵，从地头经过，用这两颗手榴弹，换了些大烟桃子。农民说着，将两颗手榴弹，头朝下，立着放在了炕边上。

烂眼圈马王爷，没有见过手榴弹，想瞧瞧稀罕，他刚一伸手，大顺店胳膊一挡：“别动，这东西，也是你摸的！”说得马王爷，有些恼怒地缩回了手。

大顺店将目光，投向在墙旮旯里蹲着的父亲：“张谋儿，你说过，你在家乡，当过赤卫军！”父亲赶忙答应了一声。“那好！”大顺店又说，“这两个手榴弹，或许将来用得上！”父亲起身，走过去，将手榴弹接了。

我见马王爷恼怒的眼睛，看着父亲。大顺店又用目光，扫着炕上那些吃食。“谁家缺吃的，谁家拿去吧！”问了几句，没有人吭声，大顺店就叫那几个乞丐，把讨吃来的这些东西先自个拿着。

还剩下那块银圆。我看见，年轻伤兵的呼吸开始变得急促起来，脸色绯红，眼光有些迷乱，色眯眯地望着大顺店。大顺店挑逗性地望了他一眼，年轻伤兵，在这一刻，从头到脚，幸福极了。大顺店笑一笑。

“钱是一个好东西！这银圆，我要了！”大顺店说完，将银圆放进了她的枕头匣里，锁起。

烂眼圈马王爷，见银圆已经收起，于是说：“今儿个晚上，就到这里了吧。明天，各人依旧干各人的活儿，不准偷懒。那大烟桃子，可是要照管好的，不能再随便给人了！大顺店，今儿个晚上，你做谁的新娘，你决定了没有？你决定了，你就说出来，不要让大家干等了！”

马王爷说完，拿眼睛瞅了伤兵。所有的人大约都以为今儿个晚上的好事是伤兵的了．于是或者嫉妒或者羡慕地望着他。我听见，父亲轻轻地咽了一口唾沫。我还看见，黑眼罩的那个独眼，变得黯淡无光，他把头深深地勾了下去，勾在了两个膝盖之间，只露出半截白白的暴着青筋的公鸡一样的脖子。而伤兵，这一刻突然害羞了，他的脸别过去，对着墙，只让耳朵支棱着，逮大顺店就要说出的那一句话。

大顺店说话了。大顺店做出的决定，令在场的所有人意外。今天晚上，她的恩宠，要施加给土匪黑眼罩。说这句话时，她用迷蒙的目光，将在场的所有人扫了一眼。我感觉到，当她的目光在父亲身上扫过的那一瞬间，父亲打了一个冷噤。

黑眼罩的头突然高高扬起来，脖子像斗胜了的公鸡一样向前弓着，那只独眼，熠熠如同鹰隼。他骄傲地环视了一下众人，然后走过去，一脱鞋，上了大顺店的炕。

所有的男人都不再言语。站起身子，默默地离开。只有脚步声和身子碰到物什上的声音。最沮丧的要数年轻伤兵了，他现在一下子变得灰塌塌的，佝偻着头，十足一个受了委屈受了欺侮的孩子。当他一跛一跛，就要离开时，大顺店溜下炕来，她走到伤兵跟前，伸出手，在伤兵的蓬松的头发上摸了一把。“老是欠吃！”大顺店说，“不要着急，馍馍蒸好了，在篮篮里放着哩！我给你留着！”我看见，伤兵的眼泪，“哗哗”地掉下来。伤兵走了。

门头关了。门差点夹住了我的脚后跟。我有些好奇，我不知道大顺店留下黑眼罩，要做什么。豆油灯亮着。隔着门缝，我看见大顺店将外边的红衣服脱了，露出两个光光的胳膊。里面，只穿了一件红裹肚，两个奶头，将红裹肚撑得圆圆的。那个黑眼罩，头靠在她的腔子上，正在油灯下烧大烟抽。在猛吸了一口烟后，黑眼罩将他的手，从大顺店的裤子里摸进去。

“你知道我，为什么留下你吗？”大顺店问。“我不知道！留下，这就够了，为什么留，我不愿去费那个脑子！”黑眼罩答。听这一说大顺店叹息了一声，说：“你不知道，那就算了！”

我还要继续看。突然，我的脑后，重重地挨了一巴掌，接着，一只大手，像老鹰抓小鸡一样，将我拎到半空。我双脚乱蹬，哇哇地叫起来。

黑眼罩从大顺店的交裆里抽出手，他跳下炕，鞋也没穿，走到门口，两手一展，将门开圆。“谁？”他可怕地叫一声。

我被这只大手，扔到了窑洞的地上。“这个孩子，他偷看！”一个熟音说，我偷偷地向上望了一眼，见是凶神恶煞的烂眼圈马王爷。“是吗？”大顺店见说，躺在那里，没有动。马王爷又说：“取下你的簪子，将这小杂种的两只眼睛，戳瞎吧！”“他不懂规矩，况且，还是个孩子，就饶了他这次。把他交给张谋儿去，让他打他一顿！”大顺店说。

我站起来，跟着马王爷走了。我见大顺店不耐烦地挥了挥手，要烂眼圈去关门。

14

狼蹲在碾盘上，学小孩子哭，“哇儿哇儿”地。豹子在羊圈、牛圈、猪圈和人的窑洞的门前，印下一行一行梅花瓣。猫头鹰在那棵老槐树上，一声一声地长唳。苍白的月亮静静地照耀着这一座荒山，这座我童年的痞巷部落。关于痞巷，关于这个穿红衣服女人的故事，我曾经讲给我的一位作家朋友听。他说，这大自然的惊世骇俗的一幕，大俊或大美，大恶或大丑，它并不轻易地展现给凡人。就像那云破日出，突然露出一束霞光，独独地照在你身上一样。他说，它既然显露给了你，那么证明你有灵性，证明大自然想造就你。上帝为了成就一个人，它打发来了女人；上帝为了毁灭一个人，它打发来了女人。你应当对得起这次恩赐或恩宠。因为对于有些人来说，对于有些家庭来说，他们苦苦地期待，却往往以失望结束。

我的痞巷，这是一个独立于时间和空间之外的母系社会。天底下，为什么留下这么一块既没有贤者，也没有暴君把守的土地，这其实并不是一个秘密。这里是克山病区，先前到过这里的人们，或已经死亡，或等战乱和灾荒过后，都迅速地离去。山下的人们，以一种神秘和恐惧的口吻，指着头顶上的这座山说：“痞巷山，既杀人，又养人。”

这个穿着红衣服的女人，是靠什么在威慑、团聚着这个部落呢？无可否认，这是由于性。包括伤兵，包括土匪黑眼罩，包括烂眼圈马王爷，包括别的人，他们第一次遇见这个女人的故事，都是一篇动人的小说，都丝毫不亚于我父亲在黄河岸边的那一番经历。他们在那个女人的带领下，找到了这一方乐土。而这个女人本身就是一方乐土。

土匪黑眼罩的叫喊声，妓女大顺店的叫喊声，在痞巷山上空，抽风似的一阵又一阵。我受了马王爷昨晚上那一阵惊吓，因此一直睁着眼。父亲睡得很香，旅途劳顿中，他大约是很累了。母亲却一直没有睡着，她枕在父亲的胳膊上，不停地翻着身，间或，还有一声叹息。

15

父亲分了个差事，是牵着一头高脚骡子，到离石城去，用大烟土，换回布匹和盐巴。这件事是马王爷给安排的。安排停当后，他请示大顺店。大顺店没有吭声，只意味深长地将她的目光，在马王爷的鹰钩鼻子上，停驻了片刻。

我的工作，是拦牛。这桩活儿，是一个大一点的孩子，叫锁牛干的。我顶替了他。锁牛现在要下到地里劳动。

地里的大部分的出产，是大烟。据说，当大烟花盛开的季节，整个痞巷山，漫山遍野，一片姹紫嫣红。但现在是结大烟桃子的季节，每一棵大烟棵上，都吊着一串串沉甸甸的桃子。

锁牛将放牛鞭递到我手里的时候，他挤着眼睛说：“大烟桃子里面的籽，香极了。嚼在嘴里，打个喷嚏，都会香半里路哩！”他说，老百姓说的四香，其实都不香，他们是没有吃过大烟籽。我有些好奇，问他“四香”是什么。他说：“猪的骨头羊的髓，黎明觉，小姨子的嘴！”锁牛答应我，有空的时候，他会领上我，偷烟桃子的。不过，他特别叮咛了一句，要防烂眼圈马王爷，他要知道，你就没有活路了，他要给你上家法。

16

痞巷山这一面的山脚底下，是一条很小的，很宁静的河流。河水清清的，从青石板上面流过，隔一段，有个滴水，滴水下面是一个小小的潭子。潭子里面有鳖，晴天晌午的时候，鳖会懒洋洋地从潭里爬出来，到岸上来晒盖。而在这小小的河流上，每一块石头下面，都会有螃蟹。有时是一只，有时是一窝。捉螃蟹要从屁股后面，两只手指一夹，从前面捉，它会夹你。鳖晒盖的时候，也容易抓，你踮着脚走过去，飞起一脚，把鳖踢翻。鳖仰面朝天地躺在那，头缩回了盖里，蹄蹄爪爪乱动，拼命地想翻身。你走过去，捉住它就是了。用手抓住鳖的上盖和下底，是一种捉法；手指伸开，捉住鳖盖的四沿，也是一种捉法；或者，你胆大的话，你张开虎口，用手指夹住鳖头缩进去以后，留在外面的那个类似女器一样的地方，你务必掐紧，不要让鳖头伸出来。“鳖嘴咬透铁”，鳖的牙齿是上下完整的两块骨质。它只会咬，不会放，非把你的手指咬断不可。这时唯一的办法，是点起火，烧它。

这条美丽的小河叫胭脂河。这是大顺店告诉我的。原来，没事的时候，大顺店经常到这河里来洗澡。大顺店没事儿的时候多，因此说，她大约每天，都要在胭脂河里泡一回。这样说来，那天我们在黄河边上碰见大顺店，并非偶然。那块卧牛石旁边，就是胭脂河注入黄河的地方。那天，她或者是在那一块洗澡，或者是洗完澡后，顺着胭脂河，来到了那个交汇处。

放牛这活儿，大约是痞巷最轻松的活了。牛对这痞巷山的远远近近，比我还熟。哪里草多，哪里有水，它们都知道。牛也不怕野物侵害，一群牛，豹子、狼、豺狗子见了，都躲得远远的。牛还可以找着回圈的路，约莫到了后半晌了，牛就开始吃回头草。牛吃到圈门口的时候，恰好是人喝汤的时候。放牛这活儿，大约只有一个不好，就是你找不着拉话的人。搭目望去，黄蜡蜡的一片，连个鬼影都没有，你不免感到寂寞。牛能和你亲近，但不能和你拉话。

我早就注意到了，在胭脂河快要流入黄河那一处，晴天晌午，常常有一团红色的东西在晃动。我告诉过母亲，母亲说是我看走了神。这天，当牛群在胭脂河两岸，吃饱了草，卧在那里，闭着眼睛磨牙时，我打着赤脚，蹚着水，向下游那一团红光走去。

17

那团红色的东西，飘飘忽忽的，老在我眼前晃动。终于，当我走近以后，我看见那是一身女人的褂子和裤子，挂在一棵红柳枝上。接着，我看到了，在那个小小的潭子里躺着，仿佛睡着了一样的大顺店。

她身上一丝不挂，躺在水底。水很清，汩汩地从她身上流过去，两只高挺的奶子掀起两个浅浅的旋涡。我向她的下身望去，看见了她身体的最隐秘的那一部分，我的脸上一阵燥热。母亲最爱我，但是，在我面前，母亲总要把自己的这一部分遮起来，怕我看见。那年我七岁，我还不明白世界上许多事情，但是我知道，我不应当看，我要做个好孩子。

突然，我尖叫了一声。我看见一条筷子长短、筷子粗细的水蛇，在大顺店的身体上游了几圈以后，潜入水中，在大顺店身上那个最隐秘的地方，停下来，用头探着，似乎在寻找道路，想钻进去。它把那里当成了草地和洞穴。

假寐着的人儿，睁开了眼睛。看见是我，她很不高兴。她侧过身去，把个屁股蛋子给我。“你是张谋儿家老大吧！你不好好放牛，跑到这里来干什么！”

“有一条水长虫，它要咬你！”我说。说的同时，我往水里指了指。我平生最怕蛇，一见这弯弯曲曲、贼冰渗凉的东西，就头皮发麻。

“你说的是它吗？它不会咬我的，我们熟了！”大顺店说。说着，她两手往水里一捧，掬起这条绿色的小蛇，这时，她突然说了句：“它不会咬我的，它嫌我身上脏！”说完，突然有两滴亮晶晶的泪珠，从她脸颊上流下来。

18

这样的女人也会哭，这使我很惊讶。我拉着放牛鞭，呆呆地站在滴水上面。我想我应当安慰她，于是我说：“大顺店，你甭哭！你一点都不脏。你身上真白，白极了，就像埋在地下的葱，拔出来的萝卜一样！”“是吗？小放牛！”大顺店抬起头来，冲着我，很勉强地笑了笑。“不！你是小孩子，你不懂！我身上很脏，脏极了。我不知道何年何月，才能将我的下身洗干净！”

我坚持说她不脏。我的话，不管怎么说，总令大顺店高兴了些。她要我给她搓背。这样，我跳下了滴水。我用大顺店的红手帕，包住一块很软的石头，在她的背上轻轻搓起来。她的背很柔软，很光滑，羊脂一般。她的嘴里，也散发出了一种香味儿。搓背的途中，我想起了锁牛告诉我的“四香”，于是我说出来了。大顺店大约很久没有听到，这种带着家乡泥土味儿的脏话了。她要我将“四香”重复上一遍。然后，她“小姨子的嘴，小姨子的嘴”地重复了。一种少女才有的红晕停驻在她的脸上。

当我张口又叫“大顺店”的时候，她止住了我。她说她有名字，她在大王庄的时候，名字叫“茴香”。她说，我的嘴不脏，我可以叫她，但是，只能背着人叫，也不准把这个名字传出去。

“你叫！”大顺店说。

我努力了一阵，才红着脸叫了一声：“茴香！”

“哎！”她红着脸，应了一声。

突然我越过她的肩膀，看见左边的奶头，只剩下一个颤悠悠的包，像个白蒸馍似的。它的顶巅，那个奶头嘴没有了，那里是一个圆圆的、平平的疤，我的手停了下来。见我停了，大顺店扭过头来，看了看我的脸，又扭过头去，注视了一眼自己的奶头。红晕迅速地从她脸上消失了，突然之间，她又变成了那个暴戾的女巫式人物。

“小放牛，你知道，我现在想干什么事情？”

“我不知道！”

“我想拔出簪子来，戳瞎你的眼睛！”

听到这话，我一把扔下手绢，攀上滴水，向来路上跑去。跑了很久，扭头一看，见大顺店，正立在红柳边穿衣服。那情景，正如那天在黄河边，我看到的一样。

“小放牛，我不伤你！刚才是我不对！明儿，这个时辰，你再来给我搓背！”大顺店在后边扬臂说。

19

这时候发生了一件大事情。父亲不在的时候，烂眼圈马王爷，就经常来骚扰。他总是央母亲，为他办一些小事情，比如说手上扎了一根枣刺，他央母亲来挑；褂子上破了一个口子，央母亲来补。母亲是个明白人，出门三辈低，所以，每次，总是赔着笑脸，把这瞎怂打发走。

这次，烂眼圈是太过分了。他见母亲每次总是客客气气的，以为母亲怯他，贼胆反而大了起来。天傍黑，他大大咧咧地进了门，往炕边上一坐。“小娃娃价，到外边要去！”烂眼圈支走了两个弟弟，然后，说他要喝水。母亲用老碗，盛了一碗开水，双手端给他。谁知，这老不死的，不去接碗，却伸手向母亲的下身摸去。

“白脸婆姨，你这里有一个泛水泉子，我要喝这泉子里的水！”烂眼圈说。母亲见说，勃然变了脸色。她一把把老碗摔在地上，然后正色说道：“老狗，你滚！你当我是那下贱女人，想占便宜就占便宜么？张谋儿回来，剥你的皮，抽你的筋哩！”

烂眼圈见说，嘿嘿地笑着，不恼也不怕。他说：“白脸婆姨，实话实说吧，你逃不了我的彀！你要听话，依了我，你们仍旧过你们的安生日子。要不然，赶明儿，我叫土匪黑眼罩，下山去戳弄戳弄，叫那些土匪，在张某儿经过的路上，打了他的黑枪！”

这大约是母亲最怕的一招。听了这话，母亲愣了一下，但接着，她又强硬了起来。母亲退到了炕边，从炕上的活笸箩拿出一把剪刀。“烂眼圈，你要我干啥事都行，但是，干这事不行！求求你，饶过我们这一家子吧！”烂眼圈嘿嘿地笑着，并不言传，一步一挨，向母亲逼去。

20

我就是这个时候，把牛吆进了圈，插好栏杆，进窑的。见了窑里这情景，我吓了一跳，想也没想，就扑了过去，抱住了烂眼圈的一条腿，往炕下面拉。

烂眼圈大约也会一些武功。他舍了母亲，翻转身来，两手支着炕沿，飞起一脚，将我踢倒在地，跌了个狗吃屎。当我爬起身来，又要向烂眼圈扑去时，母亲提醒我说：赶快跑，赶快到外边去喊人！

母亲的话是对的！我和母亲两个人加起来，也不是烂眼圈的对手。我爬起来，向窑外跑去。这时候，从山路上，响起了一阵阵世界上最亲近的声音：嗒嗒嗒嗒……这是父亲的高脚骡子，踏在山路上的声音。我站在畔上，大声地喊起来："大呀！大呀！你快回来呀，家里出事了！"

我听见山路上应了一声，接着"嗒嗒嗒嗒"的声音加快了。当父亲一脚踹开窑门，走了进来时，母亲正蹴在炕旮旯里。她浑身是血，一把剪刀，插在她的胸部。她大口大口地喘着气，脸色和身上的白裤褂一样苍白。那个烂眼圈马王爷，正半跪在母亲旁边，他大约被眼前的情景吓呆了。见了父亲，母亲哇的一声哭了。她挪过来，扑进父亲怀里，全身筛糠一般，软瘫了。"我的身子没有被染，我的身子还是我自己的！"她对父亲说，说完，就昏死过去了。

父亲将母亲轻轻地放在炕上，捉住烂眼圈的手腕。"是她自己捅自己的！是她自己捅自己的！"烂眼圈说。父亲没有听他废话，父亲捉住他的手腕，一个大背，将他从炕上摔到了地上，又一个大背，将他从窑里摔到了院子。父亲像一个暴怒的狮子一样，嗷嗷地叫着，仿佛要一口将这烂眼圈吞到肚子去。

父亲掏出了腰间的手榴弹。他一把打开盖儿，牙齿一咬，咬下了拉线，然后，一步一步地向烂眼圈走近，手榴弹冒着烟。烂眼圈吓得用两手抱着头，干号着。就在手榴弹就要爆炸的那一刻，父亲突然改变了主意。这时候大约理智抬头了，他大约觉得，自己能不能惹得起这一场事端，痞巷到底是怎么回事，他还不清楚，而这烂眼圈，还算痞巷一个人物。于是，父亲的手榴弹，没有扔向烂眼圈，而是越过烂眼圈的头顶，落在了畔底下。

“轰隆”一声巨响，一团火光，一股硝烟。听到手榴弹声，满痞巷的人都跑来了，就连大顺店，也跑来了。大家纷纷问是怎么回事。这时，父亲平静地拍了拍衣襟上的土说：“马王爷不信，硬说这手榴弹是假的。刚才，他叫我放了一颗。是吗，马王爷？”烂眼圈从地上爬起来，他连声说：“是的是的！这回是长了一点见识。这手榴弹的声音真大，像日本飞机撂炸弹一样，震得人站都站不稳了！”

烂眼圈用手捂着脸，走了。出了院子，他又扭头说：“今儿个晚上，咱们不聚团儿，各回各家，脱裤子睡觉！”

众人都散了。父亲回到屋里，他拔下母亲胸口上的剪子，烧了些棉花，将窟窿按住。他说，母亲的伤不算重，将息些日子，就会好的。父亲会武功，又会些医术。

母亲这时醒了，对父亲说：“你得防着，这烂眼圈不会善罢甘休的！”父亲点点头。父亲决定这一段不去赶脚了，留在家里招呼母亲。

21

第二天仍然是个响晴天。晴天晌午的时候，我突然想起大顺店说过的话。开始，我决定不去给她搓背。但是后来，想到她平白无故地掉下两滴眼泪的情景，孩子的心中于是产生了一丝同情心，当然同情心之外，还有对这个神秘女人的惧怕。她躺在水浅的地方，让我给她搓背。她询问昨日儿格晚上的情况。我一五一十地将我看见的，告诉了她。她说她想见了，昨晚上该是这事。她对烂眼圈马王爷这个人，一直不感兴趣，她说有一天，她要除掉这个人。她还要我将父亲当时英武的样子，重复了好几遍。作为听众的她，听到这些事情的时候，脸上也显示出了异样的色彩。

最后她对母亲做了评价。她说：女人的那个东西，说值钱，值钱没数，金子银子不能换，命都不能换；说不值钱，那是一文不值的，一个烂圈圈、破网套。说这话时她很深地叹息了一声。

22

烂眼圈马王爷，终于下毒手了。不过不是对父亲，而是对我。父亲这一段日子，整天龟缩在家里，守着母亲，言谈举止，十分谨慎，举步也轻轻的。烂眼圈巡摸了好多天，没法下手，后来，终于捉住了我和锁牛偷大烟桃子这件事。

锁牛从身上掏出几个大烟桃子，剥开，里面有籽。他要我张开嘴，然后，把一把籽扔到了我的嘴里。大烟籽油囊囊、香喷喷的，吃得我满嘴流油，直打嗝儿。品着这香味，我想起了大顺店嘴里的那个味道。

锁牛说，大烟棵割了，一捆一捆，搁在地里，等待着熬大烟土。他要我把牛赶到大烟地里去放，放牛的当儿，偷偷地夹些大烟捆子，扔进那条小渠里。渠水会将烟捆冲到下游文昌庙附近的。他躲在下游，捞烟捆。捞下以后，就藏在文昌庙的神像背后，这样，今冬明春，我们就有零嘴吃了。

大烟籽实在是太香了，而这件事，似乎也不太费神。我很痛快地答应了。我们干了两次，这两次都成了。我佯装着去赶牛，走到烟捆子跟前，瞅瞅四下无人，胳肘窝里夹上一捆，用牛作掩护，来到渠边，将烟捆子扔进那个自流渠里。锁牛在下游接到了，捞出来，搬进文昌庙去。干完以后，晚上，我们两个人钻进文昌庙里，脊背靠着神像的脊背，一边嚼着大烟籽，一边设计我们的宏伟设想。按锁牛的意思，行了，见好就收，我却觉得，不妨再干几次，反正这事挺顺溜的。谁知，事不过三，事情就出在第三次上。

烂眼圈马王爷见我这几天，老在大烟地边上巡摸，早瞄上了。这天中午，他游游逛逛地，向地头走来。我刚刚把几捆大烟棵子，扔到渠里，现在，正靠在一条卧着的牛身上，悠闲地望着天空。见马王爷远远地来了，我吃了一惊，惹不起还躲不起！我吆着牛，慢腾腾地转过峁去。

马王爷盯着我的背影，狐疑地望了一阵。烟捆儿，我是挑着偷的，隔一截，拿一捆，因此，他也没有发现什么破绽。马王爷不甘心地蹲下来，在渠边洗手，当他刚撩起水时，他发现了渠里正流动着的大烟捆子。

马王爷冲着我走的方向，望了望，并且挥了挥拳头。我正准备撒腿逃跑，谁知，他并没有追我，而是猫下腰来，跟着那捆流动的烟捆，向下游走去。好奸猾的东西，他断定了，下游必定有人在接。

23

当锁牛从渠里捞起滴着水滴的烟捆，向文昌庙走去时，烂眼圈马王爷跟在了后边。他在文昌庙神像后面，发现了我们的烟捆，然后，提着耳朵，把锁牛押了回来。

我已经说过，痞巷部落，是个有些原始的，有些奇怪的地方。

我在到来的第一天，就目睹了一群男人如何分配一个女人的方法。他们是以这个男人这一天对部落的贡献为标准的。他在这一天以获得这个女人，而赢得光荣和尊重，或者说，以他的光荣和尊重，从而有理由亲近一次这个女人，侍奉一夜这个女人。记得第一夜是土匪黑眼罩，第二夜是那个受了委屈的伤兵，第三夜，大约是烂眼圈马王爷，或者是别的什么人，我记不清了。大顺店的目光，曾经在父亲的身上逗留了几次，但是，她遇到了父亲抗拒的目光。

和对待女人这件事情一样，他们在许多事情上，做法都有些古怪。他们对人类许多固有的恶习都十分痛恨，而最痛恨的，要算偷窃。他们严格地遵循着部落所有的原则，任何据公为私的做法，都会受到最严酷的私刑处置。

最常用的一种私刑是骑牛。让犯了罪的人骑在牛背上，用一道绳子，将他的两只脚连在一起，拴在牛肚子上。牛跑着，犯人颠着，全村的人，都站在自家门口，手拿一根柳条，牛经过时，必须狠狠地在牛屁股上抽一条子。就这样牛一直跑着，人颠着，在街道里来来回回转磨，直到牛累得倒下，死了，或者人被颠死了，这件事才算结束。

烂眼圈马王爷，对锁牛用的正是这种私刑。他说这叫“家法”。给大顺店搓完背，我跐跐蒌蒌着不走。大顺店问我有什么心事，于是，我吞吞吐吐地把偷大烟棵子的事说了出来。大顺店说，这事有她。她要我和她一起回去。

锁牛被绳索捆成一团，在碾盘上放着。马王爷眼巴巴地，正等着我的牛，等着我。看见我以后，他撩开长腿，一闪一闪身子，过来捉我。“他偷大烟棵子，这小杂种！”烂眼圈马王爷说。“你弄错了吧，马王爷，这小放牛，这两天，一步不落地跟着我！”大顺店很严肃地说。“恐怕，是我弄错了！”烂眼圈见说，赔着笑说。

烂眼圈马王爷冲我狠毒地瞪了一下，又往地上吐了口唾沫，然后，悻悻地走了。

24

烂眼圈马王爷挑了条最瘦的、脊梁杆子像刀子一样的犍牛。好像要完成一件神圣的事情似的，马王爷的身上，现在充满了一种年轻人才有的激情。他亲手给牛喂足了料，喝饱了水，又拍了拍牛的脖子，他架起锁牛，笑一笑，将他放在了牛背上，然后，穿过牛肚子，用根火绳子，将他的双脚扎住。这样，锁牛就牢牢地和牛连在一起了。歹毒的烂眼圈，还用剩余的火绳子，勒在牛的后胯骨上，这样，牛的生殖器部分，就会在跑动中，因为摩擦而发痒，而受惊，跑得更快，颠得更高。

做完这一切以后，马王爷朝街道上瞅了瞅，见家家户户的门口，都站着人，手里拿一根柳条子。于是，他从腰间掏出一把匕首，漾圆，一下子扎在了牛屁股上。

牛愤怒地叫了一声，驮着锁牛，向街道另一侧跑去。另一侧也有人拦着，牛无奈，又向这边跑来。一街两行的人们，像过节日一样，处在一种疯狂的喜悦中。牛跑得太快，颠得太快，有人一扬柳条，没有打上，就紧追两步，一定要尽尽职责，实在没有打上，就等下一次，打重一点，把损失补上。

牛背上的孩子，杀猪一样叫着："救命的爷哪！救命的爷哪！"声音惨不忍闻。他的裤子早就磨穿了，白花花的肉也露了出来，血染红了他的裤腿。

牛也大汗淋漓，身上的水往下滚落，舌头伸得长长的。牛号叫着，牛的叫声，似乎更悲哀，更无奈，更凄惨。

我紧紧地攥着大顺店的手。我央求她发一声命令，让烂眼圈马王爷放了锁牛。大顺店没有听我的话，她说，这是家法，不能够心软的。刚才庇护了我，她已经是错了。她不能一错再错。话虽这样说，不过我觉得，她的心里也不好受。

这一幕终于有了结局。马王爷的愿望落空了。锁牛没有死，首先倒下的是那头老犍牛。牛是被挣死的。牛一头冲到碾盘跟前，一个跟斗，栽倒了。它试图着，想站起来，拾了两拾，没有站起。刚才满嘴满鼻子的白沫，现在，鼻子嘴里向外喷血。鲜红的血溅了马王爷一身一脸。

父亲赶上前去，用刀子把火绳子割断，从倒了的牛背上，取下奄奄一息的孩子。他将孩子背到了我家。

烂眼圈马王爷，遗憾地用袖子抹了一把脸上的血，大声说："各家各户听着，带家具来，咱们分牛肉！"

我挣脱了大顺店的手，跑去看锁牛哥了。大顺店站在那里，停了一会儿，对烂眼圈马王爷说："今儿个晚上，你陪我！"说完，头也不回地回自己窑里去了。

25

这真是可怕的一夜，烂眼圈马王爷那欢愉的叫声、悲惨的叫声，响彻痞巷部落的上空。那叫声，丝毫不比锁牛的叫声、牛的叫声，好听一点。大顺店用尽女人的所有的手段，来挑逗、来折磨、来使役这一条老狗。在最初的时候，她大约给烂眼圈喝了什么药物，因此，他那干瘦的身体，竟能够支撑一夜。鸡叫时，烂眼圈马王爷终于灯熄油干，只有出的气，没有进的气了。"牡丹花下死，做鬼也风流！"马王爷幸福地说。

两只酸菜瓮，将马王爷一统，埋在了山上。在葬礼结束，往回走的时候，大顺店说："张谋儿，马王爷的那个差事，从今以后，就交给你了。赶脚那个事情，你另安排个人干去！”

父亲小声地说了声：“不！”“你说什么？”大顺店问道。父亲想了想，同意了。

26

山下的世界在变化着，只是，痞巷还不知道。改朝换代，巨变沧桑，与他们暂时都没有什么关系。

从离石城方向传来了枪声炮声。枪声很密，炒豆子一般，叭叭叭地，不过声音很弱，风顺着时能听见，逆风，就听不见了。炮声则响得很闷，“轰隆”一声，“轰隆”一声，震得百里之外的地皮，都发颤。

离石城的阎锡山部队被打败了。有三个溃逃的国民党兵，来到痞巷村，请求收留他们。他们找的是土匪黑眼罩，因为有一个国民党士兵，以前和黑眼罩是一个巢里的土匪。

黑眼罩来找大顺店的时候，大顺店和我父亲正在进行一次艰难的谈话。大顺店正如她所说的，她这一生没有喜欢过一个男人，她总是带着全世界的妓女所共有的那种思考，即半带蔑视半带仇视地委身于每一个占有她的男人。但是她突然发觉，她爱上了我的父亲，也许是在黄河岸边，瞧见第一眼时就爱上的。这个女人陷入了一种痛苦的感情。

在窑洞里，她对父亲说，她没有太多的奢望，因为她那么下贱，她只希望，每天，能看到父亲的影子，能和父亲一块儿拉一阵话。如果父亲不嫌弃的话，她希望，父亲能陪她一个晚上，仅仅一晚，她将尽她能做到的，尽力地服侍父亲。

父亲严词拒绝了。他说，他已经有一个女人了，这个女人身上，拥有所有女人的优点，这个女人为他生了三个孩子，因此，有这个女人，他就够了。他还说，是他，将人家一个姑娘，变成婆姨的，所以，他应当永远像狗一样守着这个女人，哪怕她变成瘸子，变成瞎子，只要她还有一口气，他就不敢有二心。他还说，可不敢随便侵害女人，天大还是地大，地大！男大还是女大，女大！男人们干这种事情时，第一步，就是膝盖先跪在炕上，这一跪，是向女人祷告哩，向苍天祷告哩。

父亲的这一席话，说得大顺店香汗淋淋，面色绯红，羞得她无地自容。正当她拿不定主意，该发作好呢，还是该点头称许呢，土匪黑眼罩敲了敲门。听到敲门声，大顺店松了一口气，吆喝黑眼罩进来。

听完黑眼罩的话，大顺店问道，那三个国民党溃兵，带枪来没有。黑眼罩说，带着枪哩，长枪短枪都有。大顺店说，带枪的，不能留他们，防止惹事。大约这黑眼罩已经答应人家了，见大顺店这么说，有些不高兴。大顺店说，好吃食招待他们，招待毕了，好言相劝，请他们上路。

27

黑眼罩给那几个溃兵，做饭去了。这时候，安静的村里，突然又响起一阵狗叫声。大顺店走出院门一看，原来是一支共产党的解放军队伍。领头的是一个年轻的排长，袖子捋在胳肘拐子上，裤腿挽着，可能是从胭脂河上过来的。排长开口闭口叫“老乡”，要大顺店别怕，他说他们是追三个溃兵，追到这里来的，问大顺店可曾看见。大顺店见说，摇摇头。排长又说，国民党兵，不打紧，跑了就跑了，就是抓住，还不是发两个路费，请他们回去。问题是，这三个中间，不光有国民党兵，还有一个日本兵。

听到这句话，大顺店惊得呆了：那场战争已经结束了三年了，这块土地上，还有日本鬼子，她不相信！她说这个娃娃兵，是在诓她。排长解释说，确实有一个日本兵。“八一五”以后，山西境内的日本兵坐火车到了太原，其中一部分，被阎锡山留了下来，组织了一个军官教导团，训练他的队伍，后来战事吃紧，这些日本兵，就被分配到各个部队去，充当了军事顾问。

“是这样吗，老总！”大顺店听着，眼睛突然熠熠发光，好像在漫长的浑浑噩噩的等待中，突然有人指给了她目标一样，她兴奋地说，“老总，你放心，假如有日本鬼子，我不会让他活着走出瘩巷山的，我要一口一口，吃掉他身上的肉！”

解放军排长领着人，急匆匆地走了。走时又叮咛说：“这是一个战犯，你们留神点，可不能让他跑了！”

“他叫什么名字？”

“多吉喜一！”

“多吉喜一！”大顺店的牙齿咬了咬。大顺店回屋，换了件衣服，头顶上戴上了金簪子，向黑眼罩家走去。

28

大顺店向黑眼罩家走去时，我们全家正吃饭。母亲的伤已经好了。她只是受了一点反伤，现在可以给我们做饭了。锁牛哥的腿，在消肿以后，蜷成了一个罗圈，像螃蟹的前夹一样。父亲给他砍了个枸木拐杖，他现在可以拄上拐杖，在地上挪了。大约，他的腿骨被折断了。

全家人正在吃饭，突然，风风火火地，跑进来个黑眼罩。“出大事了，出大事了！”黑眼罩结结巴巴地，说不出话来。父亲放下碗，要他不要急，唱着说。唱着一说，这黑眼罩说话，果然顺畅了。

原来，大顺店进了黑眼罩家以后，搭眼一看，认出那个桌上正狼吞虎咽的，正是日本兵多吉喜一。多吉喜一在这一刻也认出了大顺店，不由得抬起头，“啊”了一声。仇人相见，分外眼红，说时迟，那时快，好个大顺店，从头顶上拔下簪子，挪动两步，一扬手，用簪子向多吉喜一的眼睛刺去。

可惜多吉喜一戴着眼镜，要不，这一簪子，一定会戳瞎他的一只眼睛的。那眼镜还是当年那架，大学生式的，只是，镜框已经发黄、发黑，镜片也已经发暗。大顺店一簪子下去，镜片碎了，但是眼睛没有受伤。多吉喜一没了眼镜，行动有些呆滞，但还是一扬手，捉住了大顺店拿簪子的手腕，另一只手，一个“锁喉”，将大顺店擒拿住了。

父亲见说，吩咐黑眼罩去叫村上别的人，叫大家都带上农具，到黑眼罩门口去。说完，他腰里别了手榴弹，自己先去了。

29

全村的人一个不剩地都出来了，大家拿着镢头、铁锹，把个黑眼罩家包围了个水泄不通。父亲朝窑里喊话，要三个溃兵出来，他说只要他们不伤大顺店，痦巷的人就放他们一条生路，让他们走！

谁知，大顺店在窑里说话了。她说：“狗日的张谋儿，我还没言传，谁叫你说这种话的！你知道窑里是谁？窑里是我的仇人，是日本鬼子！张谋儿，你要是人，你把你外腰里的手榴弹，拉开弦儿往进扔，把我跟仇人，一起炸死！”

“好姑娘，我不能这样做。谁都能死，你不能死！你还没有活够人儿哩！”父亲冲着窑里说。父亲这几句话，说得太美好了，我听见，窑里的大顺店，啜泣起来。

窑外的男人们，见把自己心爱的大顺店扣在窑里了，一个个就像暴怒的公野猪一样，咆哮着，围着这孔窑洞，团团打转。

黑眼罩的心情最沉重。因为这几个溃兵，是他染来的。黑眼罩想起窑里他的那个小弟兄，突然有了主意。他趴在窑楼上，朝窑里喊道："王前，王前，你狗日的，听老掌柜的一句话。你听到了没有？"

窑里应了一声。黑眼罩见应了，接着又说："咱们都是中国人！算来算去，咱们中间只有一个外人，那就是那个日本鬼子！你小子要是有种，你一枪崩了他，救了大顺店。你就不是溃兵，你成了瘩巷的英雄了！"

屋里的人答道："那样，瘩巷就会要我了吗？"

"会要的，会要的！我拿脑袋担保！"黑眼罩兴奋地说。突然一声枪响，子弹却是从窑里打出来的，穿过窗外，打在了黑眼罩身上。子弹是日本鬼子多吉喜一打的。

父亲一个箭步，冲过去，抱住了就要倒下的黑眼罩。黑眼罩胸前的鲜血，像喷泉一样涌。他已经不行了。

黑眼罩用最后的力气，说了几句话。他嘴巴冲着窑里说："大顺店，跟了你一回，我不悔！临到这时候，我只想听你一句话，不管是真是假，哪怕是骗我，你也要说出来，这句话是：你爱我，你只爱我一个人！"

从窑里传出来大顺店异样的声音。这声音说："我爱你，我只爱你一个人，黑眼罩！"瞬间，黑眼罩笑着倒在父亲怀里，死去了。

突然从窑里，窜出两个人影，大家发一声喊，挥动农具，正要把他俩打死时，这两人出了声。原来是那两个国民党兵，其中一个，奔黑眼罩的尸首扑去，"大哥，大哥"地叫着，哭成一团。

"那日本鬼子呢？"父亲问。一个国民党兵说，那日本鬼子，还在窑里。父亲藐视地看了这两个人一眼，叫他们“滚蛋”！

这时候，大顺店在窑里发话了，她说，既然张谋儿不忍心用手榴弹炸她，那么，大家抱些干柴来，把窑口堵了，架起柴，烧死她和这个日本兵。她说如果你们还听她的话，还爱她的话，就照她的话去做。这是她发布的最后一个命令了。

所有的人，都觉得这也许是最后的办法，包括父亲。大家都从自家门口，抱来干柴。我也学着大人抱来了自家的柴火。柴火堆在黑眼罩家窑口，堆得和窑背一样高。

就在要点火的一刻，父亲突然改变了主意。

30

父亲叫人停止点火。他把柴火刨开了一条缝，叫多吉喜一的名字。当多吉喜一凑到窗前时，他说，如果多吉喜一愿意的话，他还有一丝存活的机会，不过机会只有一半。父亲提出，他要一对一，和多吉喜一比武。多吉喜一考虑了一下，同意了，但是他提出，要比拼刺刀。父亲迟疑了一阵同意了。“大顺店，我不会辜负你的！”父亲对窑里的大顺店说。

比武在痞巷那棵老槐树底下进行。全村的人围成了一圈，都来看这一场热闹。大顺店也自由了，有人搬了一个高屋（高脚凳子），大顺店两手袖着，坐在那里。

日本鬼子多吉喜一，较之七年前大王庄那一场屠杀时，拼刺技术自然是已经接近炉火纯青，这些年来，有多少活的中国人充当他的靶子呀！他并没有把眼前这个拿着老镢头的中国农民放在眼里，他只担心，这个中国人说话不算数。对于这点，父亲笑了笑，他说他拿全家的性命担保。

父亲挥舞着一把老镢头。他的这把镢头，使这场庄严的较量，有点不伦不类。多吉喜一平端起枪，一连拉动了六次枪栓，连同枪膛里那颗，一共六颗子弹，跳了出来。多吉喜一用脚踢了一下这些黄澄澄的子弹，然后趔个架势，向我父亲扑来。

第一枪刺来，父亲只挥起镢头，迎了迎，身子没有动。他明白这一枪是虚的，探路，因为多吉喜一的重心没有移动。

见父亲脚步木讷，多吉喜一双臂合力，向外送枪，一个弓步，刺了过去。父亲见来得凶恶，身子一闪，躲过了这一枪。

双方你来我往，十来个来回。父亲的老镢头明显地逊于多吉喜一锋利的刺刀，因为，招架的工夫多，躲避的工夫多，偶尔也用镢头抡下来，杀杀多吉喜一的锐气，也避免使自己过于被动。

多吉喜一想速战速决。结果，屡屡出枪，都没有奏效。多吉喜一有些急了，眼睛里喷着火，嘴里“八格牙路”地骂着，频频刺来，脚底下也有点重心不稳。

圈子上围观的人们，最初见父亲被动的样子，手里为他捏一把汗，料定他不是这凶恶的日本鬼子的对手。母亲急得直要哭。但是，等到十几个回合以后，见那日本鬼子，早已是气喘吁吁，脚步凌乱，而父亲，依旧沉稳平静，该挡则挡，该躲则躲，才明白了，那天黄河岸边，这大顺店果然有眼力，这张谋儿，的确有两下子。

那日本鬼子频频出枪，步步进逼，直把父亲逼到老槐树跟前。瞅着父亲已经没有退路，那日本鬼子突然大叫一声，拼了全力，一个饿虎扑食，向父亲的腔子上，双臂合力，戳来。

这一枪要是戳中了，非把父亲戳个透心凉不可。母亲怕得捂上了眼睛，在场的所有的人，都“哎呀”了一声，就连一向摆谱的大顺店，也腾地一下，从高屋上站起来。

好父亲！只见他身子往下一缩，跄蹴在地上了。跄蹴的同时，两手举起把，向上一档，只见，“噌”的一声，日本鬼子的刺刀，结结实实地扎进了大槐树里。

一尺长的刺刀，扎进去了半尺。日本鬼子一见，稳住身子，想把刺刀拔出来。父亲哪能容他拔出。父亲一个虎跳，离了老槐，转到多吉喜一的侧面，然后，抡圆老镢头，朝多吉喜一的脑门上，狠命砸来。

多吉喜一一闪，父亲这一镢头砸在了多吉喜一的肩膀上，砸碎了多吉喜一的锁骨。多吉喜一被打倒在地，他抱着锁骨，疼得满地打滚。当父亲再次扬起镢头，向日本鬼子多吉喜一砸去时，大顺店伸出手挡住了他。大顺店说这是她的仇人，她要亲自处置他。

31

这天的夜格外静，我总是睡不实，似乎天快亮时，我迷迷糊糊睡实了。睡梦中我见到多吉喜一被火绳子死死地捆在老槐树上。灯笼火把，照亮了这一片夜空。大顺店从她的头上，拔下金簪子，掰开多吉喜一的眼皮，用簪子戳瞎了他的双眼。戳完以后，她将簪子扔了，她嫌这簪子被染脏了。

“各回各家吧！没有大家的事了！这个畜生，交给野物去收拾他吧！”大顺店说。这一夜，狼虫虎豹的吼声未断。家家都把门用镢把顶了，隔着窗户，往外看。狼的眼睛，豺狗子的眼睛，豹子的眼睛，像一对一对绿萤的灯泡，在这个村落的空地上乱窜。

我和父亲也守在窗前，我们用舌头舔破了窗户纸，隔着窗子向外瞧。

最先是经常在这一带巡摸的老狼，听到日本鬼子多吉喜一的叫声，赶来了。平日晚上，痞巷上空婴儿的哭声，就是这只饿极了的老狼，蹲在碾盘上，对着月亮叫。

老狼一扑，咬断了多吉喜一的脖子。狼第一道菜往往是喝血。这只老狼愉快地打着战，抖着尾巴，将这个日本鬼子身上的血喝干了。

与此同时，一群豺狗子，闻见血腥，来了。

豺狗子的拿手好戏，是掏人的心肝花。它们和狼不同，总爱吃的是下水。一只豺狗子，爪子一伸，从多吉喜一的屁股，拉出肠肠肚肚。肠肠肚肚顿时撒了一地，豺狗们争先恐后地抢着。

狼在前，豺在后，互不相扰。

但这时候，一群豹子啸着，威严地来了，狼和豺狗子们赶快躲避。

一群豹子蹲在那里，大吃大啃，细嚼慢咽，直到吃净了多吉喜一身上的每一块肉，咬烂了每一块骨头。迟到的豹子，还把捆绑多吉喜一的那个带血腥味的绳子，放在嘴里，细细地嚼着，像嚼泡泡糖一样。

第二天早上，直到半干早，太阳快要当头了，家家户户才敢开门。

32

这一段时间，黄河岸边的瘩巷部落，异样平静。人们都默默地干活，很少说话，那平静，就像河流在一次泛滥之后，突然一下子疲惫得好像不能流动了一样。

山下上来了个土改工作队员。工作队住在山下，这个穿着褪色军装的人包着这个村，他隔几天上来一次。

大顺店自从那一夜以后，很少再抛头露面了，晚上例行的那个团聚会，也不再召开。大顺店平日，也不再和别的男人来往，只是偶尔，和青年伤兵拉几句话。

村上成立了贫农协会，父亲被选为贫协主席。每天，他的左边腰带上，挂一个贫协的章子，右边腰带上，挂颗手榴弹，忙前忙后。

大顺店只有一样习惯，还像往常一样，到胭脂河里洗澡。我也继续放牛，并且在晌午端的时候，去到那个潭边，为她搓背。

一次搓背的时候，大顺店要我谈起了母亲。她详细地打问着一个普通女人的事情。怎么做饭，怎么洗衣服，怎么枕着父亲的臂弯睡觉，怎么骑着毛驴回娘家，怎么在我们不听话时掴我们一巴掌，怎么为了一点小小的事情和父亲斗气，等等，等等。

在听着我拉话的时候，她的脸上那么美丽，那么善良。这些普通又普通的事情，我不知道，为什么竟能那样感染她。

她说："你叫我一声好吗？"我说："我不是一直叫着你，叫你'茴香'吗？"她说："不是这个，亮子。世界上对女人都有啥叫法，我想你叫我这个！"

"叫法多着哩！"我说，"叫奶奶，叫外婆，叫姑姑，叫婶婶，叫姨姨，叫姐姐，叫妹妹，多得很，把人嘴都叫干了！"

大顺店说："亮子，你愿意将这些称呼，把我叫一遍吗？只叫一遍。你会答应的，你说是吗？"我点点头。我无法拒绝这个女人的要求，因为那一刻，她是那么善良而美丽。

"奶奶！"我叫了起来！

"哎！"大顺店答。

"外婆！"

"哎！"

"姑姑！"

"哎！"

"婶婶！"

"哎！"

"姨姨！"

"哎！"

"姐姐！"

"哎！"

"妹妹！"

"哎！"大顺店的"哎"字，拉得长长的，带着拖腔。开始几句，她还有些害臊，但是后来，她适应了，女人的天性中的某种东西抬头了，她应得那么自然，好像那真的是她似的。"你要滑头，还有一样，你没叫我！"大顺店说。

"哪一样？"

"娘！"

"我不敢叫你，我怕我娘知道，打我！"

"只叫一声！只叫一声！一会儿回去，我给你吃大烟籽。"

我背过脸去，努了几努，终于憋住气，大声地叫了声："娘——"对面山上的崖娃娃，一齐应和。这声音顺着黄河的河谷，传得很远。

当我转过身来时，我惊呆了。我看见大顺店躺在水里，浑身打战，脸色也是异样的苍白。我还看见，她躺着的那个地方的水，泛起一阵阵胭脂色。最初，我以为是太阳耀的，后来看看，又不像，因为那颜色正在逐渐加红，并且有细细的血丝。

我有些害怕。我说："大顺店，你快看，看你的下身！"

听到我的话，大顺店从臆想中醒来。她看了看，又用手伸进水里，摸了摸，突然，她大声笑起来，脸上像绽开的一朵花。

"我来红了！我来月经了！我成了女人了！"她大声地喊着，并且站起来，用手打得水花四溅。突然，她像意识到什么似的，停止了拍水。她用手捂住那个地方，然后说："小放牛，你坏！你在偷看我！你背转身子去，我要穿衣服了！"

回来的路上，大顺店一声不吭，脸上羞羞涩涩的，像个乡间的小姑娘。临分手时，她说："亮子，你是一个好心肠的孩子，你将来会有大出息的。"

33

土改中，部落原来公有的土地，分到了各家各户。私有制一出现，就等于这个母系氏族社会解体了。为分得自流渠旁那块可以浇水的土地，大家好是争执了一阵。后来，又为分牛的事，大家争执了一番。痦巷上空原先的那种相对安谧的气息，没有了。

接着，又有一个农民，在路途上收留了一个大得可以做他的娘的女人，做了他的妻子，村上有了第三个女人。接着，又有两个小伙子，从山下娶来了姑娘。

在分配的时候，正当大家争执得不可开交，大顺店出现了。大顺店抱来了自己的枕头匣子。她的枕头匣子，装满了金银首饰，各种珍宝。这些东西，大部分是她当慰安妇时，日本兵送她的，小部分，是在痦巷的日子里，大家献给她的。读者大约还记得，青年伤兵的那块银圆。

大顺店把枕头匣的盖揭起，又将枕头匣翻转过来，于是所有的珠宝，都倒在了桌子上。大顺店对那位工作队员，同时是对我父亲说：“将这些东西，平均地分给大家吧！”第二天，大顺店离开了痦巷。她的家乡已经解放，她要回到家乡去。她还要我父亲，用痦巷村贫农协会的名义，为她开个路条。路条说：山西省汾水县大王庄村民王茴香，没有做过妓女，她是一个良民，她的成分是贫农。父亲当然是照办了。

全村的人，都站在老槐树下，为大顺店送行。伤兵哇哇地哭着，大顺店说，忘记她吧，忘记这个人吧！你们有心的话，唯一能为她做的事情，就是以后如果遇见她的话，装作不认识。

大顺店骑着毛驴，穿一身红衣服，渐渐远去。终于，一堵老崖拦住了大家的视线。

34

整整四十七年以后，我已经是一家电影厂的导演了。当我站在城市的阳台上，注视着远处苍茫的群山和血红的落日时，那一团童年的红色，突然在我眼前闪现。我记起了大顺店的故事，并且想将它搬上银幕。我邀请了许多著名的电影演员与我同行，包括我在开头向你们介绍的那两位。我要他们到我的瘩巷去，到那里去寻找感觉。这里面的某一位会穿上那件大红袄。

黄河上那个瘩巷渡还在，只是，木船已经换成了机动船。河面也窄了许多，船两声嘟嘟，就到左岸上。

山还是那么高，那条小路还在，只是比起当年，稍稍地宽了一些。我们来到了瘩巷村，仍然是那棵古槐，那盘碾子，那座文昌庙，那些错落不齐的窑洞。当然有一些变化，一个变化是有一半人家的土窑洞，接上了石口。另一个变化是，那座文昌庙，现在成了瘩巷小学。

瘩巷大部分住户，我都不认识了。他们是在我之后来的。附带说一句，大顺店离开后不久，我家也就离开了，我们又跨过黄河，回到了陕北的张家畔，那我们家族祖祖辈辈居住的地方。我的父母，在劳累一生后在不久前过世。

瘩巷街上，有一个人，歪歪斜斜地走着，赶着一群牛。我终于找到我认识的人了。我快步跑过去，抱住他，叫他“锁牛哥”。“我是亮子！”我说。我们两人，抱在一起，哭起来。

锁牛自从我们离开以后，就一直放牛，先是放自个儿的牛，后来放生产队的牛，现在，放各户伙养在一起的牛。

我问了许多问题，他都一一作答。当然，我最关心的，还是那个大顺店，我想，这么重要的一个人物，她后来的事情，锁牛该是知道得很多的。

锁牛知道得并不多。他说他的腿不方便，不能四处走，他只听说，大顺店回到汾水后，后来结了婚，有过一个孩子，再后来，她寿终正寝，很安详地死去了。

“她有没有提到过我，哪怕是一次？”我问。

“不知道！”锁牛茫然地摇摇头。他的脸上带着一种和环境一样迟钝的表情。这个结果过于简单，过于平淡，令我不能满意，但是，这总是一个结果。没有了大顺店，没有了那一团撩拨人心的红色，我突然觉得，瘩巷山，胭脂河，以及这一块我童年的风景，变得和天底下所有的风景一样平俗。我深深地叹息了一声。

“大顺店的故事，不久将会在电影里出现。让我从现在起，就为她的扮演者设计一件大红袄吧！”站在瘩巷山上，我怅然说。说这话时，我感到自己正在老去。

修订版作者附记

同名电影《大顺店》，北京电影制片厂于1995年夏在陕北壶口瀑布拍摄。导演于晓阳，女一号史可。影片被禁播七年，在于导去世前三个月，得以全国公映，并在央视电影频道播出。于导是第五代导演，曾有电影《翡翠麻将》《女贼》行世。后来在拍摄一部电影时，操劳过度，死在前往北京的火车上。他的父亲是著名电影表演艺术家于洋，他的夫人是著名女高音歌唱家迪里拜尔。2001年那一届文代会上，我在人民大会堂见到于洋老人，老人说，晓阳把你的小说没拍好，我代表他向你道歉。我说，拍得很好，此一时彼一时，电影是个遗憾的事业。谨在此悼念于晓阳导演。

饥饿平原

1　茶摊

一个白胡子老头，在大槐树下支了个茶摊。平原很静，晴天晌午的时候，官道上静静的，难得见扬起黄尘。

偶尔，有一架木轮的牛车，从庄稼地的这头钻出来，又从那头钻进去。官道上只留下两道辙印，有时还有一摊牛屎。

一张旧了的、没有着过漆的小木桌，一把白瓷茶壶，一堆浅浅的、小小的、没有把儿的粗瓷茶碗。围着小桌，放了一圈用自行车外胎做的小交椅。

寂寞的老头，叫了一声“黑建”，然后用手托起茶壶，“有一个谜语，你能猜得出么，黑建？‘一个树五股，上面卧个白虎！’”说完，见没有人反应，就又将茶壶放下。

头上有雨水落下来，星星点点的，他接了一滴在手中，用舌头舔了舔，有点咸，不像是雨水。“该不是知了尿吧？”他说。他用手遮住额头，朝树上望了望，见一个小孩，正站在树杈上，端着牛牛，向他笑。

老汉发怒了。他抱住树身，抬了两抬。可是很遗憾，他已经过了上树的年龄了，于是他在树下转了两圈，然后回到屋里去。他这是去找木锨。可是，当他倒提木锨，回到树下时，满树寻找，已经不见那孩子了。

老崖上传来孩子愉快的歌声。那是一片菜籽地，那个叫“黑建”的孩子，正在菜籽地里一颠一颠地捕蝴蝶。

“我中午罚你一顿饭！”老汉冲着孩子的背影，虚张声势地说。

官道上过来了个人影，问去高家渡的路。一声“老汉爷”的称呼，使这位老汉的脸上放出光来。他朝渭河沿上指了指，说渡口就在下面，然后请这位过路客歇歇脚，在他这老槐树底下饮一杯茶。

茶水是不收钱的，纯粹是一种善举。老汉总将那些男性的过路客，称作“客官”。这两个字，令老人家这项善举，带一种古典意味。

2 菜籽地里

小男孩正在菜籽地里逮蝴蝶。他脱去上衣，拎在手里，追上一个蝴蝶，就猛地扑过去，用衣服去捂。他的后边，跟着两个小女孩。小女孩解下自己的红头绳，在拴蛾儿。

那个男孩好像是那时的我。那两个小女孩，一个叫匣匣，一个叫苗苗。

匣匣又叫省匣，她的父亲大约在省城工作，她住在我的斜对门儿。苗苗又叫“十亩地里一棵苗”，她的父亲红眼夹子，就这么一个宝贝疙瘩，所以叫了这么个名字，她就住在我家西连墙儿。

这个男孩挺着个大肚子，在菜籽地里一颠一颠。菜籽苗已经发青，遮住地面，绿汪汪的，十分爱人。男孩的脚步过去后，菜籽苗东倒西歪的。肚子太大了，这是被平原上的苞谷粥灌大的。裤带在肚皮上停不住，不时地腾出一只手，去提裤子。突然我发现怂恿我来捕蝴蝶的小姑娘，已经不见了，倒是有一条狗，一耸一耸地跟在我后边。这是我家的狗。

渭河在老崖下边，闪烁着雾澄澄的光芒，它的来路是一片迷蒙，它的去路也是一片迷蒙。它的岸边，靠着一只渡船，一个艄公，扶着篙，正在发呆。而在老崖远远的下游，一个半截小伙子，手提兔拐，正快快地走着。这大孩子是我的“碎叔”，狗是他引出来的。他在给生产队看苜蓿，这是回家去吃饭。

不见了两个女孩，我捕蝴蝶的兴趣一点也没有了。

我踢了狗一脚，开始翻转身子，寻匣匣和苗苗。

匣匣在老崖底下剜观音土吃。她趴在那里，吃得认真极了。看见我，她向我招了招手。我说：“我去叫你妈来打你。”匣匣回嘴说：“我妈也背过人偷偷地吃哩。”我这时也确实感到自己饿了，前腔子搭到后脊背，一想起爷爷说过的“要饿我一顿饭”这句话，我也就不客气，一个马趴，趴在地上，像狗一样啃起泥土来。

3 猫儿雁

有一股臭气，从崖畔上传来。我只得停止吃土，仰头向上望去。原来是俊俏的小姑娘苗苗，正在拉屎。有一个黑木桩子，立在她旁边，那是我家的狗。

“你到下风头拉去！”我指手画脚。

“我偏偏要在这里拉！我专门熏你们！”苗苗蹲在那里喊。一边喊，还一边抚摸着我家的狗。狗服服帖帖地蹲在那里，舒展着长腰，听任苗苗的抚摸。它的嘴里流着涎水。我明白，它是等着吃屎哩。我真为我的狗害羞。见吆喝不动苗苗，我就吆喝起狗来。狗听见吆喝，过来是过来了，可是，它低头嗅了嗅我吃的东西，轻蔑地看了我一眼，就又回到苗苗跟前，讨好地向她摇着尾巴。

苗苗终于屙完了。她挪了一下窝。于是，我的狗饥不择食地扑过去，它的舌头吧嗒吧嗒地响起来，我在老崖底下都能听见。吃完以后，它还贪婪着地望着苗苗使劲摇尾巴，希望能再有这有粮食的屎屙出来。

但是，她终于无能为力了。优势已经消失，苗苗有些遗憾。于是，她将屁股撅起来，将开裆裤掰开，让狗来舔她尻子上的屎。

因为是我的狗，我是被彻底地打败了。

狗还在有滋有味地舔着。我悲哀地闭上了眼睛。突然，听到狗一阵尖叫。当我睁眼睛时，看见狗夹着尾巴，顺着菜籽地一溜烟地跑了。狗原来的位置上，站着我的碎叔。

碎叔手里拿着一根兔拐，站在那里，面色深沉。刚才，一定是他踢了狗一脚。

时至今日，我还不能够明白碎叔当时那荒唐的举动。

菜籽地旁边，开着各种美丽的花朵，有桔梗，有打碗碗花，有马莲草，有毛毛草，还有别的什么的。有一种花草，叫“猫儿雁”，那是一种有毒的植物，折断它的茎秆，里边会流出白色的浓汁来。

我的碎叔正是折了这样一枝花草，然后将它的浓汁，像点眼药水一样，滴在狗刚才舔过的地方。然后提着兔拐，“嘿嘿”地笑着，跑了。

碎叔这一下闯了大祸。

当我又在渭河里，扑腾了一阵“狗刨”，然后领着匣匣和苗苗往回走的时候，苗苗开始哭起来，她用手指指她的那个地方，并且撅起屁股，掰开裤裆让我们看。果然，她的那个地方，又红又肿。

爷爷依旧站在他的茶摊前，抽着旱烟。他横了我一眼，说：“我给你攒着，一会算账！”可是没有等爷爷跟我算账，他就被碎叔的事打搅了。苗苗的母亲，一个额颅上永远印着紫青色的“瓯罐”印子的女人，拖着苗苗，闯到大槐树底下来了。

苗苗妈指着爷爷的鼻子，祖宗八代地骂起来，爷爷的脸上青一阵红一阵，一个劲咽着唾沫，恨不得往裤裆里钻。他从屋里叫出碎叔，开始询问。

苗苗妈骂完了，还不解恨。她从家里舀来一瓢凉水，要碎叔当着大家的面，一口气喝下去。

“你说你没干那事，那你就喝了这瓢凉水。你要干了，这一瓢凉水喝下去，激死你这有娘养没娘教的东西！”苗苗妈说。

碎叔端起瓢，就要喝。这时候，我的祖母从屋里颠着小脚，跑出来，她一把夺过瓢，连瓢带水，扣在碎叔的头上，然后给了碎叔一巴掌。“还不快跑，你这坏种！”她说。

碎叔哇的一声哭了。站起身子，跑到庄稼地里去了。

“你碎叔想媳妇了！”祖母牵着我的手说。我管祖母叫“婆”。

4 碎叔

碎叔不是爷爷的亲生。苗苗妈骂的那话是有道理的，他是爷爷的弟弟生的。那个人我见过。他偶尔会背着一杆土枪，手里拎几只兔子，从渭河下游跑回家。他原先做过土匪，后来入了共产党。有枪的那一阵子，他霸了地主的一个小老婆。地主后来被镇压，他就到渭河下游的那个村子去落户了，而把碎叔留在老家。

碎叔长着一头癞疮，癞疮不停地往外流脓，当不流脓的时候，它就结成一片一片的干痂。这样的头皮是长不出头发的，只有几束稀稀疏疏的头发，黑白相间，长在头顶的四侧。

“远看一地萝卜花，近看猪毛搅豆渣！”上工下工的妇女们，遇到碎叔，都用这样的口歌嘲弄他。他已经到了结婚的年龄了，可是，还没有人给他说媳妇。

跑了的碎叔，坐在老坟里一个树墩上，吹着笛子。平原上布满了音乐。笛声有些凄凉。碎叔有过耳不忘的本领，什么样的声音，只要装进他的耳朵，他都能照原样表达出来。

“我婆叫你吃饭！”循着笛声，我找见碎叔。我把“我”字咬得很重，表明这个“婆”是我的，她最疼我。

5　老乞丐

有一个乞丐，出现在官道上。我正领着匣匣，在老墙根吊巴虎。揭开圆盖，将毛毛草塞进去，呼唤两声，睡眼蒙眬的巴虎，就爬在毛毛草上，给吊上来了。

拿着一个洋火匣，跟在我后边的匣匣，突然用手朝官道上指了指。“揽干手！”她悄声说。

这是一个老年的乞丐。他疲惫不堪地走着，步子拉着地。他拉着一根枣木拐杖，拐杖已经磨去一老截子了，这表明他来自很远的地方。他的背上背一只褡裢，这褡裢里装的是什么呢？我们想。

“要饭吃，搭伙吃，要下白馍馍给我吃！”我们一群孩子，轰的一声，像一窝蜂一样，跟在了乞丐后面。我们嘴里，念着那代代相传的歌谣。

苗苗也跟在我后边喊。我叫她走开，十亩地里一棵苗，我们惹不起，她要喊，她独自去喊。

乞丐回过头来，停住了。他不显得恼怒，脸上倒有一种笑吟吟的神情。他挥动拐杖，试图将我们赶走，看看没有效果，就从他的褡裢里，摸出了萝卜干、红薯干、杏干之类的东西，塞到我们手里。

“对行路人不要这样！”他说。

我们来了兴趣，一边在嘴里嚼着这些艰涩的物什，一边紧追不舍。

茶摊的爷爷，这时候站起来干涉了。他把手叉到腰里，呵斥着：“造孽！谁都要从谁门口走三遭哩，你们这些窝里罩、把路狗！”爷爷的话产生了效果。产生效果的原因当然不仅仅是他的话，而是由于他一边说，一边把一条腿蜷起来，象征性地去摸鞋子，好像要脱下鞋子来打我们。

大家哄的一声散了。官道上静静的，只剩下那个踽踽独行的乞丐了。

乞丐冲爷爷友善地笑了笑，算是感激，然后继续赶路。

爷爷一反惯例，没有招呼乞丐过来喝茶。他心里有事。不是碎叔那件，那事已经过去了。今天他是有另外的心事，这事是关于尿罐的。

6　尿罐

顺着老墙根，放着一个尿罐。半截在土里埋着，半截露在外面。尿罐的一边靠着老墙，两边用苞谷秆竖起来，象征性地挡住人的视线。

尿罐盛的大部分是过往客官的尿，或者说，是茶摊带来的副产品。

乡下人把肥料看得金贵。庄稼一枝花，全靠粪当家。在生产队上工的时候，想要拉屎，就跑好远一截子路，到自留地里去拉。这一泡屎可以壮三棵苞谷。拉完屎，从地里捡起个石头蛋，擦净屁股，然后石头蛋是不应该留在地里的，可是上面沾的屎又舍不得扔掉，怎么办呢？乡下人是这样处理这个难题的：伸出舌头，将屎舔下来，吐到自己地里，然后站起来，一手提裤子，一手抡圆胳膊，将石头蛋掷到别人家的地里去。

客人们在茶摊喝茶，喝的是溜溜茶。早上下一壶老胡叶子，一直要挨到晚上。水有的是，满渭河都是，烧的用的柴，是碎叔从老坟里刨来的柏树根。

客人们喝胀了，往往要撒尿。这时候，爷爷就将墙根的尿罐指给他们。乡下人肚里没油水，存不住尿，因此，通常要撒上一泡尿或几泡尿，才能离去。因此，可以说，借助这个茶摊，爷爷实际上把每个过路客，当成了一架临时性质的造粪机器。

可是最近几天，尿罐里的尿突然存不住了。好容易，白天存上半罐，可是见一个黑天，尿罐就见底了。这真是一件怪事。是谁眼皮浅，看得下这半罐尿呢？爷爷敲了一下尿罐，声音浑圆，不漏。排除了这种可能以后，他想到红眼夹子，该不是夹子因了碎叔的事，报复吧。于是，他就在夹子家门口的粪堆上，看了看，看粪堆有没变化。接着，又跑到夹子的自留地里，分开麦苗，趴在地上嗅了嗅，也没有嗅出个所以然来。

“日怪！”他说。

7　蝇子

乞丐到了老崖上。迟了几步，船刚刚开走。只见艄公将篙尖往岸上一戳，篙身往船舷上一压，高叫一声：“船开不等岸边人！”说话间，船已到河心。乞丐没了法子，只好拄着拐杖，在老崖头上，站住了。河谷的风吹动着老乞丐身上的碎布片，像无数面飘扬的小旗帜。

婆这时候从屋里跑出来了。婆正在织布机上织布，有一只蝇子，嗡嗡嗡地，老在婆的耳边聒噪。婆腾出手来，挥了几次，蝇子就是不走。“你是谁？哪个讨债鬼？我不欠谁的债呀！你走吧，待会儿机子收了，我去还个愿！”婆说。蝇子还是不走，婆又说：“莫不是那死老汉又做了什么不善的事吧！应在他身上了！”婆说了，停了机子，来到外边。而那苍蝇，也在停机的那一刻，从窗户纸的破洞里钻出去了。

那乞丐站在老崖上，拄着拐杖，碎布片依旧在飘扬着。那姿势，委实有些怪异。所以婆一眼就看见他了。婆问爷爷，为什么不唤那个过路客过来喝茶。

爷爷拿了一把破了的芭蕉叶扇子，正在摇。听了婆的话，才猛然意识到失礼了。他站起来，趿着鞋子，向前走了几步，开始扬声叫那个乞丐。他叫他“老汉哥”，这是一种尊称。

乞丐点着拐杖，坐在了茶摊上。

爷爷把自己正在抽的旱烟袋，从嘴里取下来，把烟嘴在袖子上揉搓了两下，然后递给乞丐抽。

“去传一壶水来！”爷爷托起白茶壶，递给婆。递过去以后，他又说：“添了叶子来，不要老胡叶子，要陕青！”

“一个树，五股，上面卧个白虎！”看见爷爷手拖茶壶的样子，我站在一边喊。

爷爷和那个乞丐开始谈话。

或者说，爷爷开始吹牛。他告诉乞丐，年轻的时候，他也是走南闯北、走州过县的人。他还说，高村不是他的祖籍，他是要下的，他的祖籍在距这里二十里那个有名的地方，当年楚汉相争，西楚霸王鸿门宴——鸿门。你知道那个地方么？那才是他的故乡。他还说，这一辈子，他都在琢磨这个问题：他也许是刀光剑影的鸿门宴结束以后，弃了干戈，走入民间的一个士兵。

乞丐只听着，并不插言。爷爷希望他应和，于是他应了一句：“每个人都有自己的故事。”说完，又将嘴抿紧。他抓紧时间，尽量地享受着爷爷的芭蕉扇、旱烟袋和青茶，嘴角挂着微笑，一副莫测深浅的样子。

只是，当碎叔端着热水瓶，走出来为他传水的时候，乞丐抬起眼睛，怀着某种深刻的意味望了一眼他的头。碎叔的头上流着脓，有一股恶臭。

因此，乞丐悄悄地吸了一下鼻孔。

8　偏方

瞅着爷爷高谈阔论的空隙，乞丐适时地取下烟袋，在袖筒上抹了一下烟嘴，然后递给爷爷。烟袋堵住了爷爷的嘴，爷爷暂时不说话了。

瞅着这个空儿，乞丐问刚才那年轻人是谁。得到答复后，他又问他头上的癞疮是怎么回事，怎么不想个办法治治？

爷爷告诉他，试过了，各种方子都试过了，钱也花了不少，就是不见效。云游郎中说，那是身上有毒，什么时候毒发出来了，发完了，头才会好的。

乞丐同意爷爷的说法，只是他说，时间长了，会影响孩子长头发、影响孩子问媳妇的。他这里倒有一个偏方，十天半月的，就可以治好。他问爷爷，愿意不愿意试火试火。

这个偏方实际上很简单，将苞谷粥浇到头上，唤狗来舔，狗的舌头在舔苞谷粥的同时，就将头上的毒气，一起舔走了。

“你碎叔的罪受到头了！”

婆抚摸着我的头说。碎叔对他的头早已习以为常，并不在乎，但是想到头一好，就有人给说媳妇了，于是满心欢喜。到这个份上，爷爷还有什么说的呢？他千恩万谢地请老者留下来。在家里“用饭”，歇上一晚上，再走。“路在脚底下，走不完。何必急急匆匆！”他说。

第一次给碎叔舔头，就不顺利。他的头太臭，尽管狗看着满头的粥，涎水都流出来了，可是嘴一搭上，舌头动了两下，就不舔了。

“用开水洗一洗，洗掉重来！”老者说。

婆打来一盆热水，将碎叔的头像按葫芦瓢一样按在水里，揉搓起来。还从肥皂盒里，拿出一块平时不舍得用的肥皂，将碎叔的头，细细地擦了一遍。

重新涂了一遍粥后，不臭了。狗才开始舔起来，粉红色的舌头在碎叔的头上闪动，两片黄瓜嘴不停地吧嗒。

这下轮到碎叔抵挡不住了。“捂撒！捂撒！”他大声地说着，并且用两只手，护着头，不让狗舔。

看见碎叔的样子，爷爷来了气。他的屁股离开凳子，直起身，腿一偏，骑在了碎叔的脖子上，伸开巴掌，按住碎叔的头，然后嘴里“吆儿吆儿”地叫着，鼓励狗继续舔。

碎叔杀猪一样地叫起来。我和匣匣、苗苗她们围成一圈，拍着巴掌笑。

“等一会儿我腾出身子，打断你的腿！”碎叔在号叫的途中，伸出一只手来，威胁我。

“婆！”我示威性地瞪了碎叔一眼，跑过去抱住婆的一条胳膊。

9　凶宅故事

这一天我们尽自己的能力，给老者做了一顿好吃的。这一夜，老者也就没有推辞，住在了我家。那夜月亮真白真大，照得满平原一片清朗。月光也从椽码眼射进来，照在我家的土炕上。

婆搂着我，爷爷横在炕的中间，那位老乞丐在另一头。那原来是碎叔的位置，碎叔抱着他的臭枕头，到饲养房里，找生产队的饲养员打筒去睡了。

两老汉在拉着古话。拉着拉着，我听出来，这老者不是乞丐，他是来寻仇的。

许多年前，他的一个兄弟，到河北做生意，再也没有回来。如今他老了，眼见得半截子入土了，他要到河北去，寻那个买主，查问一下当年的情况。他说，估摸着他的兄弟是失弃在那里了，人死不能复生，他纯粹是为了了一桩心愿而来。

“是一个怎么样的人呢？”爷爷的声音，“是不是留着个盖盖头，推着一辆独轮车！”

爷爷的话使老者大吃一惊。我感到他的声音都有些变了。我有些害怕，于是拼命地钻在婆的怀里，用手抓住婆的干瘪的奶头。

“是推一辆独轮车。独轮车的把手掏空了，银钱，就在里面！”老者说。

“那么，我劝你回头吧！你的兄弟是失弃了，不过不是失弃在河北，而是在高家渡，也就是这个村子里！”爷爷说。

老者的声音有些发颤。他说：“船开不等岸边人。看来，这船是开对了！”他明白爷爷的禀性，知道话匣子一旦打开，爷爷就会把事情一股脑儿地倒出来。

凶手是一个艄公。那天，一个推独轮车的年轻人来到岸边。天已经麻糊黑了。渡过河后，还要走十里渭河滩，艄公劝年轻人在他家里歇息一夜，年轻人答应了。

一个堡子的人，都眼睁睁地看着，年轻人推着独轮车，车轴响着，进了艄公的院子。但是第二天早上，他再也没有出来。有人还听见，那天半夜的时候，院子里传来几声号叫。而给这个推测最重要的一条依据是，艄公家的井，突然被填上了，他的婆娘开始在邻家打水。

“是哪户人家呢？我是不是应该见识见识他们！”老者牙齿咬着，一字一顿地说。“你再也见不上他们了！那家已经绝户。他们只有一个女儿，这女儿前几年疯了。”

“真的有报应这个说法吗？”

“也许真是报应！那女儿死得很惨，也许杀人的那一夜，她躲在被窝里，是看见了的。她受了刺激。她疯了以后，艄公趁她熟睡时，几次把她抱到枯井边，谁知刚塞下去半截身子，她就醒了，开始哭号起来。艄公手一软，就又将她拖上来了。但她最后还是死了，大约有一次睡得太熟，没有来得及哭吧！”

“唉，这样到世上走了一遭，也真惨！”

我突然说起话来，我说，我见过那个疯女人，她把我搂到怀里，把奶头塞进我嘴里，要我吃她的奶。

我的插言惊动了两个老汉。他们不再言语。停了半晌，爷爷骂了我一句，他说：“驴槽上伸进来个马嘴。”

我听见婆长长地叹息了一声，原来她也没有睡。我后悔我的插言了，因为爷爷和那老者再也没有说话，要不，我也许会听到更多的故事的。

10　头发

老者第二天就走了。他没有过河，而是就此折身，回他的商州山去了。走的那天早上，他让爷爷陪着他，到河边那所破败的旧宅外面，转了两圈。“很怪的事情，非但人丁不旺，就连树木，也长不起来！”老者摇着头说。

碎叔的头从此一日三舔，持续了半个月，他后来再也没有让爷爷把头夹在交裆里了，而是主动唤狗来舔，他说狗的舌头所到之处，他有一种舒服的、仿佛被揭去一层头皮的感觉。他的癞疮不再流脓，而是慢慢结痂了，脱落了。脱落以后，黑油油的头发开始生长出来。

奇迹就这样在碎叔的头上出现了。有头发茬子的地方，头发疯狂地生长，那么黑，那么亮；头发茬子被脓疮吞掉的地方，好成几个亮疤，不过长长的头发一遮，便什么也看不见了。

为了弥补过去的损失，碎叔让头发长得很长，并且梳成大背头，整齐地背在后边。乡下人将那种头型叫“洋楼”。现在他成了多么漂亮的小伙子呀！大姑娘小媳妇们，见了他不再取笑，有时还有事没事的，给他说上几句骚情话。

倒是癞疮，开始长在了狗的身上。狗身上的毛，脱去了一大片。过了好久，才好的。那时候，碎叔已经有媳妇了。

11 大年馑

其实，就在我们经历那些故事的时候，大年馑已经开始了，只是我们不知道。官道上突然热闹了起来，高家渡的船只，也从早忙到晚，没个停息的时间。

一溜一串的人，是从南山上下来要饭的，他们大部分是商州客，平原上的人叫他们“南山狼”。南山狼像蝗虫一样，掠过一个又一个村子，从孩子的口里叼食吃，从快要成熟的庄稼地里刨食吃，挨家挨户，把每家的门环拍个遍。

其实我们自己也没有吃的了。开始的时候吃萝卜菜，生调着吃，熟煮着吃。萝卜吃完以后，就吃榆树叶、榆树皮。平原上所有的榆树都变成白色光杆以后，又开始吃油渣。花生油渣，棉籽油渣，粗油渣，细油渣。油渣吃了，屙不下来，爷爷蹲在老墙根，大声哼哼，央告我用手来掏。但是油渣也吃光了，这时候，上级号召说，吃苞谷芯儿，苞谷取掉颗粒的那个芯儿，家家的囤里都存一些，天阴下雨时引火用。现在，人们将它放在碾子上，碾碎，做成炒面吃。

“世人造的孽太多了，上苍要惩罚这一方人了！”婆说。

这期间，我害了一场大病。全身火一样烫，鼻子不停地向外喷血。病因是这样的：轮到我家用碾子时，夜已经深了，碎叔抱着碾棍转圈圈。我帮他推一阵，后来困了，就在一堆苞谷秆上睡着了。直到后来婆唤我，我才醒来，头晕得已经走不动路了。

郎中说我流的这不是鼻血，叫“红汗”，不要紧的。他开了几副药，就走了。巫汉抱着爷爷的茶壶品了很久，最后说，这孩子是个讨债鬼、要账的，前世你家欠了他的，他现在是来讨债的。债现在讨完了，他就要回去了。他死后，趁他身子还没冷，魂还没有出窍，你们要用鞭子使劲抽他的身体，叫他知道疼，就不敢再来了。还要把他烧成灰，埋得深深的，再给坟头上插上桃木橛，将这个作祟的东西钉定。

“黑建，黑建，你真是讨债鬼吗？如果是，那你就可怜可怜婆，闭上眼睛再也不要回来；如果不是，那你就睁开眼睛，不要再吓婆了！”

三天以后，我睁开了眼睛。恢复知觉的第一刻，我就听到了婆上面的话。我一把把婆搂紧，我说：“婆，我不是讨债鬼，我是你的亲孙子！”

我能够到门外徜徉了。

爷爷仍经营着他的茶摊，不为世事沧桑所动。他对我也表现出了少有的爱抚。我坐在他的怀里，捋着他的山羊胡子玩。

婆从柜子的最底层，翻出来一个白蒸馍。蒸馍都有些硬了、干了，这是他走姑姑家时，姑姑背过人，偷偷塞到她衣襟底下的。她舍不得吃，一直留着，现在，她把这馍塞给了我，我的失而复得令她产生了一种更为亲近的感觉。婆一再叮咛，不要叫碎叔看见，不要叫爷爷看见，也提防叫黑狗叼了去。

12 馍馍

我天生是个烧包，背过婆以后，就把馍拿到手里，“显哗”去了。我先来到爷爷的茶摊，钻进爷爷怀里，坐在他的膝盖上，把白馍拿出来。

爷爷的眼睛泪汪汪的，这叫青光眼。他的眼神拉直了，瞅着我的手在动，有一股贪婪的光。他的没牙的嘴吧嗒了两下，有一股涎水流下来，已经到腔子上，他一吸溜，涎水又回到了嘴里。

我用指甲将馍馍掐上一点，庄严地放进嘴里。好久没有尝到粮食味了，唾液争先恐后地跑出来，我有一种满口生津的感觉。

“给我吃一口，一小口！我拿东西来换！”爷爷可怜巴巴地说。

“你拿什么换呢，爷爷？”我问。

爷爷在的身上，乱摸起来。摸了一阵，他的脸红了，因为他的身上，实在没有什么东西可以交换。

“你的烟锅！”我提醒说。大人们叼着烟袋，那副吞云吐雾、悠闲自得的样子，早就令我馋了。

爷爷把烟嘴往袖子上擦一下，将烟袋让给我。

我庄重地接过烟袋，搭在嘴上。这时，我看见爷爷把馍拿在手里转着，窥测吞下去的部位。他的没牙的大口张着，就像民间传说中的血盆大口，我连他的喉咙眼都看见了。

“只准吃一小口！”我不放心地叮咛了一句。然后，把烟嘴含在口里，屏足气，美美地吸了一口。

这猛地一吸不打紧，我只觉得头晕目眩，眼前金星四冒。我大大地咳嗽了一阵，只咳得肠肠肚肚好像都要翻腾出来了。

听到咳嗽声，婆一闪身子，到了槐树底下。“你这个贪吃鬼托生的，你这个越老越不值钱的，跟娃争食吃！”婆这是在骂爷爷。

爷爷的心太贪。他的血盆大口，一下子吞进去半个馍，可是馍皮太硬，他又没有牙，馍卡在了他嘴里，吐又吐不出来，咽又咽不下去，咬又咬不动，爷爷憋得脖子上的青筋直蹦。

婆抢前一步，从爷爷的嘴里掏出这个馍，塞到我的手里。“到没人处吃去，你这烧包。不要显哗了，吃到你肚子里，实受！”

爷爷使劲地咽着唾沫，看着我唱着歌儿走远。“我才不稀罕哩！”他说，“这哪里是白蒸馍，分明是干狗屎橛！”

婆叹息了一声，就又回到屋里踏织布机去了。

我仍然不舍得把这个馍吃下去。我跑去找匣匣，匣匣走她外婆家去了。苗苗倒是在家，可是她家的门反锁着，她妈去剜荠荠菜，将她锁在了家里。我拿着馍馍，在她眼前晃搭了两下，觉得意思不大。

我来到了河边。

河边有个大姑娘，站在那里。脸刚刚洗过，又白又净。除了年画，我还没看见过这么漂亮的姑娘呢！

“你是谁？我不认识你！你不是高村的人，我知道！”我将馍馍放在胸前，大声地说。我疑她是水妖，婆说过，河里常常钻出一些陈年老鳖变的水妖，诱惑孩子们下水，然后把他们吃掉。

“我是过路客，要过河去！等船！”大姑娘说。

“那你到我爷爷的茶摊上喝口水吧！误不了事的，船还在对岸靠着。”姑娘没有搭话。她挺神秘地望了我一眼，然后招招手，要我过去。她说有悄悄话对我说。

我担心她会把我掀到河里去。迟疑了一下，我还是蹑手蹑脚地向她走去。

她没有将我掀到河里，而是抢走了我手里的馍馍。这件事情发生得太突然，当我刚把耳朵贴在她的嘴巴上时，她说了句："我饿！"然后猛地伸出手，抢了馍馍，向老崖上跑去。

我傻了眼，不明白发生了什么事。后来我明白过来了，我往地上一躺，四脚朝天，哇哇大哭。我喊："我叫碎叔来打你！我叫碎叔来打你！你这个丑女子！你这个丑女子！"

13　一摊牛粪

碎叔突然从天而降。"谁欺侮你来，黑建！"碎叔看着在地上打滚的我问。

碎叔的脸上沾满泥巴，只穿着一个裤头。他的裤子，裤脚用两把蒿草扎着，裤脚里装满了东西，两只裤管，骑在脖子上。

"是她，往崖上跑的那个丑女子！她抢了我的馍！"我委屈地指着老崖说。

姑娘已经上了老崖。她的牙齿显然比爷爷的好，我分明看见，已经有一半的馍下了她的喉咙眼了。

碎叔吼了一声："欺侮孩子，算什么东西！"说完，一捋"洋楼"，猫着腰向老崖上追去。

就在到了我家门口的时候，碎叔追上了那姑娘。我家门口离渡口，也就是半畛子地的距离。那姑娘气喘吁吁的，手里还拿着半块馍，看见凶神恶煞的碎叔，离她没几步了，她停了下来。

这时候，我童年最难忘的一幕发生了。那姑娘看见地上有一摊牛刚刚拉下来的稀屎，于是一猫腰，将半截馍塞进了牛粪里，然后又抬起双脚，把牛粪踩了踩，继而直起身子，怔怔地看着走到跟前的我的碎叔。

“你真不知脸红，你抢孩子……”碎叔的话说到半截，咽了下去。见了姑娘的举动，他大约也有一些吃惊，于是停止了言语，圪蹴下来，望着那摊牛粪，不知道怎么办好。

他在牛粪跟前蹲了很久，思考了很久，后来，无可奈何地直起身。“黑建，咱们回吧！”他对跟来的我说。

我有些舍不得，碎叔说：“咱们有了哄肚子的了。”他拍了拍搭在脖子上的裤子，说他刨了个瞎狯窝，足足有半斗黑豆哩。

我们刚抬脚，那姑娘就从牛粪里刨出馍馍。她拿到鼻子底下嗅了嗅，然后从容不迫地吃起来。

碎叔已经走远了。我回过头来又望了姑娘一眼，这一望使我看见了这一幕。我当时想哭，那么俊俏的一个大姑娘呀，扎两根羊角小辫，脸刚刚在河水里洗过，那么白，那么净，由于刚才那一阵跑显得红扑扑的。

不知过了多长时间，我感到有人在摩挲我的头。是爷爷。

姑娘吃得紧了，有些打嗝。爷爷说：“女子，到茶摊上喝杯茶吧，捎带地漱一下口！”姑娘摇摇头。“不收钱的！”爷爷又补充一句。姑娘跟着爷爷，来到了大槐树底下，坐定。

约有一袋烟的工夫，爷爷风风火火地进了屋子。他从来不这样，大家都有些吃惊。婆停住机子，问他这是怎么了？

“天大的喜事呀，老婆子！”爷爷喜冲冲地说：“我给咱碎害货，捡回来了媳妇！”爷爷又向屋外喊道：“进来吧，女子！”

我看到，婆倒没有表现出太多的惊异。只是碎叔，“嚯”地一下站直了身子，赶紧朝掌心吐两口唾沫，然后用手指梳理他头上的“洋楼”。

14　新媳妇

一个大姑娘站在屋子当中。我认得她，就是刚才抢我馍吃的那个。

姑娘有些害羞。她的眼光朝屋子所有的人扫了一遍，最后落定在婆的脸上。我也注意到了，婆往日昏昏沉沉的脸上，这一刻显得很精明，很敏锐。她很认真地看了一眼这姑娘，看得这姑娘更加害羞起来。

我突然觉得姑娘很可怜。我想把她从窘态中解救出来，于是跑过去，友好地拉住她的手。

姑娘是商州杨郭镇人，家里有父母，还有一个哥哥。哥哥下山下得早，一去没了踪影。家里实在揭不开锅了，父母说，你去逃条活命吧，往北走，兴许会遇上你哥哥的。

这是爷爷介绍的情况，说这些话时，他捋着山羊胡子，很得意，说完以后，还问姑娘他说得对不对。姑娘点点头。

“重要的是户口！”婆说，“村里好几个从路上拾来的媳妇，年馑过了，就又跑回南山去了，把咱们耍了一回！”

姑娘没有说话。我觉得，她的指甲掐得我的手生疼。

碎叔的“洋楼”已经梳理光，脸上的泥巴也洗去了，又重新换了一条裤子，一双新布鞋。他显得很精神，容光焕发，一副跃跃欲试的表情，好像生产队的那匹见了母马的儿马。

忘了告诉你了，爷爷尿罐的秘密已经揭开，就是那匹儿马干的。每天早晨，天还没有大亮，儿马就挣脱缰绳，跑到我家东墙根，扬起脖子将尿喝干。这件事被爷爷发现了，他叫碎叔搬来一张盘炕用的泥坯，盖在上面。泥坯上钻了个洞，刚好可以将尿射进去。至于女人们尿时，往往会洒到土坯上，关于这一点，爷爷并不可惜，他说，把这土坯打碎了，照样可以壮苞谷苗。

碎叔瞅着姑娘的脸蛋，傻乎乎地笑了。他说有填肚子的了，他今天掏了个瞎猞窝。他这话是给姑娘亮耳朵，意思说他会叫她有吃的，他有资本问这个媳妇。

瞅着碎叔眼馋的样子，婆长长地叹息了一声。“留下吧！”她说。说话的途中，她又用深刻的眼光看了姑娘一眼。这是一个女人看女人的目光。当后来一切都结束后，我才明白，祖母的眼光中所包含着的具体内容。

靠东墙的地方，面朝西，有两间塌泥小屋，这里原来是牛圈。爷爷已经不能参加生产队劳动了。年馑中，牛分到户里饲养。爷爷分得了两头牛，每天可以挣三分工。现在，将牛拉到前屋，和我们住在一起，原先的牛圈，做了碎叔的新房。

爷爷把牛不叫“牛”，叫成“头牯”；他把这渭河也不叫“渭河”，叫成“禹河”；把吃饭也不叫“吃饭”，叫成“用膳”，这是跟着秦腔戏学的。

婚礼进行得还算热烈，从破庙改作的小学校里搬来了桌椅，又从河北请来了一班“自乐班”，吹吹打打的蛮像一回事儿。亲戚们都来了，碎叔的亲生父亲，也从渭河下游的那个村子赶来了。婚礼的费用是他出的钱，这大家后来才知道。因为“四清”中，查出他有“四不清”行为，钱到哪里去了呢？钱原来到了这里。

我在这一刻成了最幸福的人。我一会儿从笸箩里摸出了馍馍，夹上菜，塞给在外面流涎水的匣匣；一会儿又偷一个，塞给苗苗。我还一个劲地拉着新媳妇的手，问她：“是你知道那儿有一摊牛粪，才往那儿跑的，还是偶然碰上了？”

“就你嘴碎！”婆骂我。

爷爷仍旧坐在他的茶摊前，他很得意，一手捋着狗的脊梁干子，一手捋着自己的山羊胡子。他又在高谈阔论了，四周是虔诚的听众。当事人的碎叔，今天突然感到不好意思起来，他躲在灶火里，拉风匣，只有当没人的时候，偷偷地和新媳妇拉上两句话，眉目传情。

最忙的是婆了。锅上地上，都是她的事。比起家里其他人来，只有她不那么忘乎所以。在和新媳妇偶尔接触时，她也表现出了格外的客气。

婚礼结束了，闹房结束了，碎叔把我赶到门外，然后“砰”的一声把新房门关上了。我感到受了委屈，用脚踢门，用手捶门。可是，这次婆没有护我。“你也该去睡了！”婆说。

15 渡口上

婚礼举行完几天，来了个瘦瘦的、矮矮的、背有些佝偻的年轻人。他就是新媳妇的哥哥。他在家里住了几天，就回南山去了。我不喜欢这个人，因为他沉默寡言，很少露出笑容。他在喝足了爷爷的茶水后，也没有到尿罐里去尿，而是尿到了田野上的生产队的地里。他说回去后办户口，但是走了以后，再没有来。

喜气很快就过去了。半斗黑豆并不能顶太大的事，碎叔扛着铁锨，又挖了几个瞎狯窝，结果都是空的，瞎狯也饿死了。像我们家这样揭不开锅的，在村子里已经成了普遍现象。“民国十八年，饿死人，正是在这麦熟口里。”婆有些恐怖地说。

我曾经有一个勇敢的行动。我偷偷地约了匣匣和苗苗，登上了渡船。我想到河北去要饭。河北有滩，听说那里的生活要好一些。我的想法眼看就要实现了，是新媳妇坏了我的事。她在地里剜荠荠菜的时候，偷偷地来到老崖上，吃观音土。她发现了我。“黑建！黑建！”她站在河沿上，喊起我来。见镇不住我，就回去找爷爷。

爷爷的辈分很高，高村一族，他是还活着的老人之一。因此，他站在老崖上，一喊，艄公就乖乖地将船挑回来了。

那真是一场好打！爷爷从脚上脱下鞋子，握在手里，朝我的屁股，狠命地打起来。“你打！你打！我不活了！”我拧着脖子，大声地叫着，让爷爷打。

“你跑呀！跑呀！”新媳妇站在一旁喊。

我决定不让自己跑。我拧着脖子，咬紧牙关，让爷爷打。

匣匣、苗苗的妈赶来了，她们护住了自己的孩子，然后纷纷劝我，快跑。她们的话使我突然明白了，爷爷已经没有力气打我了，所以我得跑，不是示弱，而是给爷爷一个台阶下。

我向爷爷挥舞了一下拳头，撒腿就跑。我向家里跑去。

婆耳背，这时才听到了老崖上的喧闹声，她颤巍巍地迈着小脚，出了屋门。

我一头扎到婆的怀里，放开长声，号啕大哭，一边哭，一边掰开开裆裤，让婆看我屁股上的鞋底印子。

婆大骂起来，她说：“老不死的，娃多金贵，你这个棺材瓤子，你就这样打娃！”

爷爷已经坐在了他的茶摊上了。他大口大口地喘着气，胸膛起伏着，好一阵子，他的气才顺畅了，可以说话了。他说：“黑建，他再给我丢人现眼，败坏门风，看我不打断你的腿！”这是一个小插曲。一会儿工夫，一切又都恢复了宁静。我走到爷爷跟前，站在他身边。爷爷睁开浑浊的眼睛，望着我，他依旧长长地喘着气。“给我捶背，黑建！”他央告我说。

16　瓦罐

政府这时候发来了救济粮。救济粮没有发到各家各户去，而是集中到队上。这是一些苞谷。将苞谷磨成面之后，一日两餐，烧几大锅苞谷粥，每家来人领，一个人一瓢稀粥。

这活落在了我和婆的身上。爷爷走起路来就气喘，跑不成路；碎叔和他的新媳妇，要上工。粮食眼看就要下来了，挣些工分，才能分到粮食。

我和婆抬着一个瓦罐。瓦罐的耳子上系着绳子，一根锄把穿过，我和婆抬着去打饭。生产队的给牲口饮水的大铁锅，现在腾出来用来熬苞谷汁。打饭需要排队，婆娘女子，老婆老汉，用瓦罐排成一个长队。谁给的稠了，谁给的稀了，谁的瓢在端起来的那一刻，掌勺的手颤了一下，洒了一点，这些都成为话题。因此，发放大锅饭的那个地方，常常是吵成一片。

瓦罐抬回来以后，家里再照人头分，每次都是婆掌勺儿。她不偏不倚，将瓢在瓦罐里搅一搅，搅得稀稠均匀了，瓢一仄楞，舀下去。爷爷分得了他的一份后，往往是带着呼噜，一口气喝干，然后伸出舌头，再将碗细舔一遍。“学会舔碗！这不是丢人的事！”爷爷对我说。于是，我也学着舔起来，并且很快做到鼻尖上不沾饭了（后来回到城里，为这舔碗的毛病，我没少挨过打）。碎叔则喝到一半的时候，瞅瞅婆不注意他了，飞快地将粥倒到新媳妇碗里，然后装模作样地在碗沿上呼噜两下，放下碗上工。

婆的饭，通常剩下半碗。稀粥本来清得可以照见人影，可是放到晚上，就凝固了，成了一团。这时候，婆就盘脚坐在麦秸做的蒲团上，将碗放在膝盖上，然后悠闲地吃着。通常，大部分的粥是被我吃了，婆只象征性地吃一点，就将筷子塞到我嘴里来。粥上洒了层面面盐，一层红辣子，香极了。我曾经尝试着把我的粥也放到膝盖上，可是我办不到。“这是几十年的功夫！”婆说。

抬瓦罐的时候，我在前，婆在后。婆不但要抬瓦罐，还要腾出一只手，捉着绳子。“不要东眼西迈，往你的脚底下瞅！”婆总是这样叮咛。

事情也许就出在婆的这句话上。抬着瓦罐，已经快到家门口时，我看见我的脚前面，有一只屎巴牛，旁边是一摊牛粪，这只屎巴牛是从牛粪里钻出来的。这是一只公屎巴牛，通体乌黑，背上是一个硬盖，头上顶着一把铲，肩胛上还有硬硬的一道锯齿般的、突出的棱角。屎巴牛倒转身子，屁股朝天，正推着一个粪球在走。老实说，我生平还没有见过这么漂亮的屎巴牛哩！

如果拥有这个屎巴牛，我就可以在匣匣、苗苗面前，炫耀上好几天了。可是我不能，我在抬着瓦罐哩。我跨了一步，从屎巴牛身上越过去。

但是婆不知道路上有牛屎，还有屎巴牛。路过这里时，她的小脚不知道是踩在了牛粪上了，还是踩在屎巴牛身上了，总之，她滑了一跤，跌倒在地。

我听见后边“哎呀”了一声，赶紧用两只手攥紧锄把。可是已经没有任何意义了。当我扭头往后看时，看见婆一个尻子蹾，坐在了地上，瓦罐四分五裂，打碎了。婆的手里，还攥着绳子，只是绳子的头上，只有几个瓦罐的耳子。

爷爷早就站在茶摊前，向路上探头探脑。他这时候一阵风地跑了过来，一边跑一边脱鞋，婆仍然坐在那里，手里抓着绳子。爷爷开始用鞋底朝婆的脸上、头上、身上没头没脸地打起来。“你要绝我们的命呀！”爷爷说。

我丢开锄把，跑过去，伸出双臂护住了婆的头。爷爷见了，不再打了，他把鞋扔在地上，用脚探上，然后蹲下来，顾不得气喘，开始拣那些大些的瓦片，吸溜起上面的稀汁来。最后，他一摇一晃地，又回到了他的茶摊上。

“你爷爷是对的！”婆用手梳理了一下头发，说。

婆开始往起站。婆往起站的动作很特别，从我记事起，她就这样站了。她先把腿蜷起来，全身成一个圈，然后身子往上仰上两下，再猛地往前一闪，就两个小脚立地，站起来了。

新媳妇放工了，她走过来搀着婆，我们向家走去。那一天剩下的时间，我们谁也没吃饭，谁也没说话。

17 坟地上

新媳妇的肚子，开始显怀了。是不是显得有些早了？村里的人们，议论纷纷，说得最凶的是苗苗妈，她大约还记得前一阵子碎叔干的那件事。

这个婆娘，额头上顶个永远不褪色的瓯窝，站在家门口，用手扶着官道上那棵被扒光了皮的榆树，唾星四溅地说三道四。

爷爷也觉得这事有些蹊跷，他请教婆，问这是怎么一回事？婆停顿了半天，说：“不管是谁家的孩子，生在咱家炕上，就是咱家的！”爷爷听了，也觉得这话很正确。麦子开始黄梢了，南风一吹，一天一个颜色。最先黄梢的是大麦。大麦先熟，人们先把大麦拔了，把麦粒打下来，喂牛吃，牛吃了上膘，翻种夏茬庄稼。大麦地被碾平碾光，当作场，开始收小麦。

大麦黄梢的那个晚上，半夜了，我迷迷糊糊地，被婆从睡梦中唤醒，她说苗苗妈匣匣妈都去偷麦了，“新妈”（婆让我将新媳妇叫“新妈”，这是一种对叔叔的媳妇的称呼）也去了，要我追她们去。说完，她塞给我一个笼，还有一把她做活用的剪刀。

“你知道大麦地吧，在南岗！”婆说。

我穿上了衣服，挎着笼出了门。那些婆姨们早就没有踪影了，我估摸了一下方向，然后从一片春玉米地，向南岗方向走去。

天有些黑，一弯朦胧月，躲在云的背后。我的小腿打得苞谷叶沙沙响，好像后边有人追我似的。我有些害怕，头发都炸起来了。就在这时，我看见前面不远处，有一团亮光，我判断了一下，发觉那是我家的老坟，也就是碎叔坐在树墩上吹笛子的地方。

我想跑，可是不敢跑，婆说过，这是鬼火，你一跑，鬼火就跟上你来了。我蹲下来，看那团光亮。可是光亮已经变小，并左右移动着。坟地里，有几棵高大的柏树，风吹着柏树，发出沉重的响声，更增加了我的恐惧。

好久，我听见了说话的声音，我的心才慢慢地回到了原处。絮絮叨叨的，是两个人在说话，一个男人，一个女人，间或，我还听到女的低低的呜咽声。那声音，就像爷爷茶摊上的那只热水瓶，灌足了开水后"噗噗"地跳动。

月亮从云朵出来了，照耀着这一块坟地，我四周的苞谷叶子也在月光下闪闪发光。我认出那个男人了，他就是在我们家住过的新媳妇的哥哥，刚才那火光，是他在点烟，是他的烟火发出的光。他正坐在我碎叔坐过的树墩上，他的膝盖上，坐着一个女人。

他们拥抱在一起，那女人的头埋在男人的怀里，看不清，但是我已经知道她是谁了。我在那一瞬间感到一种委屈，想起碎叔将半碗粥倒给她的情景。我眼看就要大喊，这时候，我听见了那女人的笑声，这笑声制止了我。

在我的记忆中，新媳妇到我家后，还从来没有这样开怀大笑过。笑得那么甜，那么彻底，又那么善良。

原来新媳妇解开裤带，让那男人摸她的肚子。"他（她）在蹬腿哩！"她说。

太多的事情都让我遇上了，让我的童年遇上了。我决心不打断这一对幸福的男女。当月亮又一次被云朵遮住的时候，我直起身、向后倒退着，悄悄地向南岗走去。

18 偷麦

大麦地的边上，有许多猫着腰的妇女，她们的笼已经快鼓堆了，还有的妇女，拿着门帘或者单子，把麦穗先装在自己的围裙里，装满一围裙后，再溜到地边，倒进摊开的单子里。“撑死胆大的，饿死胆小的！”她们这样互相鼓励着，偷生产队的麦子。

大麦地的中间，搭一个庵子。庵子旁边，生一堆篝火。守夜人显然坐在庵子里，他还丝毫没有觉察。

满地是剪子的响动声。这声音在寂静的夜晚，是这么刺耳。

手快的妇女，已经将笼装满，将门帘或单子包满，她们现在溜到了地边上。金黄色的、长着长长的麦芒的大麦穗太诱人了，诱得她们舍不得离开，而仅是举手之劳，这些麦穗就成了自己的了，这个事实，更让她们动心，因此在地边上，再转悠着摘几个麦穗，才离开。

地边上的麦穗已经很少，只剩下秃秃的麦秆。那些聪明的、胆大的女人，是径直走到地中间去，然后往外走着剪，当走到地边时，她们已经偷得差不多了。

我是个笨蛋。我是从地边上向里走的，这样越往里走，笼就会越沉，跑起来也不方便。我还不习惯用剪子，于是就把剪子放在笼里，用指甲来掐麦穗。麦芒扎在了手掌上，我也感觉不到疼。

麦子恰好搭在我的嘴唇这个位置。最初，我学着别人的样，猫着腰，后来发现这是没有必要的，就直起了身子，越往地里走，我的胆子越壮，差点把这是在偷麦都忘记了。

我离火堆越来越近，越过起伏的麦穗，我看见守夜人从茅庵里跑了出来。他披了一件旧大氅，这大氅我觉得眼熟，好像是爷爷的。火快灭了，他这时出来，往火堆里加棉花秆。放下棉花秆以后，他就趴在地上，用嘴吹起来。

我认出了，这是我碎叔。原来是他在看守庄稼。我有些骄傲，胆怯的心情一点也没有了。

“碎叔！”我大声叫了他一句。

碎叔被惊动了，他直起了身子，火光开始燃烧起来，照亮了他有些消瘦的下颌。他被满地黑压压的人头和“嚓嚓嚓”的剪刀声惊呆了。

碎叔惊叫了一声，然后向茅庵里跑去。他迅速地从茅庵里拿出一支枪管很长的土枪，枪管一伸，简直快要抵到我的额颅上了，我吓得赶紧趴在地上，闭上眼睛。

火光一闪，他开枪了。

这一声枪响，就像惊了满地的兔子。整个大麦地乱成一片。人们现在用不着猫腰了，纷纷站起来，开始往村子方向跑。鞋跑掉了，笼扔了，也顾不得了。

“我怎么向队长交代哩！我怎么向队长交代哩！”碎叔跺着脚，拉着哭声喊。他扔了枪，开始追那些婆姨女子们。

最后，他又回到了火堆边。谁也没有追上，只捡了几个笼，几个包袱皮回来，明天，他就用这个向队长交差。

一个男孩，挎着个笼，呆呆地站在火堆边。他好像是吓傻了，好像是可怜他的碎叔，主动地走过来坦白自己。“黑建，谁让你来的！唉，人家偷了牛，你来拔橛！”碎叔走了过来，他提起我的笼，看了看，麦穗刚刚遮住笼底。

碎叔把我笼里的麦穗，全部倒走了。笼和剪子，他没有没收，算是看面子。我很害怕，已经没有勇气一个人走夜路了。碎叔将我送到村口，瞅着我进了家门，才折身回了南岗。

屋子里有一股新麦的味道。满满的一笼麦穗，这是新媳妇偷的。她并没有到麦地里去，这麦穗是怎么来的？我好久没有想透这一点。记得当时，我瞅了新媳妇一眼，这一瞥有些生分，不知道她感觉到了没有？

19 收麦时节

太阳一天比一天毒了，南风一天比一天烫了，麦收时节终于不可遏制地到来了。“孩子，我们终究熬过来了，熬到新麦接上茬了。我们没死，真的，我们没死！阎王爷把我们的鼻子舔了舔，突然改变了主意，放过我们了！”这是婆对着金碧辉煌的麦田，对我说的话。说这话时，她的眼泪像葡萄珠一样成串成串地掉下来。这半年经历了多少事情！她一次也没有哭，但是现在，她哭了。

阳光下，一块一块的麦田，金光闪闪，小风吹来，扬起一个又一个长长的大浪头。麦子确实完全成熟了，颗粒饱满，从麦秆到麦芒，都黄得发亮，黄得有些半透明了。整个大平原，都笼罩在一片香气中，这是新麦的味道。

生产队将割倒的第一镰麦，迅速地碾打出来，给每家先分了一簸箕。碾子又“咯哇咯哇”地响起来，性急的人们，将新麦在碾子上碾成糊糊，回家后烙饼子吃。我们家也烙了这样的饼子。这其实叫锅贴，将面和成糊状，团成饼子，贴在锅的四周，锅底再添上水，一阵猛烧，边蒸带烙的，饼子就熟了。“给你爷爷拿去！”婆说。她用一根筷子，将发烫的饼子从中间穿了，要我去给茶摊上坐着的爷爷。她还说，爷爷吃不了几年五谷了。

在那有月亮的夜晚，婆拉着我的手，在一块又一块的麦田里流连，拼命地用肺吸着那醉人的香气。她在这一刻对我说，得给你爸妈打信了，让他们接你到城里去，你已经七岁了，秋里该上学了！

官道上的人骤然多起来，因此，爷爷的茶摊又兴隆了。这些过路的有一部分是大姑娘小媳妇，她们走亲戚，篮子里装着新麦做成的白馍，她们要将新馍送给自己的亲戚们去尝鲜。这个礼仪年年都有，名称就叫“新麦”。尽管这时候的时间是多么珍贵呀，但是她们一定要把这个礼节做到。

官道上另一部分人是“麦客子”。他们正是我们前面提到的南山狼，不过这一次不是要饭，而是揽着给人收麦，收一亩地一块钱。山里的麦子熟得晚，平原上赶过事情后，回头再收自己的，刚好接上茬。

新媳妇的肚子已经很大了，走路时用两手搂着肚子，像抱了一袋粮食。苗苗妈又用手扶着树，在那里议论。我真蠢，是我给她提供了新的话题。偷麦的那天晚上，坟地里遇到的那件事在我的心里憋了很久，终于憋不住了，我不敢给家里大人说，怕他们骂我“嘴长”“嘴碎”。我想了半天，将这事告诉了我的好朋友匣匣，结果匣匣又将这事告诉了苗苗，苗苗呢，又将这事告诉了她妈。

苗苗妈的话，婆好像听见了，又好像没有听见，她还是那句话：“生在咱家炕上，就是咱的孩子！”

20　家变

新媳妇来到高村六个月后，生下一个男丁。又过了一个月，为这个男丁过了满月。满月那天，所有的亲戚都来了，大家都礼节性地向这个孩子的出生表示祝贺。大家都很谨慎，避免多说话，以免说漏嘴，让事主难堪。

“养女像家姑，养儿像娘舅，这孩子，多像新媳妇的哥哥呀！”苗苗妈站在门口，这样说。见婆的脸色突然阴沉下来，她一说完，赶快抬脚走了。

爷爷给孩子取了个名字，叫“年馑”。因为等着报户口，好分秋粮，所以，名字没有来得及仔细推敲。爷爷说，名字是个记号，先有个叫的就行了，等到将来上学时，再给他起官名不迟。

新媳妇的娘家没有来人，这使这件事过得暗淡了许多。

在过事情的过程中，始终看不到新媳妇的欣喜。她的脸上老罩着一层胆怯的、忧伤的神情，可怜兮兮的。不过她对年馑很亲，从她喂奶的样子可以看出。

过了满月以后，遇到一个赶集的日子，新媳妇提出，她要上街去，为孩子扯些花布。新媳妇的话是成道理的，因此，谁也没有阻拦她。婆从大襟袄的口袋里，掏出一个缠着的手绢，手绢绽开，从里面拿出两块钱，给了新媳妇。这钱是婆织布挣的。

新媳妇走了一顿饭的工夫，苗苗妈突然有些诡秘地来到茶摊前。自从碎叔发生了那件事后，她轻易不与我们家的人搭话，但是今天，她开口了，并且说出一个惊人的消息。她说，新媳妇跟上野男人跑了。

爷爷让她把话再说一遍，说不清的话，就撕破她的嘴。苗苗妈一见，急了，赌咒发誓说，新媳妇确实跟人跑了，一个南山狼领着她，怀里还抱着年馑，她们没有上集镇去，而是去了通往商州杨郭镇的路了。

爷爷大怒。他大声唤我，唤婆，然后又叫我赶快到地里去，叫碎叔，赶快把那下贱的东西撵回来，还有那个野男人，也不要叫他跑了。

我叫回碎叔，并且把地里和碎叔一起干活的小伙子们都叫来了，大家嗷嗷叫着，扛着铁锨镢头，要去撵。这里面震动最大的当然是碎叔。他面色铁青，牙齿咬得嘎嘣响。队长也来了，高村是一族，大家都姓高，因此他认为这是全村的耻辱。他发布命令说，让小伙子们尽管去，甭管工分，工分照样记，还给加班工分。

浩浩荡荡的人群已经走远的时候，婆站在家门口的粪堆上，朝人群喊：甭伤了年馑！

21 私设公堂

在平原与大山的接壤处，他们撵上了这一对匆匆的行路人。

小伙子们挥舞着拳头，将那男人结结实实揍了一顿，然后又反剪着手，押了回来。新媳妇没有挨打，碎叔还念着往日情分，他说：她怀里抱着孩子，就免了吧！现在，他寸步不离地跟在新媳妇后边，眼睛一眨不眨，生怕她突然从眼前消失。他的老镢头也紧紧地攥在手里，不敢有一丝松懈。

押到家门口以后，婆颠着小脚过来了，她从新媳妇怀里夺过孩子，然后张开大襟，把孩子搂在胸前。她用手摩挲着孩子稀疏的头发，为他压惊、叫魂。

两个罪人跪在了爷爷跟前。爷爷让人把茶桌上的茶碗茶壶都撤了，这样显得庄重些。他拽了拽自己的衣襟，清了清嗓子，开始问话。接着又觉得这样威严还不够，就又从脖子上取下烟袋，在茶桌上狠狠地敲了一下，算是当惊堂木用。爷爷这个动作，是从老戏上看的。

这一下用力太猛，将烟袋杆也闪断了。过后，爷爷心疼了很久，说这烟袋杆是枸子木的，他当年上北山时，一位樵夫送给他的。

那个男人的眉目，我现在看清了。他瘦瘦的、黑黑的，背有些佝偻，他就是新媳妇的哥哥，也就是我在坟地里看到的那个。

男人望了新媳妇一眼，就开始说话了。原来他外表上看来不起眼，说起话来倒口齿伶俐，头头是道。他说先让他抽一支烟，抽完烟再说，他现在累得不行。

他的烟在上衣口袋里。爷爷示意了一下，我走过去，为他掏出一根烟，点着。只见他猛吸了两口，然后将烟吐掉。

男人开始说话了。他说了一个令所有人都大吃一惊的真相。他说，这女人叫史桂花，是他的婆娘，明媒正娶，割有结婚证。他这次，是接他的婆娘回山里去，山里的夏粮已经下来了。

男人的话吓了我一跳。我走过去，掰住新媳妇的脸瞅了一阵。“确实是我碎叔的媳妇。这男人胡说！”我向在场的人大声地说。

爷爷却坐立不安，有些惶恐起来。“不会有这种事吧。哪能哩？”他小声说。

“是的，大！这是真的！”新媳妇这时也接上话茬了。她说，之所以到高家来，是他们俩想下的计策，主要还是为了肚子里的孩子。她还说，最初他们也没这个意思，只是话撵话，一步步撵的，才最后成了这个样子。其实，最初，她还是上了我爷爷的勾竿，一步踏错的，就在这茶摊前。因此我爷爷是主要的责任者。

“天下竟有这样的日怪事！”爷爷说，“你把我们耍了一回！”

“不是我们耍你，这是年馑逼的！”那男人压低嗓子说。

爷爷的嗓门提高了，他说：“我不准这贱货走，她跟我儿子拜了堂，行了大礼，她就是我家的媳妇。我要把她看牢，死也死在高村。”

新媳妇听到这话，呜呜地哭起来。

那男人却没有被这话吓住，他的嗓门也提高了，他说：“两条腿在她身上长着哩，你能看住？你们没有割结婚证，没有办户口，你们才是犯法的。再说，你私设公堂，更是犯了王法，我还要到地方上去告你们哩！”

这话算说到了厉害处，爷爷语塞了。生产队长听到这话，也觉得不对头，悄悄溜回自家门口，伸出耳朵来，往外听。

爷爷缓过气来，他又问：“你们真的割了结婚证吗？啥时割的？该不是诈我们吧！”

“割了都两年了。这不，你松开手，我给你取！”那男人说。

松了手脚以后，那男人解开裤带，从裤头的暗兜里掏出了一张纸。果然是一张结婚证，上面有杨郭镇公社的章子和年月日，还有这一对男女的官名。

爷爷招招手，要过结婚证。他把结婚证放在青光眼前，看了半晌，然后一把把它撕了。“这哪里是什么结婚证，分明是一张擦屁子纸么，你想诈我们！”爷爷说。

那男人并不急。他笑了，说：“老汉爷，你失算了，结婚证是两张，你撕了这张，那张还在我家箱子底下压着哩！”

这时候，爷爷的弟弟——碎叔的亲生父亲，那个曾经当过土匪又入了共产党的人来了。这是一个谁也不敢惹的大能人，目下是下游一个大队的支书。爷爷已经没诀了，他像望救星一样望着他的弟弟。但是，这个人在听了事情的前因后果后，也摇摇头，说赶快收场吧，咱们只有自认倒霉了。

一直没有吭声的婆，这时候突然说话了，她提出要收养这孩子。她说，记得她不止一次说过，孩子养在谁家炕上，就是谁的，她现在把这话再重复一遍。那男人听了，刚要张口，婆阻止了他。婆说，这话她是问新媳妇，没有这个“野毛光棍”的事。

新媳妇哭起来，望着婆怀里的孩子。“我的头生，我的头生！”她舍不得自己身上掉下来的这块肉。

男人不顾婆的阻挡，这时候说话了。他说：“送给高家吧，只要家具还浑全，不愁再生不下的！”

新媳妇点点头，算是答应了。

婆抱着年馑，回了屋子。任凭茶摊前再发生天大的事情，和她已经没有关系了。她也叫我回去，我热闹还没看够，不愿回，挣脱了她的手。

事后，婆对我说，她早就看出新媳妇来路不明，像是结过婚的样子——她的脸开过。这个地方的姑娘，结婚时要请人用细绳子将脸上的绒毛绞一遍，让脸变得光堂一点，这叫开脸。

那两个山里人就要走了。

“你真的没有一点留恋的意思吗？”碎叔问新媳妇。

“可怜可怜我的难处吧！我会记着你的！可是现在，我得走！”新媳妇抹着眼泪说。

碎叔在这一刻，表现了一个男人的大度，他借了一辆自行车，推着媳妇，一直送过了火车路。那男人有些理屈地跟着他。

我牵着新媳妇的手，将她送出村子。“让我最后一次叫你一声‘新妈’吧！”我说。

新媳妇说，你心地善良，性格又硬，你将来会有大出息的！

22 羊

新媳妇这件事，给爷爷以沉重的打击。他明显地衰老了，对茶摊的经营也不那么热心了。过往的客官，他也不轻易地招呼他们，除非他们自己走到茶摊跟前。没人的时候，他就静静地一个人坐在交椅上打盹。他打盹的样子很怕人，勾着头，垂着眉眼，仿佛死了一样。婆说，阎王爷在叫他哩！

不久后他赶了一次集。这次赶集使他又经受了一次打击，而且给这个经济拮据的家庭带来了好几年的困难。

事情是这样的。爷爷过上三两个月，就要赶趟集。他赶集的目的，只有一个，就是去吃一次肉。这次，婆只给了他两毛钱。婆说，钱要当钱用。疼小不疼老，疼下不疼上，得省下钱，给小年馑买些吃货。“得五毛，最少得五毛！才能买一碗大肉熬萝卜片。”

爷爷说。爷爷不再央告婆了，他要我去抓鸡，他要抓一只母鸡到镇上去卖。爷爷说：“哈哈，我只值两毛钱！我这个掌柜的只值两毛钱！”婆见我真的去抓鸡，让步了，她让爷爷张开手心，将一分一分的钱，数到五毛，然后叫爷爷上路。

晌午饭还没端，爷爷就回来了。院子里传来咩咩的羊叫。爷爷又做了一件赢人事，他这时满面春风，将拐杖蹾得地皮“咚咚”直响。爷爷说，这只羊只三百元，况且肚子里还怀着羔。像这样的母羊，如今市面上没有八九百、上千元休想买到，一只羊羔也得三百元哩！他这不是买的，简直是捡的！他说他憨，结果发现世界上还有比他憨的人！爷爷说的是实情，当时的羊价，确实是这样的。高家渡上，爷爷的茶摊上，来来往往的，有的是买羊的人、卖羊的人，这个价大家都知道！

“你这一辈子，做过几件赢人的事呢？该又不是上当了！”婆尽管满心欢喜，但是还是有点不放心。

最欢天喜地的大约就是我了。我做梦都想拉一只自己的羊，羊后边再跟上狗，跑到渭河老崖上去放。一边放，一边吆喝着：我的羊不认得你们，你们离远些，操心它抵你。可是爷爷阻止了我，他不让拉着羊去放，他说羊肚里有胎，得当事一些，流了胎，你担当得起吗？说着，他将羊拴到了大槐树底下他的茶摊前。

我只得去拔草。

行前，我听见婆追问爷爷，钱是哪里来的。爷爷说，钱先赊着，立了字据，等生下羊羔后，卖一个羊羔，就够还了。爷爷还说，这只羊肚子有多大，肯定是个好下手，你算算，一年两茬，该是多少。他要叫亲戚都跟上沾光，一家送他们一只。

我拔草的时候，顺便在渭河里耍了一阵水，回到槐树底下时，已经是下午了。我看见，大槐树底下围了满堡子的人，爷爷站在圈子中间，手里牵着他的羊，人们指手画脚的，好像在开爷爷的批判会。

原来，集市上，今天羊价大跌。像变戏法一样，一只羊羔，只卖到五毛钱，还没有一只公鸡的价大。像爷爷买下的那只母羊，撑死，也只值二十块钱的。

婆披头散发，好像疯了一样："你的羊是从哪里来的？你给我实说。还有，今个你到底去过镇上没有？"

爷爷这时候老老实实地承认，他没有去过镇上。爷爷走到半路遇上个卖羊的，大约还是个不生不熟的人。他问羊价，那人说：你出个价吧！

爷爷伸出一只手，蜷回两个指头，张口说了三百。那人说三百就三百吧！这样，他们在路边一个叫庙底的村子，找了个共同的熟人，立据成交。

听完爷爷的话，婆一屁股坐在地上，脸色乌青，不会言语了。碎叔在她的那个叫人中的地方，掐了几掐，她脸色才回转过来。她骂爷爷说："老不死的，你把我们娘们害到何年何月呀！"

爷爷做了鳖事，站在那里，低着头一声不吭，像个做错了事的孩子。

我把草扔给在树底下静静地站着的母羊，然后去拉婆。

母羊不久就产下了两只羊羔。五毛钱一只，爷爷也没有去卖它们。因为给母羊配一次羔一块钱，这个账爷爷会算。爷爷把一只羊羔给了配种的，让配种的再给母羊把羔配上，另一只羊羔，确实送给了亲戚。

爷爷买羊这个荒唐事儿，只对一个人有利，那就是小年馑，他是喝羊奶长大的。再就是对我有利，我小时候尿床，晚上睡在大炕上，一泡尿下来湿了半炕，婆从梦中醒来，说，咱们家的黄河又发水了。然后把我挪到干处，她睡在湿处，把炕往干里暖。后来也是听茶摊上的过路客说，羊尿泡能治尿床。于是，婆弄了个羊尿泡让我吃，果真顶事。

嗣后，这三百块钱像石头一样压在全家身上。直到“文革”的那一年，账才还清。那时，我已经随父母进了城里，我听父亲说，是他每月从工资中扣下五块钱，还清这笔账的。

23　三十年后

我是在母羊的事发生后不久就离开高村的。那一夜月光真明真亮，我和匣匣苗苗她们，在队里的麦秸垛里藏猫猫，这时候，一个穿着一身白衣的女人站在场边，大声地叫着“黑建”。我不记得她是谁了，因此，没有搭声。这时，婆抱着小年馑过来了，她对我说：“傻孩子，这是你妈，你的最亲的亲人呀！还不叫‘妈’！她是来接你上学的！”听到这话，我走了过去，怯怯地站在那里。直看到这女人满面流泪，眼泪打湿了她的前襟时，我才一下子扑过去，投入她的怀里。

“男人嘴大吃四方！黑建，高村是个小地方，你该到外面去见大世面了！”婆说。

整整三十年后，也就是1991年，我又回了一趟高村。我的儿子那年也恰好七岁，他也跟我一起来了。

爷爷和婆都已经过世。他们都活到了八十四岁高龄。他们如今被埋在我偷大麦的那一块地里，那块地现在改种了苜蓿。他们的墓圈得很圆，坟顶上撒了些高粱，高粱苗子长得很高。爷爷是先死的。听说，爷爷死后，婆在整理他的遗物的时候，特意将那把白茶壶，那些粗瓷茶碗，装进他的棺材里。“他生前做过许多梦，就让这些梦陪着他吧！”婆一边装一边说。

婆比爷后老。婆老的时候很清醒。她让人给自己把老衣穿上（这老衣是她织的布做的），然后给我发了个电报。电报发出后，她就让人把她抬到大门口，眼睛瞅着官道，等我回来。一直等到第五天头上，她说："告诉黑建，我等不来他了，他该不会怨我吧！"她说完，让人给她盖棺材板，在盖棺材板的同时，她永远地闭上了眼睛。

那院老宅还在，现在由碎叔居住着。上面那些事情，就是碎叔告诉我的。自从新媳妇走后，碎叔再也没有结婚，他说怕后娘委屈了年馑这孩子。

"年馑呢？"我问。

"年馑已经长大了，恐怕你现在认不出他了，他在渡口摆渡哩。"

那棵老槐树已经没有了，它做了两副棺木板，一副爷爷睡了，一副婆睡了。代替槐树的，那里现在长了一棵桐树，该有五把粗了吧。

那个有点古典意味的茶摊，随着爷爷的故世，自然也没有了。是的，那一代人已经没有了，在偌大的平原上，很难再见到他们了。他们已经成为历史，就像乡间那些以看云识天而享誉乡里、口里总是念着"早烧不出门，晚烧晒死人""燕子低飞蛇过道，蚂蚁搬家泥鳅跳"的老人一样，他们没有理由再受尊重了。电视机里的天气预报比他们准确，时代淘汰了他们，或者说他们自动地腾出了舞台。

我童年的朋友匣匣，已经远嫁了外村。她现在出落成了一个粗壮、豪爽的农妇。那个妩媚的小姑娘苗苗，长大后，父母给她招了个人，可是，有一次渡船时，一个一块渡船的外路客勾引她，她就跟那人跑了。"三岁看到老！"村上的人说，"她生来就不是高村的人，只是投胎投错了！”

有人在河南省见过她，说她穿得很“飘”，仍然是一副狐媚的样子。

我牵着我的儿子，来到河岸上。这次之所以要领儿子来，是觉得在高村，我的直系亲属已经没有了，我回来的机会肯定不会太多了。而生活在城里的儿子大约一次也不会回来了。

渭河一如往昔，静静地流着。有风吹来，打湿了我的眼睛。

有一只渡船，刚刚离岸。“船开不等岸边人”，艄公仍然用这句我三十年前听过的话，回答我。我微笑了。我静静地站在岸边，等着船摆过去，又摆过来。“你是年馑吧？”我问。艄公回答说是。我又问，爷和婆坟上的高粱是你种的吧？艄公又回答说是的。他这时候知道我是谁了，他开口叫我“黑建哥”，而我，也叫过自己的儿子，让他管这个艄公叫“碎叔”。

艄公告诉我，他母亲每年二三月里，从商州山上下来一次，在家里住上个把月。他问，他们之间到底是怎么一回事呢？也许我知道的。我回答说：我确实知道的，但是，那已经是陈芝麻烂谷子了，何必去翻腾那些事呢？你的名字不是叫“年馑”吗？也许所有的答案，都在这两个字里。艄公沉默了，不再言语。

我说，我要用这个船，这个渡口，以及那早年爷爷的茶摊，拍一部电视剧，拍摄的时候，就用他这条船。艄公听了这话，笑了。不过他说，要拍得赶快拍，听说这里要架桥，等桥一架，高家渡这个地名，就从平原上、从渭河上消失了。

雕　像

1

是一个星期天，我正在家中，百无聊赖。不久前，我刚刚举行了一次个人画展。画展在这个北方都市，引起了一场不大不小的轰动。评论界认为，我的风格师承凡·高，我不属于现代，如果下述说法不算唐突的话，我属于19世纪印象派的最后一个传人。我一向不重视评论界的说法，对于他们的歇斯底里式的时褒时贬，也采取一种漠然的态度，因为我透彻地知道，他们并非重视画家，而是重视自己的理论，他们在令人眼花缭乱的画坛搜集种种现象的目的，是印证自己的理论，而并非出于对你的尊重和理解。我还知道，我有几位势头很不错的画家朋友，就是被他们的理论引导到套子里而不能自拔，从而过早地结束艺术生命的。

现在，我百无聊赖。经验告诉我，这是一次创作高潮与一次创作高潮之间的过渡期，我应当静静地享受这一段安宁的时光才对。创作状况是一种幸福，平凡的生存也是一种幸福，而且很难说，哪种幸福更有意义。画展闭幕式上的溢美之词，那些鲜花与欢呼，已成恍惚昨日，留存下来的只是一种空虚。

我不是凡·高，我永远不可能从世俗的土壤中拔脚而出，家庭和社会的责任也不允许我长时间地进入凡·高状态。顶多，我只是在每天三包香烟的刺激下，眼神出现暂时的疯狂，在短暂的一瞬间走近凡·高而已。

正当我不着边际地思想时，有人敲门。这样，百无聊赖的时光结束了，我开始接手一项工作。我当时并没有想到，这项工作需要我一段较长的时间和感情的历程；尤其没有想到，它使我接触到了一桩秘密。

2

进来了两个干部模样的人，一个穿着半旧的灰中山装，翻毛皮靴，一个穿着一套不甚合身的西装，脖子上扎着一条猩红色领带。他们的话语中有着浓重的鼻音，音色干涩而布满棱角，并且充斥一种金属感。他们的脸上同样棱角分明，褐色的脸颊因为肌肉强健和缺乏水分，显出一种高仓健式的冷峻。

两位来客的面部特征立即抓住了我。我想，这是一幅画的题材，画的标题我甚至也想好了，它叫《生活中突然的闯入者》。

没容我细想，落座后，年长的一位说话了。他自我介绍说，他们来自陕北高原一座县城，在县里的城建部门工作，他们这次来某市，是专程来找我，希望我为他们那里完成一件事情。

接着，两位客人以一种过于严肃的口吻，说出一位女人的名字，然后在中途打住，四只眼睛盯着我，等待我做出反应。

这个女人叫“兰贞子”。我没有能够做出反应，这使我有些惭愧。因为我对陕北知之甚少，从课本上，从传统教育中，我只知道那是个光荣的圣地，它是中国革命的精神家园。

是的，每当陕北这个地名出现在我脑海时，便伴随着一种神圣与庄严的红色。作为我，无论过去、现在和将来，都随时准备起立，向它脱帽致敬。然而，对于它的历史和今天，对于属于它的那些可歌可泣的人物和故事，我确实知之甚少，因为我迟缓的脚步至今还没有叩击那块红色土地。

我的反应令两位客人失望。他们本来准备等待我做出强烈反应的。这时，年长的解释说，这是一位女英雄，陕北大革命时期的红军指导员，她的传奇式的经历在陕北家喻户晓。她牺牲在1933年的农历年关，要不了多久，将是她的六十周年殉难日。他们作为这位女英雄的乡人，准备届时隆重地举行一次纪念活动，并且——局促不安的年轻人，这时接过了话头。他说，准备建立一座雕像，就树立在英雄当年英勇就义的地方，而设计和制作雕像需要一位专家。

这样，我明白了两位不速之客的来意。我不能不产生感动，感动他们从牛毛一样多的艺术家中选择了我这蹩脚的一位。然而，对于这种遵命艺术，我已经好长时间没有搞了，我担心自己完不成它，担心生机勃勃的创作激情会受到限制，担心我的向艺术纵深的跋涉会受到耽搁。因此，我提出了两条推辞的理由：一条是，我以前没有听说过这位女英雄，因此，很难立即进入创作状态，我缺少将真实人物变成艺术具象的准备过程；另一条是，我是个画家，雕塑不是我的专业。在这里，我还掰起指头，为他们推荐了几位罗丹的门徒。

“就是你了！”他们说。这件雕像的设立以及制作者的确定，是经县委会决定的，因此，现在的问题，不是我愿不愿意干的问题，而是我考虑在干的途中，有哪些困难，哪些条件，比如报酬之类，需要提出的问题。

我被这句话逗笑了。但是看到两位客人严肃的面孔，我止住了笑声。同时，我又不能不受到感动，于是，我点点头，将这件事应承下来。随着我的应承，气氛立即缓和了。

“你懂得雕塑的，××城的市雕，就是你设计的。一只公骆驼，一只母骆驼，一只仔骆驼，挤在一起，扬着脖子，站在城市的大路仰天嘶叫。”老者说。

那位年轻人说，之所以选择我，还有一个原因，是首都一家报纸的一位女记者推荐我的。年轻人说出了那位女记者的名字，还多余地看了我一眼。我表示不认识她。

他们说，女记者是他们的乡人，设立雕像，很大程度上就是出于她父亲的建议。她将回到陕北来，协助我一道工作，充当我的助手。相信我会欢迎她的，因为她的手中握有一张女英雄的照片，这张照片还不曾面世，党史方面的专家费了许多心思，想得到它，但是都被女记者拒绝了，然而，为了雕像，她愿意将照片提供给我。

“那是女英雄一生中唯一的一张照片！”年轻人强调。谈话到了这个份上，我还有什么话好说呢！我说对报酬我是不计较的，金钱会给我带来忧虑。

我只希望在县城的招待所里为我安排一张床，一个就餐的桌位，能为我尽可能多地收集一些关于兰贞子的资料，传说也行，传说有时候比资料更准确。

末了，我请二位到门前的小饭馆就餐。席间，我迫不及待地谈起这位女英雄，希望他们能告诉我更多的故事。因为我明白，从现在开始一直到雕像落成，这位突然闯进来的女英雄，便成为我生活中最重要的事情了。

年长的一位叫老高，年轻的一位叫小高。饭间，老高说，他与兰贞子曾有过一面之缘。

3

那是怎样的“一面之缘”啊！风已经从遥远的年代渐渐刮来了，带着积年的尘埃，撞击着我的胸口。我静静地坐在那里，听老高叙述。几杯酒下肚，他的脸成了红色。

民国十八年，陕北大旱。毒辣辣的日头炙烤着高原，村头路旁到处饿殍横陈。饿疯了的人们，吃光了大地上所有能吃的东西，后来“易子而食”。“人吃人，狗吃狗，舅舅锅里煮外甥，丈人锅里熬女婿。”这些歌谣，说的就是民国十八年的事情。

“我那时还在吃奶，大约也是被父母换给别家的吧！”老高阴沉地说。易子而食——人们不忍心吃自己的亲生儿女，于是有儿女的人家，互相交换，这样吃下去的就是别人家的孩子了。

记得有一种动物，生育之后，找不到食吃，于是吃掉自己刚刚产下的儿女。被饥饿折磨得发疯了的人们，也干起这种残忍的事情。苦难的陕北，有时候，就是这样维系人种不灭的。这是一种多么悲惨的人类生活图景啊！

水已煮开。煮水用的是从路旁捡来的白骨。那也许是个新死的人，道旁的野狗，已经把骨头啃净了。当这家主人捡回白骨的时候，几只红着眼睛的野狗尾随而来，蹲在门口，舍不得这些骨头。这家主人捡起一把平日割草的镰刀，向狗扔去，如果能打中一只狗。有狗肉吃，这个婴儿就可以幸免了。但是狗很狡猾，当镰刀飞去时，狗群一下子蹿到了远处，继续蹲在那里吠着。这家的男人已经没有力气撵狗了，他强支起身子，往灶火里继续塞着骨头。

骨头里有油，因此火很旺，并且发出一股难闻的气味。姑且称呼他老高吧，要么，称呼他什么呢？此刻，老高被剥得精光，躺在锅里哭。他的哭声已经沙哑。他那时大约还不满周岁，所以虽然意识到了恐怖，但还是不明白世界上到底在发生什么。

这家男人跪在地上，手里举着镰刀，在行将杀戮之前，他先向灶火爷谢罪，请他饶恕这一切。祈祷完毕后，他站起来，举着镰刀走向老高。

“命苦的孩子，你为什么要来到人间。早死早托生。下一次托生，你找个大富大贵的人家，记住了吗？你千万别到陕北来！”

老高停止了啼哭，他呆呆地望着这家男人，听他说话，两只眼睛扑腾扑腾直眨。这家男人看着老高的眼睛，也觉得害怕，下不去手，他觉得这是在造孽。他迟疑了一下，但还是坚决地举起了镰刀。

这一迟疑救了老高。突然，门被踢开了，兰贞子平端着盒子枪，走了进来。她刚刚率领队伍，从南梁下来，救这一方水火之中的百姓来的。

兰贞子一甩齐耳短发，讥笑着问：“老爷子，你这是干什么呀？”当啷一声，这家男人的镰刀掉在了地上。“没有法子的事呀！”他蹲在地上，抱着头，呜呜地哭开了。

兰贞子用枪向望瑶堡方向指了指，告诉他有粮食，在城里的粮行里，不过得自己去抢。说完，她把枪插进套子里，走到锅台跟前，抱起孩子，然后解开纽子，将孩子裹在自己的大襟里。她拍了拍孩子，突然掉下两行热泪来。“你是谁家的孩子？大难不死，必有后福！”她说。

老高的父母亲，已经把这家的孩子吃了。等到兰贞子赶到他家，只见夫妇二人抱成一团，坐在炕上哭。肚子虽然不像原先那么饿得难受了，但是现在堵得慌。

女红军默默地把孩子放在炕上，看着他们。等到孩子伸着小手，向他们爬去时，他们才明白是怎么回事。母亲赶紧挪过来，抱起孩子。

老高说，这就是他和兰贞子的“一面之缘”，他的命，应该说是被兰贞子救的，他们方圆那一带人的命，也应该说是被兰贞子救的。他说，父亲幸亏死了，要不，他也许现在也不会原谅父亲的。不过，人既然已经死了，他该将他的牌位立在家中才对。老高还说，“易子而食”这种事情，在望瑶堡地面屡有发生，你查一查县志，一部县志，其实是一部饥饿史和暴动史而已。

4

老高的故事还没有讲完。几天以后，这一带的农民，组成了一支浩浩荡荡的队伍，到城里去抢粮。老高的父亲，以及那家男人，都参加了抢粮的队伍。

兰贞子率领她那支小小的红军，充当了这次行动的组织者。为了迷惑敌人，他们采取了“拜庙”的形式。陕北地面，每遇旱年，农民们便组织起来，由村上有号召力的人带领，到龙王庙去拜庙，希望他们的虔诚感动上苍，给这干涸的土地上洒几星雨来。

从田野上折了一支又细又高的杨柳杆，队伍就以这支杨柳杆打头。掌杆的就是兰贞子。她换了一身农民的装束，头上蒙着羊肚手巾，腰里缠着腰带，枪就在腰带里藏着。

她的后边，是抬着龙王楼子的两位，一位是老高的父亲，另一位，就是我们曾经见过的那户人家的男人了。红军游击队的队员们也都换上了便衣，混在人群中。村上年节时闹社火的家什，现在也带上了，人们一边走，一边呐喊，一边击奏。在鼓乐的伴奏下，响彻川道的呐喊声，仿佛人们的哀号。

队伍先在村头那座简陋的龙王庙前叩完头。然后抬着楼子，顺着川道，向望瑶堡方向拥去。川道里荡起一股黄尘。

兰贞子举着杨柳杆，扯开嗓门，悲愤地唱道：

“龙王佬价你坐得高，我们给你把香烧，饿死百姓你不管，你的良心狗吃了！”

“你的良心——狗吃了！”后边黑压压的人群发一声喊，齐声应和。很明显，央告中除了祈求之外，还有一种对龙王爷的威胁之意。人们抬着楼子，一边跑一边颠，希望失职的龙王苏醒。

在歌声与歌声的间隙，是反复出现的副歌。这副歌的歌词很简单，只有一句话：“龙王佬价——救万民！”

遇到水流，队伍便停下来，黑压压的人群跪倒在地。领头的兰贞子将杨柳杆放平，蘸着河水，然后像巫神一样向田野上挥洒。队伍中会走出一位老者，从腰间取下一个瓦罐，装满河水，这瓦罐将来要献到龙王庙里去。

后来，队伍来到了望瑶堡。他们旁若无人地一直走到城南的龙王庙，将瓦罐给龙王献上，将龙王楼子一把火烧尽，然后动身折回。

实质性的事情在下一步，前边演的是假戏。但这一切却是假戏真做，这样做，一是为了迷惑敌人，二也是为了给乡亲们壮胆。经过这一番折腾，大家都有些晕乎乎的了，人人感到自己魂灵附体，不可一世起来。

在经过县政府大门时，兰贞子突然拔出枪，朝空中放了两响，大声叫道：“大家反了吧！”话音未落，独自闯进了大堂。

军警站在那里，傻乎乎地抱着枪，他只当这是一场热闹。等他意识到是怎么回事时，人群已经拥进了大堂。

杀声震天价响。县老爷躲在公案桌底下，不敢出来。兰贞子一脚踢翻桌子，伸手抓住县长的衣领，然后用枪顶着他的额角，逼他下令，开仓赈灾。

筛糠一样的县老爷，二话没说，就乖乖地照办了。祈雨的队伍回来的时候，每人的背上都背了一袋粮食。兰贞子率游击队殿后。那户人家的男人太贪心了，他背了两袋，因此远远地落在了队伍后边。后来，清醒了的军警们赶来了，他们跟在队伍后边打冷枪，一颗子弹击中了他。

老高的父亲看到这种情景，就搁下自己的口袋，返回去救他。他觉得他欠人家的情。这时，又一颗子弹打来，老高的父亲也顿时脑浆迸出，趴在了那袋还没有尝到嘴的粮食上。这就是那一次令四面八方震动的饥民事件，它的领导者是兰贞子。后来，我查阅资料的时候，计算出她那一年才十五岁，刚刚参加红军游击队不久。

有了粮食，民国十八年这个大饥馑终于熬过来了，许多人间悲剧也避免了。当然遗憾的是，死了不少的人，老高的父亲，那家的那个男人，还有许多的人。不过这种死是为抗争而死的，所以它较之最初那些残忍的举动便多了几分豪迈色彩。

遗憾的是，兰贞子的父亲也在这次抢粮中死了。当黑压压的敌人尾随抢粮队伍，围住村子后，兰贞子觉得凭着自己的一点队伍和几支破枪，无法支撑局面，于是动员乡亲们疏散，跑到山上去，或者躲进崖窑。

兰贞子的父亲兰铁匠没有能够逃脱，他被敌人抓了起来，并且吊死在龙王庙前那棵老槐树上。敌人走后，乡亲们重返故里，含着眼泪从树上解下兰铁匠，将他掩埋了。

而兰贞子带着她的小小的队伍，又重新返回了南梁。伤感的老高讲完了。他说，李画家，你现在应该明白，我为什么热心雕像这件事的原因吧。

我点点头。热心于某一项公共事业，除了共有的原因之外，其实，还有个人的原因的。我这时想起了那位女记者，我想，她的热心，也许也有她的个人的原因吧！

吃罢饭，小高提出由他结账。我有些过意不去。小高说，账可以报销的，请我吃饭，也是他们的一项工作。

菜碟里似乎还剩一些豆腐皮。趁小高结账的时候，老高从他的风尘仆仆的挎包里，掏出一卷纸。这些纸大约是他的儿子或者孙子上学期的作业本吧。我正琢磨着他做什么用，只见他细心地撕下一张纸来，摊在桌子上，用指头轻轻地拈起豆腐皮，包在纸里。

“路上吃！”他对我说。当着我的面，他对他的举动有些害羞。两位客人告辞了，他们将重返高原，在那个叫望瑶堡的地方等我。至于我，我说，我将很快向美院领导请假，顺便安顿一下家务，然后前往陕北。当然，在省城的这一段时间，我还想到有关地方查阅一下兰贞子的资料。总之，请他们放心，我会很快去的。送走客人，我展开速写本，在上边匆匆涂写道：

“兰贞子（1914—1933），陕北大革命时期女英雄。寻找表情。寻找感觉。寻找每一个细节以便给她的动机以注脚。参考古希腊时期作品。在陕北人心目中，她无疑已被神圣化，他们把对大革命时代的怀恋之情凝聚在她身上。我没有把握。给我具象。”

我在“给我具象”这四个字下面加了着重点。

5

一些日子后，我启程前往陕北。长途班车在中午时分盘上了高原。蓝天白云下，一个一个像大馍馍一样的山头向我簇拥而来，一种厚重的历史感和崇高感油然而生。在这块恶劣的和残酷的大自然的怀抱里，生活着我们民族剽悍的和源远流长的一支。《西行漫记》的作者曾这样评价过这块地区：人类能在这样恶劣的自然环境中生存，简直是一种奇迹。他还形容那些拥拥挤挤、奇形怪状的黄色山峦，好像是疯神捏就的玩具，但同时又是个超现实主义的奇美世界。

当年，毛泽东从另一条自北方而进入高原的道路上，从担架上抬起他的略带忧郁的眼睛，第一眼看到的，也许正如我今天看到的一样，不过更荒凉，更贫困。他那时心理上也许已经有所准备，但是，触目所及的一切仍使他吃惊。他那时是不是预料到了，他为之奋斗的事业中最辉煌的一页，将在这重重叠叠的大山中展开？

历史选择了陕北，中国革命选择了陕北，将这里黄尘弥天的大地作为凝聚力量和东山再起的大本营。那时，兰贞子已经作古，但是，正是由于她和她的战友们最初的揭竿而起，为中国革命将大本营放在陕北提供了可能性。

按照党史资料上权威的评价，女英雄“为陕北革命根据地的开辟和陕北红军的发展，做出了自己的贡献”。

在省城的那些天，我系统地翻阅了有关兰贞子的资料。我只能遗憾地认为，我得到的只是一些概念化的东西。这些东西并非不感人，并非不重要，然而对于我来说，需要的是独特的个性的东西，即经典作家所反复强调的“这一个”。

直到嗣后，当我与单家父女的接触中，当我在从事雕像的创作中，我才明白我的直觉是多么正确。对于兰贞子来说，她确实有“这一个”。

但是现在，我仍然没有抓住我所力图抓住的东西。资料向我显示出的最有价值的，也许是兰贞子的一双大脚，和她的没有扎过耳朵眼的耳朵。然而这些可以成为造型语汇，但不能构成作品的灵魂。

大脚在后来革命风行的时候，在《妇女放脚歌》唱红的时候，曾经成为一种时髦。但是在最初，革命影响还没有波及这里时，不愿缠脚这件事本身就表现了一个女孩子的性格。

“傻丫头，你会嫁不出去的！”村里的女人们好心地说。“说不定，就因我这双大脚，男人们还争不精明哩！”兰贞子笑着回答。除了大脚，让我感兴趣的还有她的耳朵。资料显示，兰贞子小的时候，拒绝像别的女孩那样扎耳朵眼。他们家没有男孩，因此作为长女的她，一直把自己当男孩看待，希望将来顶门立户。

而她的父亲，在这些问题上，总是“纵容”女儿，总是站在女儿一边。在这块荒凉而偏僻的土地上，在窘迫的食不果腹的生存斗争中，脂粉气和女人气并不重要，循规蹈矩的礼数也并不重要。

如果我是一个新潮艺术家，那么大脚和耳朵，已经为我提供了语汇。记得不可一世的毕加索，女性模特儿在他的眼中只剩下一堆零散的板块，一堆机件构制，而这其中，别的机件在艺术家的眼中已被省略、忽视或缩小变形，充斥整个画面的只是两个硕大无朋的乳房和肥大的臀部。那么，对于我来说，一双奇大无比的脚和一对天然的耳朵，便足以构成我的造型了。

然而我不满足，总觉得这种冷静的夸张和变形，总有一天会被视为艺术的异端。活生生的事物被冷冰冰地阉割和肢解，这本身就是对大自然神奇造化的一种亵渎。我有太多的热情和想象，也许只有凡·高那种血腥般的紫红和灿烂炫目的金黄，那种在热情的疯狂燃烧下窥测到的大自然的精悍之美，才适合于我，才适合于这个命题。

6

那座位于高原腹心的革命城，已经成为一座新兴的现代化城市。街道整洁，楼房林立。宝塔山、清凉山、凤凰山成对峙状鼎立，延河和南河在这里交汇，然后合成一股，奔向东川。

长途班车在进入延安市区时，正是黄昏，首先映入眼帘的是一座座楼房的轮廓，屹立于宝塔山的宝塔，宛如一个过去年代的高高桅杆，半隐半现在暮霭中和城市升腾的烟雾里。延河已不像电影里或革命回忆录中所见到的那样清冽和宽阔，水流有些浑浊和瘦小，河床也被水拉得很低。这当然不是被人们戏谑地认为“诗人舀干延河水”的缘故，而是气候的原因，加之延河上方的沟沟岔岔修了许多的堤坝。

入夜，我来到华灯初放的延河大桥上，在那里久久流连和徜徉。延河像一条明亮的闪闪发光的带子，自远方流来，在宝塔底下折个弯，又向远方奔去。各式各样的灯盏倒映在水里，给人一种缥缥缈缈的美妙感觉。河流浑浊与否，现在已经看不到了，关于这条河流的所有的光荣与斗争，幸福与憧憬，愉快和不愉快，过来人的狂热的回顾与新潮人物尖刻的评判，这些在此一刻都化为虚无。它平静得就像所有不带感情色彩的河流一样，毫不理睬两岸的喧嚣，不舍昼夜地走着自己命定的里程。

当我在桥头徜徉的时候，有一位白发苍苍的老者，也在桥头徜徉。我盯着他看了几眼，他也看了一眼我。当时，我并不知道这正是单猛，那位女记者的父亲，雕像的倡导者，我们擦肩而过。不过几天后，我们还会遇上的。

我认为在延安多逗留几天是值得的。在居住的几天里，我用几乎全部的时间，来考察革命纪念地。我从旅馆租了一辆破旧的自行车，满世界地走，但是后来我终于明白了，我是无法将这些陈迹都拾到眼里的，因为在这座红色首府里，俯拾皆是陈迹。

一孔普通的窑洞，窑洞里住着户普通的人家，你到窑里讨口水喝，顺便刨根问底，问这窑洞，延安时期是做什么用的。主人回答说，他是后来移民来到这里的，前几年，有个叫杨植霖的来过，说这里当年是中央党校的一个什么分部，他在这里上过学。这个杨植霖写过一本关于王若飞的书。他说，那时，他的左边住的是丁玲，右边住的是××，等等。你游览如今已经变成公园的宝塔山，在山的左首几百米处的荒山野坡上，大地隆起一个土包。这是谁的坟墓？割草的孩子告诉你，死者是《松花江上》的作者，他的光荣的名字叫张寒晖，柯仲平的"文化山上葬寒晖，一把土来一把泪"，说的就是当年的那场葬礼。前几年，来了一位神经兮兮的老女人，她在这架山坡上寻呀寻，手里攥着柯仲平的诗，身后跟着几个当年抬过棺材的人，他们在山坡上转悠了很久，最后确定，张寒晖的墓就是这个土包。在清凉山，细细的羊肠小道旁边有三座塌陷的坟墓。这也许是周恩来的三个卫士，周恩来劳山遇险时的牺牲者。据说周恩来一九七三年回到延安，流着热泪说，拜托你们了，寻找一下这三个烈士的坟茔吧，不是他们冒死相救，今天就不会有我周恩来了。据说这卫士中有一个人那天恰好装有周恩来的名片，土匪武装击毙他后，从身上搜出名片，以为周恩来已死无疑，于是中止了追击，从而周恩来得以从灌木丛中逃脱。周恩来如今已没有能力追究此事，因此这三座荒坟便依然荒落在那里。其实，这种默默无闻的归宿也许更适宜于这三个默默无闻的人！当然，这三座塌陷物也许不是坟墓，或者是坟墓，但不是那三名卫士的坟墓，一样的累累白骨，谁能辨认清楚呢？

在延安的日子，我以主要的精力，考察了凤凰山麓、枣园、杨家岭、王家坪这些领袖们居住的地方，以及桥儿沟那座双尖顶教堂。凤凰山麓是一座静静的小院，院子里朝东坐西，几孔简陋的石砌窑洞。枣园则是一座像样的庄园式村落了。据说红军进驻延安，地主闻风而逃，这里的空窑洞后来成为中共中央所在地。毛主席居住过的窑洞前，一树丁香，虽说已过了花季，但枝叶尚繁茂，一副郁郁葱葱的样子。窑洞里的陈设也是简陋到了极点，一张木床，几把简陋的硬木长椅，一张很大的桌子，一把藤椅。桌子上有笔墨纸砚，有一盏带玻璃罩的旧油灯，一根生铁条。讲解员说，这铁条叫“镇纸”，是当时的八一铁厂用投产的第一炉铁水浇铸的。站在枣园这架陕北高原普通的山坡上，眼观眼前滔滔而过的延河，想到全世界为之瞩目的中国革命，以及共和国的建立，曾经在这里完成它决定性的一页，总令人感到不可思议。

杨家岭是一条不起眼的小山沟，中国革命同样在这里留下了雪泥鸿爪。毛泽东住过的窑洞。七大会场——那个仍被如今的建筑学家称为奇迹的飞机楼。还有杨家岭下边，小溪旁，那块毛泽东曾经耕种过的土地。

我累了，坐在山腰间平台上休息，结果我发现，这里仍然是个陈迹。旁边立着的红牌告诉我，这是毛泽东和安娜·路易斯·斯特朗谈话的地方，正是在这里，毛泽东发表了“一切反动派都是纸老虎”那个著名谈话。我就坐在毛泽东当年坐过的那条石凳上。想到伟人们在这块无产阶级革命圣地的辉煌的业绩，想到萧条异代不同时，给这块平凡的土地带来光荣的显赫人物已纷纷谢世，独有我这渺小的踏访者，在这里游荡，辨认着雪泥鸿爪；想到大诗人拜伦的悲凉歌声“伟人啊，请注视你的身后”这模棱两可的话，我感慨万千。

正当我惴惴不安地坐在这条石凳上时，我看到了不远处那位老者。他正是我在延河大桥上碰到的那位。

7

老者拄着根拐杖，怅怅地站在那里。“像我一样，这也是一位梦游者”，我想。山沟里有徐徐的小风，我倒没有感觉到什么，可是老者承受不了了。我听见他咳嗽了几声，有鼻涕流出来。老者在咳嗽完后，感觉到了这一点。他将拐杖交到另一只手里，空出这只手，在口袋里摸索起来。

他是在摸手帕。当手在颤巍巍地摸索时，手帕的一个角已经露出了口袋。但是，当老者将手帕往出提时，一定是他的手关节不灵便了，只见那张手帕掉在了地下。

捡起一张手帕是件容易的事，但是对这个老者却并不简单。他思考了一下，把手杖重新换给这只手。然后两只手同时拄着拐杖，腿开始蜷曲，他试图跪蹴下来，捡起这张手帕。

蜷曲的程度不够，上身也没有能够弯曲，因此，尝试了几次，老者失败了。老者现在开始重新拄着拐杖，直直地立在那里。他举起头来，向四边张望着。我看见了像一条细细的线儿掉下来的鼻涕。我猜度出老者是希望有人帮助他，同时埋怨起这个不知名的老者的家人，他们也太粗心，让这个谁知道有多少岁了的人在这里一个人行走。我站起来，走了过去，想帮助他。我甚至觉得自己站起得太晚了。我俯下身子，去捡那张手帕。可是，正当我的手就要落地，捡着手帕的时候，手被一根拐杖挡住了。“我在等秘书！”老者说。

我缩回了手，站直身子。我脸红了。我生平遇见过许多令人尴尬的事，但像这样的尴尬还是第一次。

我觉得自己应该硬着头皮干下去。我自我解嘲地说：“举手之劳！举手之劳而已！”然后第二次俯下身子，去捡手帕。这次，手杖没有挡我，或者只是象征性地挡了一下。

为了怕引起误会，捡起手帕后，我立即递给了他。然后，搀着老者，坐到红木牌下边来。

老者一边走一边嘟囔：“秘书，秘书跑到哪里去了？”我明白了老者这是在强调自己的身份，便宽容地笑了笑。

老者坐在了我刚才坐过，也就是当年毛泽东坐过的那条石凳上，而我，就只好坐在他的对面，也就是当年安娜·路易斯·斯特朗坐过的石凳上了。

我预感到这是一位不同寻常的人物，但是，我绝对没想到，他就是单猛。本来，按照安排，他应该在最后，雕像落成典礼上露面的。谁知，为了落实建造雕像的款项事宜，他提前来陕北走了一遭，而且恰好与我在这里相遇。

我这时还不知道他就是单老。我掏出烟来，为自己叼上一支，然后请他抽烟。他摆摆手。于是我为自己点着了。抽烟的当中，他突然又摆起手来，我怔了半天，才明白他是要我将烟掐灭。“风从你那面往过吹！”他用手指了指头顶，说。我有些不愿意，但还是把烟扔掉了，又踩上一脚。关于烟的问题到这里还没有结束。当我们开始拉话时，单老突然伸出手，向我要烟抽。“秘书不在！”他说。

我们这次没有失之交臂。在经过一段艰难的试探后，我知道了他就是单老，而他知道了我就是那个将要为兰贞子制作雕像的人。

能走到这个地方来的人，总还有许多共同点的。一拉起兰贞子，话题突然变得热烈起来。而我也发现，单老暗淡的眼神开始渐渐有了光彩，思维变得敏锐，他的举动，也不像刚才捡手帕时那样老态龙钟了。

秘书恰恰在这时候赶来。刚才他是在和旧居的讲解员说笑。讲解员是当年北京来的插队知青，他们在认老乡。

我们约好晚上再谈。是单老主动提出的，我当然求之不得。但是，盯着单老手中正在燃烧的香烟，我提出一个条件，那就是谈时我需要抽烟。我说我的烟瘾，连外国人也知道。有个日本记者，采访我后回去发了篇专访。我不认识日语，请教了别人半天，才知道那位记者写道：李先生给他留下的最深刻的印象，是他谈话时一直不停地抽烟。

单老同意了。

8

单老的关于兰贞子的故事从更遥远的年代开始，对我来说那简直是地老天荒的岁月。那时这位老者还是一个少年。他的家境可以供他上完私塾。上完私塾后，他不满足于已经取得的知识，于是背起行囊，离开家，到外乡去求学。

私塾在望瑶堡，因此他上学放学的路上，常常会碰到一个铁匠。铁匠是上城里打铁讨生活去的。这铁匠面色黝黑，他的担子一头担着风箱，一头担着铁砧。铁匠的后边，总是跟着一个光着屁股的小女孩。

单猛在山路上走着，就要离开家乡了，他感到心头涌出一股难言的味道。山路上静静的，在这晴天晌午，在这寂寞的山路上，他不由得放开嗓子，吼叫了起来。

迎面走来了兰铁匠。那个光腚的小女孩贞子，在他身前身后快乐地跑着，一边跑一边采摘路旁的鲜花。

在往日的遭遇中，他们已经彼此认识了，兰铁匠让女儿叫这位念书人“单大哥”，而按照陕北的礼节，单猛称这位铁匠“兰干大”。

单猛的眼睛亮起来。他叫着贞子，说，单大哥就要到外边求学去了，三年五载不回来，单大哥走了，你想吗？

“不想！我有我大！”兰贞子说着，停止了奔跑，转身拽住了兰铁匠的手。“那么，把你手里的花送给我好吗？”“男娃娃也爱花？”兰贞子喊着，放开她大的袖子，向单猛奔来，一边跑一边还不停地采摘着。

“给你！”当单猛伸手接花的时候，他的手在半路里停住了，他的目光落在了兰贞子身上。往日，也许是习以为常了，他从来没有注意到这个小女孩的一丝不挂，而且，在陕北，在那个年代，这种满身尘土，光着身子四处跑的男孩女孩，到处都是。那么，这次，也许是心境不同，他就要远走高飞的缘故，他突然注意到了这一点。

小女孩以为单猛在她身上发现了什么，也低头看着自己的身子。她突然脸红起来，她在这一刻长大了，懂得害羞了。

她把花一把塞给单猛，然后背转身，向父亲跑去，一边跑一边抹眼泪。

单猛拿着花，怀着难受的心情，离开了兰家父女。当他走到小路的尽头，回头张望时，看见兰铁匠正撅着屁股，拔路边蒿草。他用蒿草拧了个腰子，缠在了女儿的腰间。

上中学期间，单猛参加了中国共产党。毕业以后，他提出要回家乡去，一边教书一边做地下工作。他选择了兰贞子那个村子，因为那个向他献花的小女孩，那个腰间扎着蒿草腰子的小女孩，一刻也没有从他的眼前消失。

私塾办起来的第一天，他来到兰铁匠家。他从学校回来时捎了一套女孩子穿的衣服，他请兰贞子去上他开办的学堂。对着兰贞子疑惑不解的眼神，他说，还记得那个单大哥吗？

我眼前的这个老人变得有些可爱起来。在回首往事的时候，他表现出的那种纯真的感情令我吃惊，简直不能相信他和捡手帕时的那个老者是同一个人，而且他也不再禁止我的无节制的抽烟，这使我的身心感到愉快。

“她是个好学生，她是个聪明的学生。记得那首流传在大革命年代的著名歌曲吗，就是我先教给她，然后由她教给学生们的。”

老者说着，并且情不自禁地哼哼起来。他记不得歌词了，努力思考了一阵，只记起了前面几句，还是在音调的帮助下记起的。

走向前去，
曙光在前，
同志们奋斗，
用我们的刺刀和枪炮……

老者那没牙的大嘴张了半天，也没能哼出后边的歌词，他惋惜地咂了咂嘴，不再想这首歌了。

我却不能不又提起这支歌。我在省城里已经翻阅了大量的资料，因此我说，我从党史资料上看到，兰贞子在和李宝胜结婚时唱过这支歌，在被敌人关在望瑶堡监狱时唱过这支歌，在和丈夫被敌人双双绑赴刑场时唱过这支歌，那么，单老，你能告诉我，兰贞子偏爱这支歌的原因吗？

我的话似乎问得唐突了，令单老无法回答。他沉吟了半晌，说：“也许这首歌更具有豪迈气质吧。确实，那时候，还没有多少革命歌曲可唱。”

他的话不能令我满意。我的潜在的话其实是一句玩笑，我想说，以单老对兰贞子的感情而言，他们结合的可能性似乎更大一点，兰贞子所念念不忘的这首由单猛教给她的歌，或许可以说明这一点。

当我把意思表达出来以后，单老沉默了。最后他说，兰贞子和李宝胜的结合，是组织的意见；当然，如果组织决定他和兰贞子结合，他俩也会无条件服从的。在那个年代里，这是个简单而又简单的问题。

——革命需要她去管理一支旧式部队，革命需要她和这支部队的头领结婚，革命需要这支武装成为红军初创期许多小股武装中的一支，这就是全部。

最后这一段话，单老是自言自语地说的，他仿佛忽视了我的存在。待到发现我正急促地往速写本上记录时，他就不再言语了。随后，他转变了话题。

但是作为我，我明白下一步该是兰贞子和李宝胜的故事了。

9

兰贞子和李宝胜的结合，是一场传奇，一场革命加爱情的传奇。这种传奇现在已不再新鲜，因为它反复出现在小说中、电影中，和由演员咿咿呀呀唱出的各种戏剧中，比如《杜鹃山》，比如《洪湖赤卫队》，比如《黄英姑》，比如一部目前还在电视台逐日播放的反映某少数民族武装斗争的电视剧。

一位年轻的女共产党员受命去改造一支武装，这支队伍抑或是民团，抑或是土匪武装，抑或是揭竿而起的乌合之众，当然也不排除是一支训练不精、管理不力、战斗力不强的红军雏形。这个队伍的首领一定是个一顿饭喝三碗烧酒，留着大胡子，动不动就骂娘的鲁莽大汉，在出生入死的革命斗争中，在每天都潜伏着死亡危险的阴影下，在男主角为女主角擦枪的时候，或者在女主角为男主角缝补肩头破洞的时候，或者是在一个月明星稀的夜晚，他们查完岗哨，共同相遇在村头小树林的时候，两位红军指挥员突然产生了爱情。

兰贞子和李宝胜的故事，比我们所知的迄今为止的艺术品中反映这类题材的故事都要早，或者和它们同处一个时期。也许，革命在最初以武装斗争形式出现的时候，在那千百个形式各异可歌可泣的曲折故事中，这类故事的美丽和浪漫更令人着迷。

正如前边叙述的那样，兰贞子与李宝胜的爱情，亦是以查哨这件事为契机的。有党史资料为证。

10

对面价沟里流河水，
横山上下来了些游击队。

芦花公鸡窗台上卧，
红军进村好红火。

鸡不叫来狗不咬，
婆姨娃娃都围上来。

今天盼来明天盼，
红军来了咱晾晴了天。

山丹丹开花红满山，
红军来了咱大发展。

又做饭来又滚茶，
咱们的救星就是他。

一人一马一杆枪，
咱们的红军势力壮。

工农红军闹革命，
遍地的红军都响应。

镰刀斧头老镢头，
砍开大路穷人走。

革命势力大无边，
红旗一展天下都红遍。

夏天的一个繁星满天的夜晚，李宝胜兰贞子部，驻扎在南梁根据地边沿的一个小村。

夜已经很深了，皎洁的月光照在枣树的枝头，给这硝烟弥漫的年代带来片刻的静谧。战士们已经入睡。宿营时，按照老习惯，李宝胜为战士们去打了洗脚水，兰贞子则抓住间隙，搜集战士们行军时磨破的衣服。

兰贞子已经习惯于军旅生活，或者说习惯了一个女人和一群男人的生活。她甚至发现了女人生理上的长处，当部队钻进子午岭的深山老林，失去时间概念后，她每月一次按期而潮的月经，就是准确的时间。当然，在朝夕相处中，她遇到过许多难堪。第一次查铺，当她胆怯地推开宿舍门，走近歪七竖八地躺着的一个个男兵时，熟睡中的某一个，会因为一个女人的临近而呢喃作语。这一切都使她胆怯，使她不由得去攥腰间的枪把。

后来这一切都已经习惯。查铺时，熟睡中的士兵的不雅会引起她的笑意，她没有躲开，而是走过去，像每一位红军男指挥员应该做的那样，为这个年轻的男兵掖好被角，或者赶走落在他脸上的蝇子。她想，如果不是为了革命，不是因为战争，这个士兵现在也许正头枕在他妻子的臂弯，做着甜蜜的农人的梦。而在战斗的间隙，士兵们说着各种粗鲁的笑话时，兰贞子也能够自如地应付，并且陪着他们一起欢笑。

曾经发生过这样一件事。有一次行军的途中，部队在一个河流旁边小憩。天气很热，长途跋涉令人身上臭汗直冒。士兵们抓住这个机会，一个一个扑扑腾腾地跳进了河里。兰贞子也走到河的上游，选择了一个湾子，脱下裤褂，跳了进去。正当她撩着水洗澡时，李宝胜来了。他是无意中走过来，还是专门跑来，就不得而知了，总之，站在河中央沐浴的兰贞子吸引了他，他的眼睛直了，不知不觉地向前走来。兰贞子听见动静，她毫不紧张地从河中央的一块大石头上拿起枪。“我的枪里有子弹，你知道吗，连长！”兰贞子说。李宝胜见状，羞红了脸，转过身跑掉了。

这件事不知让谁看见了，总之是有人看见了，这说明窥测兰贞子的还不止连长一人。这消息迅速地传开，使得连长好多天不敢正眼看他的女指导员，而后来所以导致上级的一纸命令，很可能就与这消息有关。

来到小村时，兰贞子已经在这支部队干了好长时间了。大革命失败后，党安排她到陕北一所著名的学校里一边读书一边搞学运，后来学运中身份暴露，于是党派她到这支部队，担任指导员。时至如今，这支部队已经被训练成一支战斗力很强的武装，成为陕北红军的一支主力。李兰二位，一个英勇善战，一个足智多谋，在他们的带领下，部队接连打了几个硬仗，扩大了陕北根据地，受到了上级的通令嘉奖。

小村之夜，李宝胜和兰贞子分住在两孔窑洞里。夜深了，兰贞子的窑里还亮着灯光，这是她在为战士们缝补衣裳。缝完衣裳后，她蹑手蹑脚地将衣服送到战士们的窑洞里。返身回来后，仍没有睡意，便翻开书籍，学习起来。

另一个窑洞里的李宝胜，虽然早早地熄了灯，然而辗转反侧，不能成眠。兰贞子的关门声惊动了他，他仰身坐起来。经过这几年的朝夕相处，这位粗鲁大汉已经深深地爱上了他的指导员。是的，这位早年闯荡江湖的汉子，现在被戴上“挽具”，臣服于一个女人的脚下，很大程度上，就是出于他对她的柔情；而他在战场上的奋不顾身，也不能不认为是有指导员站在他身边这个因素。他要在这个所爱的女人面前表现出自己的男人气派，可是他的苦心似乎兰贞子视而不见，这令他有些委屈。而尤其令他感到屈辱的是那次在河边发生的那一幕。此刻想到这些，还感到窝火。

门吱呀一声开了，李宝胜去查岗。查完岗后，仍然心事重重，不能成眠。于是翻身起来，到河滩去散心。

兰贞子看书看得疲倦了。她披上衣服，准备去查岗，查完岗后回来休息。刚走出门，只听“扑噜”一声，一只夜鸟飞出了枣林。兰贞子一惊，掏出了枪，向枣林摸去。“是你！”兰贞子看见在河边想心事的李宝胜，松了一口气。那天夜里，他们坐在河边的岩石上，在淡淡的月光下，在树影婆娑中，谈了很久。是兰贞子邀请她的连长作这次深谈的，还是李宝胜邀请他的指导员作这次深谈的，党史资料上没有说。

在交谈中，李宝胜向这位“女状元”、他的指导员表示了爱慕之情，而兰贞子也向这位“武将军”、她的连长表示了敬意。他们谈到了革命，谈到了革命胜利后那辉煌的前景，谈到了眼前的艰苦斗争。最后，正如党史资料介绍的那样，他们互赠了盒子枪，作为定情的礼物。

鉴于当时革命斗争的忙碌，他们还不适宜结婚，他们要互相学习，共同进步，等到革命成功的那一天，他们在胜利的礼炮声中结婚。

> 待到革命成了功，
> 哥哥和妹妹来结婚。

黎明时分，正当他们还坐在河边岩石上温情绵绵的时候，顺川道里传来了马蹄声。总队通讯员飞身下马，为他们送来了一纸命令。

陕北不愧是信天游的故乡，这个命令是以信天游的形式发布的，从而令这个革命传奇更具有一种浪漫主义情调。

命令全文如下——李兰：为了你们好领兵，组织决定叫你二人来结婚。

婚礼仍然在这个靠近河边，有着枣树的无名小村进行。依照当时曾经参加过婚礼的一个士兵的回忆，婚礼在当时算得上隆重，窑洞糊上了新的麻纸，贴上了窗花，窑洞的正中挂着一张列宁像，很多著名的陕北党和苏维埃的领导人都参加了婚礼。

在婚礼上，兰贞子为大家唱了少年先锋队队歌。她和李宝胜的脸上，都泛着红光，洋溢着一种幸福的表情。

为了使这个婚礼更像一个婚礼，李宝胜和兰贞子，还骑着首长的两匹高头大马，顺着川道里跑了一圈。

婚礼进行完的第二天，队伍就开拔了，前往靠近黄河一带扩充新的根据地。

一杆杆红旗呼啦啦飘，
红军的队伍起身了。

11

接下来，就是那场磨盘山血战了。

这年十月，国民党反动派调集各县武装，“围剿”李宝胜兰贞子部，想将这支远离南梁根据地的红军武装就地消灭。

面对数倍于我之敌，李兰决定避实就虚，找一个空子，向南梁方向转移。但是，狡猾的敌人已分兵四路，将东西南北各个要道全部堵死，然后步步进逼，将李宝胜兰贞子部团团围定。

天刚黎明，游击队就和敌人接上了火。战斗非常激烈。李宝胜呐喊着，率领突击队从四面川里往出冲。但都遭到了顽强阻击。

战斗中，不少战士壮烈牺牲了。局势显得十分严峻。敌人在阻击了李宝胜的冲锋后，并不急于追赶，而是各条道路，齐头并进，不断缩小包围圈。敌人的意图很明显，他们决心不剩一兵一卒地消灭这支红军。

附近有个制高点叫磨盘山。如果这里再被敌人占领，游击队将完全暴露在敌人轻重火力之下，那时全军覆没势在必然。

兰贞子看到了这种情况，她令司号员赶快吹号，调李宝胜回来。李宝胜像一只困在笼子里的老虎，东突西闯，杀性正酣，听到号音后，不情愿地回来了。“现在，能救我们命的是磨盘山。需要派一支敢死队，撕开一条血路，强登磨盘山，先使部队摆脱这种危险局面，再做打算。”兰贞子说。

李宝胜同意了。敢死队由兰贞子率领。李宝胜先在另一面做出佯攻的姿态，迷惑敌人。趁这边敌人松懈的一刻，兰贞子双手盒子枪一举，发一声喊，带头冲进了敌人群中。敢死队见指导员冲进去，个个奋勇争先。一个冲锋，队伍越过了包围圈，接着迅速向磨盘山攀登。

原来敌人这次合围，调集了各县武装，兵多将广，所以包围圈里三层外三层，把个游击队合围得水泄不通。那李宝胜虽然骁勇过人，可是冲过一层，又有一层，所以突围总不能奏效。这次，兰贞子率敢死队，冲过一层封锁后，最初敌人并不介意，因为还有新的包围圈在等待着他们，何况游击队离开屏障，冲下川道，犯了兵家大忌。后来，敌人发现这股红军并无意于突围，而是去抢占磨盘山这个制高点，才发现事情并不像他们想象的那么简单。

敌人发现了敢死队的意图，一股敌人在后边追赶，另一股敌人则从背后山坡往上爬，他们想抢在敢死队前边，占领山头。

情况危急。只见兰贞子甩动两只大脚，风风火火，疾步如飞，跑在前面，众战士紧紧跟上。

敢死队登上山顶时，敌军还在山腰蠢动。兰贞子命令战士们很快挖好掩体，备好手榴弹。不一刻，敌军进入火力点，兰贞子一声令下，子弹、手榴弹劈头盖脸地撒向敌人。敌人丢下几具尸体，喊爹叫娘地败退下去。敌人丢下的弹药又使游击队得到了补充。

趁这个机会，李宝胜率领其余部队，也冲上山来。敌人进攻磨盘山受挫，恼羞成怒，又不断调遣部队，连续发起进攻。居高临下的红军，以逸待劳，每次都给敌人以迎头痛击。眼见队伍伤亡增大，各民团之间又起摩擦，敌人于是停止进攻，转而把磨盘山周围的几个山头占住，又将川道各路口封住，然后就地安营扎寨。

入夜，四面山头呐喊声不绝于耳，山下的各条要道，篝火一堆接着一堆。部队经过一天的战斗，又饥又渴，不能在这黄土峁上再待下去了，唯一的出路是借着夜色突围才对。游击队经过紧急会议后，决定突围。

黄昏时，兰贞子站在磨盘山，居高远眺，看见在远处的一条窄沟里，有袅袅的炊烟升起，她判断那里或许有户人家。找到老乡就有救了。会议结束后，她主动提出，带几名战士，找老乡弄饭和了解情况。

按照炊烟所示的方向，顺着磨盘山的一条雨水冲成的沟壕走下去，走了没多远，果然找到了老乡。

老乡和游击队心连心。听说游击队一天一夜滴水未进，老乡心疼得直叫唤，忙招呼家人做了几担黑面馍馍和杂叶面，担上山来。

老乡说，有一条险路，叫“无名坞”，敌人没有设防。磨盘山下有个雨水冲成的“天窨”，仿佛天然的地道，穿过天窨，沿无名坞往前走，就可以摆脱敌人了。老乡说，这天窨的秘密，只有他一个人知道，有一次拦羊时，一只羊掉进天窨里去了。正当他坐在窨口心疼时，羊只咩咩地叫着，从无名坞方向跑回来了，于是他发现了这个天窨。

老乡自告奋勇，带部队突围，并且嘱咐他的老伴，留在山顶，等队伍出发后，她继续往篝火上加柴，以便迷惑敌人。

半夜时分，兰贞子在前，李宝胜断后，在老乡的带领下，游击队下得山来，穿过天窨，踏上无名坞，不久就越过了敌人的包围圈。

不幸的是，黑暗中，游击队又与敌人的巡逻队遭遇。枪声一响，四面八方的敌人立即合围上来。在激烈的夜战中，李宝胜身负重伤，被敌人俘虏。兰贞子则率领残部，甩掉敌人，几经辗转，回到望瑶堡地区。

磨盘山突围后，部队损失惨重。敌人加紧“清剿”，根据地一块接一块消失，白色恐怖笼罩城乡。

组织决定这支部队化整为零，先隐蔽起来，等待东山再起。兰贞子则藏在一个地下党员家中。后来，就是大家知道的那样，兰贞子被叛徒出卖，身陷望瑶堡。再后来，就是那个白雪飘飘的冬日了：兰贞子和李宝胜，被敌人双双枪杀在迎勋门前。

12

延安城距离望瑶堡，大约就是半天的路程。辞别了单老，搭上一辆公共汽车，几个时辰后，只见车上的人们挤挤攘攘地争着下车，我情知望瑶堡到了。隔着窗户玻璃，我看到了街道上老高那张早已熟悉的面孔。

望瑶堡是一座稍显简陋的小城。几座建筑风格平俗的楼房和一些参差不齐的窑洞与平房，堆积在一架山的山坡和平川上。这里的地势，也是两条河流交汇，从而形成一块较为平坦的地面，只是较之延安，水流的规模与川面的规模小些而已。

望瑶堡这个地名始于一个传说。据说，每年农历的七月初七，月白风清的夜晚，从这里仰首望天，可以望见天上的瑶台。这个美丽的传说和这块荒凉僻远的土地形成强烈的反差。

我想，在那个农历年关的早晨，当兰贞子和她的丈夫，戴着脚镣和手铐，穿过望瑶堡石板铺就的大街，高呼口号时；当枪声响起的那一刻，他们仰首望天时，回荡在他们心中的，一定是那个关于望瑶堡的故事。

南门如今已经易名迎勋门。旧日的城墙已被拆除。有些虽然还在，但已被新的建筑物遮掩，因此很难想见当年旧城的模样。走到街道上，从一所小学校里传来了孩子们的歌声，于是给我们压抑的心境带来了一些慰藉。像所有这类城市的地面一样，这里的地皮也是比较紧张的，但是烈士就义的那一块广场，却被完整地保留了下来。广场上现在是一座花园，种着一种叫波斯菊的花。微风吹来，仿佛一地五颜六色的繁星。老高说，那座雕像，将来就矗立在广场中央，在这美丽鲜花的簇拥下。

走在望瑶堡的大街上，老高悄悄地告诉我，在通往刑场的路上，李宝胜曾表现出片刻的怯懦，走着走着，他双膝一软，坐在了地上。兰贞子听见了后边的响动。她停住脚步，转过身，看到这般情景，便走过去，踢了丈夫两脚："亏你还是个男子汉呢。站起来，老爷们儿！"她的丈夫受到了感染，终于双腿打直，勇敢地站起来，和兰贞子并肩走完了这一段路。

我原来曾有一个构想，想塑造一对革命伴侣肩并肩走向刑场的构图，我记得南方的一个什么地方曾有这么一个类似的故事，并且电影上也有所反映。老高的话打消了我的念头。我也明白了他们为什么只推崇兰贞子的原因所在。

为了对兰贞子多些了解，我请老高谈一谈她的丈夫。老高说，党史研究中，对这个同样英勇就义的人物好像研究得不多，只知道他叫李宝胜，少年时闯荡江湖，自己曾拉起过一支队伍，后来被收编到红军，党派兰贞子去担任这支游击队的指导员。

"后来，他们在战斗中产生了感情，于是结为革命伴侣，是这样吗？"我问。"是的！不过，他们的结合也是党的意见。这主要是对兰贞子来说。"老高回答。

"这种结合有基础吗？"我又问。

老高的神色变得严肃起来。他说："你不了解那个时代，你不了解陕北。基础是什么？党的需要就是基础。当革命需要他们做任何事情的时候，当任何事情只要对革命有利的时候，每一个有觉悟的战士，都会义无反顾地去做！”

我不完全同意老高的话，或者说不甚理解他的话，但我没有反驳他。我想到单老也是这样说的，他们的话如出一辙。

在老高的带领下，我们还参观了她的出生地，那个经过一段长长的砭道而到达的小村子。记得单老曾向我们描绘过它。我们还试图寻找她的墓地，但是，墓地已经在后来的兵荒马乱中湮灭。她唯一留在这个世界上的痕迹，是人们心中的一段感情，而这些人正在日渐衰老和纷纷谢世。当最后一个挂念兰贞子的人撒手长去后，兰贞子连同她的传奇便随之消失了。我想，这就是他们迫不及待地要在迎勋门外建立一座雕像的原因。

老高告诉我，单老刚刚离开。我告诉他我在延安见到了。而这时我记起了那位女记者单菊，我问她来了没有，我惦记着那张照片。

老高说，她早来了，她是和单老一起来的，现在不知道疯到哪里去了，他已经派小高去找了。

13

夜晚，我已经入睡，突然被一阵嘈杂声惊醒了，是开楼房大门的声音。这地方的气候太干燥，大门稍稍一撞就吱呀作响。接着，楼道里传来了脚步声和一位女士的叽叽喳喳的卷舌音。声音在我的房门口停下来了，接着是钥匙的响动。我有些紧张。结果，我是白紧张了，有开门和关门的声音，而我的门户依然如故。原来她住在我对面的房间。

我估计是单菊回来了。一会儿工夫，有人敲门。这次的目标确实是我的门，因为随着敲门声，我房间的空气有些震荡。

我告诉敲门者，说我睡了，有什么事明天再说吧。可是敲门声非但不停止，反而变成了用脚踢门，那位女士还叫起了我的名字。

“你是单菊？”我嘟囔着，只得开灯，穿上衣服，下床开门。门开处，睡眼蒙眬的我，看见门口站着一个亭亭玉立的白色的影子。她越过我，走进屋来，在屋里转了两圈。她穿着一身白色的线织内衣，我知道这种内衣目前正在流行。她的头烫得很别致，有点类似一个电视播音员的发型，只是，头发上落了星星点点的灰尘，并且不加修饰，从而给人另一种美感。她的年龄我说不准，从身材上看大约二十岁，从脸蛋上看大约四十岁。

“你就这样让我傻站着，你连让座的话都不会说吗？”单菊说道。我有些尴尬，在这样夜深人静的时分和一位漂亮女性相处，总让人感到别扭。这时，听到她的诘问，我反应了过来，赶忙请她落座。可是话没出口，我就觉得没必要说了，因为她已经一屁股坐下了。

看见我的尴尬相，她一定觉得有点好笑。她说，你们画家，有时要和裸体模特儿打交道，并且一坐下来就是好长时间，当你们独处时，你也是这样吗？

我老老实实地告诉她，当我面对一个模特儿，专心致志地描绘她每一个细枝末节时，我其实已经忘记了她是女人，而把她当作一件大自然精心创造出来的美妙的艺术品。

我的话说得够水平。我看出她有些服了。她说，那么老李，你就把我当作一件艺术品吧，遗憾的是，这件艺术品谈不上美妙。说到这里时，她好像为自己的“并不美妙”摇了摇头。接着她说，这样，我们以后的合作会轻松些。

我点点头，表示同意她的话。“只是，”我望了一下半开的门，“有人也许不会认为我是在和艺术品对话。”

听到这话，她有些扫兴，大约还有一点看不起我的意思。“你与你的画差距太远！”她这样给我作了评价。接着又自言自语地嘟嚷了一句，这话是给自己说的，我没有听真，大约是说：“我又遇见了一个爸爸了。”

她起身告辞。她说，她来找我，有三件事：第一，这几天她和村上几个石匠，到一条沟里选料，那里的石头很名贵，封建王朝年代，很多衙门口的大石狮子，就是产自这里，如果有可能的话，这种石料可以成为雕像的制作材料；第二件，她是来送那张照片，她知道我急切地想看到它；第三嘛，她盯着我手指间燃烧的香烟，说她来要几支烟抽，街上所有的小店都关门了，所以这不是揩油。

“你的烟还不错，达到了你的画的水平。”她从我的烟盒里掏走了两支或者三支烟，并且说，“火我有！”

临走时，她掏出了记者证，从记者证的封皮内侧，摸出了一张照片，很慎重地放在我的桌子上。

随着白色的影子一闪，单菊走了。

14

我原来认为，一张30年代保存到今天的照片，一定像一件古物一样颜色黯淡，相纸发黄，那上边说不定还有硝烟和鲜血的痕迹。光这个保存照片的过程便是一个动人的故事。可是现在我掌中的这张照片，全没有那种庄严感。相纸白得耀眼，又十分坚硬。这说明了什么呢？一种可能是伪造，但我随之否定了自己的想法，谁会做这种亵渎亡灵而又得不到任何好处的事呢？它的最大的可能是翻拍下的。拥有者一方面想提供给我，一方面又舍不得原物，所以只好求助于现代摄影技术。

我把照片放在台灯前，细细端详起来。她穿着一件列宁装。照片的下部截止衣服的第一个纽扣。列宁装的颜色是灰白的，这一定是由于照片保存时间过长，又经过翻拍的缘故。列宁装原来的颜色，大约是蓝色，洗得发白的毛蓝吧。

头发很黑，很坚硬，让人想起狮子的鬃毛。不过坚硬的头发，没有一根奓起来，而是驯服地贴在她的头上。看来，兰贞子在照相前，说不定是撩起就近的河水或泉水，匆匆地洗了把头。

头发剪得很短，短到大约齐及眼睛，比起《妇女放足歌》中所说的“头发剪成短帽盖，像个交通员”那样还要短。这大约是因为游击队中都是男兵，她为了整齐划一的缘故。

照片上露出一只耳朵的大半个轮廓。耳轮很坚硬，像一件雕塑品。耳垂很小，我仔细地辨认着，看耳垂上有没有耳朵眼的痕迹。但是因为照片太小、太模糊，我看不出来。

兰贞子的鬓边，有一抹淡淡的黑色，宛如一朵小花。也许它真的是一朵小花，是她自己的手，或者一个男人的手，从那硝烟弥漫的苦难的大地上，摘下来，插在她的鬓边的。

杏核眼，眼睛不算太大，眼神死死地盯着一个地方。浓黑的两道剑眉，抿得紧紧的厚嘴唇，透出一股冷峻。

她的脸是鸭蛋形的，脸色算得上白皙。鼻子恰到好处地栽在脸中间。她的两只眼睛，一只单眼皮，一只双眼皮。如果不是眉目中的威武之气，她会是一个蛮漂亮的姑娘的。

记得我的早已故世的老祖母告诉我，有的人眼皮会变，随着发育，单眼皮会变成双眼皮，一种变法是慢慢地不知不觉地变，一种变法是因了一场生病发烧之后，突变。看来，兰贞子的眼皮也处在变的途中，她是慢慢地变，一只变过来了，一只还没有变。

从接受雕像的第一天，我就开始留意身边熙熙攘攘的女性，留意她们的面部表情了。一个时代与一个时代的不同特征，最明显不过地表现在这些时代之子的脸上。九十年代的脸没有个性。女士们的面部特征都被那些统一型号的化妆品同化了。我想，也许正是感到了这种没有特征的悲哀，她们才用别出心裁的服饰来弥补缺憾和区别自己。

现在，面对兰贞子这张模糊的照片，我猛然意识到我寻找的就是它。这就是那个光着屁股，在寂寞的山路上采摘花朵的女孩；这就是那个端着盒子枪，从那个可悲的男人镰刀下夺下可怜的小孩的女红军；这就是那个怀着一种复杂的感情，在自己的婚礼上，唱《少年先锋队队歌》的女人；这就是那个在磨盘山血战中，挥舞着盒子枪冲向敌阵的红军指挥员；这就是那个站在白雪飘飘的广场上，以深情的目光注视着人间的女英雄。

兰贞子的面部，表现出一种没有为尘世喧嚣所骚扰的宁静和纯真，一种为某项使命去献身的执着，一种憧憬的表情。按照民间的说法，一个人在命定的死亡之前，她的脸上会事先露出征兆。那么，这种征兆现在在兰贞子的脸上再明显不过地呈现出来。

“我必须这样做，我只能这样做！”照片上的表情这样对我说。我现在开始有些同意单老和老高所说的话了。

15

我给我的雕像正式定名为《牺牲》。“牺牲”这个字眼现在已经用滥了，不再新鲜了。我这里的“牺牲”是取的这个词最初的含义，那时候，这个词具有一种神圣色彩。

在单菊的配合下，这些天，我们又走访了望瑶堡许多尚还健在的老人，从他们嘴里知道了兰贞子在狱中以及英勇就义的许多事情，这些事情使兰贞子的形象不断丰满。

——兰贞子隐蔽起来之后，敌人悬赏五百块大洋，四处张榜，缉拿她。兰贞子的房东，为五百块大洋所动，见利忘义，出卖了兰贞子。兰贞子在猝不及防的情况下被敌人包围。手中没有武器，突围已无可能。她从容地烧毁了手中的文件，整理了一下头发，然后将双扇门一齐打开。

她立即被冲上来的敌人逮捕了，当时就给戴上了脚镣。敌人看到鼎鼎大名的“大脚共产婆”，竟是一个不足二十的年轻女子，深感意外。他们甚至怀疑这不是兰贞子。这时候叛徒走到跟前，证明说，确实是她。

敌人把兰贞子作为重要案犯，关进望瑶堡死监。一时间，望瑶堡城里，岗哨林立，如临大敌。地主豪绅们听说兰贞子被抓，兴高采烈，弹冠相庆。他们带着太太姨太太少爷小姐们，纷纷来到城里瞅热闹，想看看这个“青面獠牙”的共产婆。敌人的守军头目则一日三审，想从她口中掏出地下党的下落，好领个功劳。

重刑之下，兰贞子在昏迷中被拖进牢房。刺骨的寒风渐渐将她吹醒。她抚着伤痕，走到窗口，隔着窗瞭望着养育过她的苦难的陕北大地。她热泪盈眶，唱起平日最爱唱的《少年先锋队队歌》。看守的敌人听见她越唱声音越高，跑过来干涉：“不要命的东西，半夜三更不睡觉，瞎唱什么？”兰贞子大声答道：“我唱歌，是为让天快快明！”

与此同时，党组织正在组织力量，设法营救兰贞子出狱。组织派了个有合法身份的人来探监，趁看守不注意，来人将这个消息告诉了她。她对来人说：“你快快转告党组织和同志们，不要费心了，敌人不会放过我的，也很难跑出来。组织和同志们有困难，我了解。只要同志们安全、革命成功，我死也心甘情愿！”

这一年的农历腊月三十，敌人见兰贞子软硬不吃，坚贞无比，于是决定将她杀害。这天一早，下雪了。雪落着，静静地落着，雪落在这块苦难深重的北方的土地上。兰贞子搀着她的大伤未愈的丈夫，在戒备森严的匪兵的押送下，穿过望瑶堡街道，向刑场走去。脚镣声“呛啷呛啷”，一路响起。

走在路上，她唱起了《少年先锋队队歌》。她的年轻的生命，以这首歌作结：

走向前去，
曙光在前，
同志们奋斗，
用我们的刺刀和枪炮开自己的路。
勇敢向前，
稳住脚步，
要高举起少年的旗帜！

16

雕像的构思和制作正在紧张地进行。我将事先创作出一个泥塑的模型，然后由石匠将它复制放大成一座雕像。我不选择我的学生而选择当地的石匠，是因为陕北的石匠中有许多镂花勒字的好手，这些细石匠平日以凿刻墓碑与石狮石佛为职业，就他们的凿刻技艺而言，不在那些雕塑艺术家之下，他们缺少的是艺术的总体构思。促使我选择石匠的原因还在于我偶然地想起了谁的两句诗：花岗岩腐朽了，纪念碑倾圮了，流传她的英名要靠农夫悲凉的小调。这两句诗的记起使我对建造雕像这件事本身产生了动摇，于是我想起了用这些悲凉小调的吟唱者来建造雕像。

单菊充当了我的助手和雕像模型的第一个批评者。每天清晨，她在窗外背英语单词的声音将我唤醒，于是一天的工作即告开始。第一天念英语单词的声音将我从被窝里拖出来，我隔着窗子问她，为什么学英语，是不是想出国。她回答她从来没有想到过出国，她只是想学习英语，她有很好的北京人的卷舌音，汉语用不完，余热利用而已。我觉得她的话很有趣。

正如单菊所说，陕北的某一条山沟里有一种非常好的石头，中国大地上许多过去年代的石狮子，就是用这种石头凿刻的。因此我们经过又一次勘察后，就没有再舍近求远了。

最重要的工作当然在我，在我能不能尽快地交出模型。这些天一大堆乱糟糟的材料直向我拥来，令我应接不暇。它们当然为我提供了创作上的依据和想象力起飞的基点，但同时不能不令我感到题材过于庞大、过于充满热情从而老虎吃天无法下爪。

我加大了大脚片、耳朵和腰间的两把盒子枪的比例，但没有加大到失真的地步。我让她的头发稍微长了一点，飘扬起来。我保留了她鸭蛋形的脸型，只是稍微拉长了一点。这样看起来比真实的她美了许多。关于嘴巴，我完全地保留了她的厚嘴唇，这样，无论怎样变更，她的脸上总有一股冷峻坚毅之感。

要害的部位是眼睛。我实在不能舍弃自己对那一只单眼皮一只双眼皮的观察，一个平庸的写实画家也许会把这一对有别于人的眼皮当成了描写对象的“这一个”，而那时我恰好处在一个平庸画家的思维阶段中。要么就是我对已经掌握的素材还没有吃透，要么就是这素材还有躲躲闪闪隐瞒于我的部分，但是这时候我不知道。

我对眼睛的写实限制了人物的深度，而女英雄所经历的痛苦与磨难、光荣与斗争，这一切主要靠面部表情揭示出来，而揭示的方法主要靠对眼睛的描绘。

我还拉长了兰贞子的列宁装的长度，让它长及膝盖，腰间再扎一条绳子或武装带。然而，这一切努力仍无补于事。

我的第一批评者站在那里，不时嘲笑我的创作，有时说站在她面前的像一位村姑，有时又说站在她面前的像一位圣母，但是没有一次说站在她面前的是兰贞子。常常不等她话音落地，我就抡起棒子，将这个“村姑”或“圣母”打成泥饼，然后接着再来。我开始怀疑自己的才华，怀疑这座雕像能否建成。记得连不可一世的普希金都说，“青春啊，随着我的不可靠的才华消失了”，那么，何况像我这样的平庸之辈呢！

17

我决心回到业已掌握的材料中，重新回到这张难能可贵的照片上去。

我真聪明！我这次的思路对了。因为我将照片放在阳光下，反反复复地琢磨时，在照片上发现了一个秘密。

照片上人物的重心有点倾斜。这说明了什么呢？说明了人物的旁边有依附物，抑或是一棵树，抑或是一个别的什么物件。

“单菊，你来仔细地瞧瞧照片！”我喊。单菊凑过来。她拿起照片，翻来覆去地看了一阵，最后说，看不出有什么异样之处。她还说，小城有舞会，广告牌上写着“自带舞伴”，问我有没有空，晚上陪她一遭。

我顾不得回答她的话，急促地说：“能告诉我吗，你的照片从哪儿来的？”

“假的吗？不会吧，谁干这种缺德事。如果伪造一张‘黑便士'[1]那还有点意思。"

"那么，是哪儿来的呢？"

"一个人给的。不过，他不让说他的名字。"

"还这么严肃！"

"其实呢，也无所谓。老头子给的！"

"单老？"

"嗯！"

"我想也是！只有他这种身份的人，才会拥有这文物一样的照片。"

"假的吗？"

"当然是真的。不过——"

我艰难地打起了比方。我说，你记得从意大利的一个什么岛上掘出的那个维纳斯的雕像吗？挖出来时，她的双臂没有了。后来，人们为了复原这尊雕像，想了许多办法，或者让维纳斯肩上举一个苹果，或者让维纳斯怀中抱一个婴孩，可是，总不和谐，总破坏了原来的总体风格。单菊好容易才明白了我的意思，她说："你认为这是一张残缺的照片吗？"

"是的！"我答道，"你注意到了没有，照片上人物的重心左倾。那么，在她的左边，遮住她左耳的地方，一定会有一个什么依附物，这样，人物才会平衡。"

"真遗憾，我得到的就这么一张照片，还是我父亲专门为营造雕像预备的呢！"单菊拿起照片，认真地看了一眼，说，"真像你所说的，有点倾斜，那个不见了的物体，该不会是老头子吧！"

"有可能！"我说。

---

① 黑便士：世界上最早的邮票之一，画面为英女王头像。1840年正式发行，邮票面值以便士计量，用黑色油墨印制，故名。

18

如果我们的推理成立——如果我们的推理成立——突然，我们被自己的推理所带来的事实惊呆了。

这一切意味着，兰贞子在望瑶堡壮烈牺牲之前，她已经经历过一次牺牲，那是一次爱情的牺牲。那次牺牲对一位痴情的女孩子来说，较之望瑶堡的牺牲更悲壮，更美丽，更苍白，更具有悲剧感和崇高感。我想起了在革命城中，和单老那一段没有深入下去的谈话，想起他谈话结尾时曾经出现过的不和谐的词汇，我明白自己正在走向一个确凿的事实。

这个事实就是，单猛和兰贞子之间，曾经有过深深的恋情，他们本来是天生的一对，他们自己也在私下里偷偷编织着未来的梦，但是在那个残酷的早晨，一阵嗒嗒的马蹄声改变了这一切，命运给兰贞子美丽的脸庞上打下了悲剧的印记。我忘记问单老了，他参加没有参加兰贞子和李宝胜的婚礼，而单老也没有主动向我谈过这个话题，我明白这个话题本身就包含着太多的痛苦、太多的难堪和太多的沉重，所以单老不愿触及它是有道理的。

我有许多感慨，尽管在寻找雕像的过程中，我已经预感到它的最终的谜底，尽管我一直在以自己有意无意的努力，向被历史的尘埃层层掩盖着的真相走去，但是，当这奇异的一幕最终展现到我面前时，我仍然惊骇不已。作为一个隔了许多个日出日落的岁月的今天的我，如何能够评价组织的决定正确与否，我只想象着当那黎明的嗒嗒马蹄踩在一株爱情初绽的黄花上时，那黄花战栗的感觉，和失血的苍白。作为一个清醒的现实主义者，我明白事情最好的结局当然是已经形成事实的那个结局，我也明白对于兰贞子来说选择中最好的选择当然是已经形成事实的那个选择，我同时也坚定不移地相信，兰贞子是心甘情愿地带着苍白微笑走入那个窗户上贴着喜字、墙上挂着列宁像的新婚洞房的。

诚实的和正直的人们哪，请你们记住那个时代，记住那一代崇高的革命者吧，他们为了自己的理想，为了阶级的理想，为了人类的理想，勇敢地坦然地献出了自己所能奉献出的全部。他们的壮举使诗人和小说家多了许多的话题，他们的精神使人类的历程充满了辉煌的亮色，在他们不朽的业绩面前，我们这些生活在和平环境中的人，将时时感到生命力的萎缩和生命颜色的黯淡。

我现在明白了，这个女英雄雕像的倡导者为什么是单猛了，记起在我接手这件工程的时候，当听完伤感的老高的叙述后，我曾经说过，热心于某一件公共事业，除了共有的原因之外，其实，还有个人的原因。

单菊的惊骇程度当然超过我了，因为这桩秘密中的一个角色与她有着血缘关系，还因为我其实早就拥有揭开一桩秘密的思想准备。

她最初认为这一切都是不可能发生、不会发生，也不应该发生的事情。接着，她又说，如果这一切确实是真的，那它就是一出希腊悲剧式的题材，一个法国烧炭党人的故事，而我们这个以“牺牲”命名的雕像，这个《牺牲》除了望瑶堡那个白雪飘飘的一幕外，还应当包括另外一次牺牲。最后，她停止了言语，她的目光又回到那张照片上去了，她现在怀着一种新的感觉注视着兰贞子，她说，那这朵鲜花，就该是他插的了。

19

雕像的模型经过秋天到冬天，终于最后定稿。我们完全推翻了原来的设想，整个雕像采取了大象征手法。我们以雄浑的莽莽苍苍的高原为基座，让兰贞子与高原融为一体；我们公然蔑视时兴的杨柳细腰，给兰贞子以粗壮的农妇式的腰身；我们继续让她穿列宁装，衣襟当然还长了一些，列宁装显示出那个大革命年代的特定特征。我们给那一双干瘪的没有哺育过孩子的奶头以无限加大，加大到宛如一座山包，我们相信这正是兰贞子所向往过的，成为妻子和母亲，尽管她只做到了一半，而这一半做得还充满遗憾。我们也没有忘记她的双把盒子，两支枪现在交到了一只手里，兰贞子腾出另一只手，仿佛在采摘地上的黄花（也许只有单猛才明白这个细节的意义）。

要害的部位在眼睛。“你没有能力表现这双眼睛，那就放弃眼睛，留给观赏者一点空白吧！”单菊这样说。说完，她捡起两块油泥，在手中玩了玩，分别拍在雕像的两只眼睛上。

正当我为我的劳动惋惜时，瞅了塑像一眼，我愣住了：女英雄的眼睛现在闭着，或者说闭合的眼睛中露出一条细缝，那细缝中透出一股献身者特有的宁静安详。她脸上的表情也随之大变。那嘴角的萧萧杀气也已经为一种坚毅和忍耐所取代。她的前额因了眼睛闭合的缘故，变得宽阔和明亮起来，这宽阔和明亮具有一种圣洁感。到这个时候，我明白，我们所苦苦追求的“这一个”，来到了。

随后就是座谈、审查和通过；随后就是高原石匠们唱着凄凉的民歌，叮叮当当地凿刻；随后就是我和单菊，一边在石匠的旁边指指点点，一边无所事事，等待那雕像揭幕的日子。

挑这个机会，拣点轻松的来说。那么，就说说单菊吧。她居住在一个离婚率很高的城市里，因此她也没有能够免俗。她的男孩子今年十岁，由那个前男人养着。她旅行时手边必备的书是《大趋势》，或者它的续集和准续集。

她长着一张利嘴。记得我第一次与她接触时就领教过了。这张利嘴诋毁一切，在诋毁一切的同时也诋毁自己和自己所爱的人，因此这个缺点总还有可爱的成分。当听说我在革命城曾遇到单老时，她便开始诋毁她的父亲，她说那是一种可怜的怀旧情绪。她说过程就是一切，目的是没有的。那些老人在艰苦奋斗的日子里，他们在奋斗中得到了快乐和幸福，幸福存在于过程之中，但是他们不懂得这一点，所以他们怀旧，所以他们在老之将至时有一种失落感，他们不明白自己的幸福，已经在过程中享受过了。单菊的话令我感到这不仅仅是诋毁，而是有她深刻的道理，我不明白这些道理她又是从哪一本书上得来的，因为我对上升到哲学的问题没有兴趣，这个话题就没有深谈。

我们门挨门地住了很久，但我们仅仅是邻居。尽管那白色的影子曾反复出现在我的梦中，但我在白日的目光中表现出的却是冷漠和讥讽的微笑。也许我的性格更接近自单老那里而来的传统。一个能将自己深深的眷恋埋藏六十年之久，而以平静的谎言来谈论旧事的人，他的性格中该有多么坚强的成分，而这坚强中又包含着几多虚伪。

单菊说她的无往不胜的经历到此为止，因为她遇到了一座屏障。而我只能含着一种没有任何内容的微笑，为她和我各点上一支烟。突然我记起了那个早该提及的话题，我问她在选择雕像设计者的时候，为什么从牛毛一样多的艺术家中，选择了我这平庸的一位？我们已经发现了一桩别人的秘密，我不想为自己再制造一个秘密。单菊笑了——那是一种知识女性的微笑。她说，当年我被打成右派，进驻画院的工作组组长是她的母亲。母亲一直记着这个有才华的青年而深感内疚，我的作品每一次在报刊上的出现都是对她的一次审判。母亲弥留之际，希望单菊代表她向我表示歉意，而单菊也有了一种想看看我的好奇心。“世界真小！”我感叹说。

20

雕像竣工了。雕像揭幕仪式将成为望瑶堡的一个节日。中央的领导，省里的领导，地区的领导，一辆辆小车接踵而至。

单老当然也来了。举行仪式的前一天，他突然心血来潮，要了一辆吉普车，载着单菊和我，由老高担任向导，向苍茫中的大山驶去。

单老和老高熟悉。兰贞子刀下救出老高，后来长大了，当过儿童团，又入了伍。解放后，部队到了南方，老高在一个城市里就地转业，当了科长。他贪恋三十亩地一头牛，转业后，请了个长假，回到望瑶堡，找了个媳妇，就不回去了。单老当时是老高的领导，听说后，打发人来找他。老高当着来人，把证件扔到河里，然后说：公家人老高，已经随着延河漂走了，你去撵他吧，至于我呢，我要回家过日子去。来人回去将这事汇报给单猛，单猛气得大发了一通脾气。

现在，一行人指指点点，由老高领着，行进在山路上。当吉普车行进在砭道上的时侯，我想问一问单老，哪一处是那个光着屁股的女孩给一位离家远走的少年献花的地方？但是我没有问，我怕打断一个梦游者的思绪。我们又来到那个私塾，来到单猛教书和兰贞子上学的地方，它后来曾易名列宁小学，现在叫什么，我们没有注意。我们还来到那个小村，兰贞子举行婚礼的地方，在这里我瞅个机会，低声问单老，他参加了婚礼吗？我的问话不能算是唐突，因为按照目前他对这一切的解释，我的问话应当说是入情入理的。单老沉吟了半天，说他参加了。听到他的话，我和单菊交换了一下眼神。因为我们一直疑心，照片就是在婚礼前夕拍摄的，因为在当时的条件下，要拍摄一张照片不是件容易的事，很可能是一个随某位大首长来参加婚礼的摄影师的杰作。单菊甚至罗曼蒂克地认为，在拍摄之前或之后，她一定勇敢地将她的爱情给了他，而我认为这是不可能的，单菊忘记了时代，而兰贞子也不是单菊。

回程的路上，单老滔滔不绝地讲起了兰贞子。他回忆着往事，眼睛里噙着泪水。我深深地感到，比起我们对那个年代的理解，比起我们对兰贞子的理解，他显得更深刻和更富有感情。因为我们毕竟把那些遥远的事情当作历史，而对这位老革命家来说，那却是他的经历。我在这一刻产生了对他的敬意。

在单老滔滔不绝的讲述中，他的女儿插入了关于那张照片的话题。单菊说，她希望看到那张原始的照片，知道照片上的另一位是谁。单老对他的话被人打断感到不快，但是还是解释说，照片虽然是翻拍的，但那确实是完整地翻拍下来的一张，他希望他的女儿相信这一点。

单菊执意要看那张原始的照片。单老认为没有这个必要。单菊从口袋里掏出复制品，她指着兰贞子鬓边那一团云霓，对单老说："鬓边的花，是你插的？"

"那不是花，亲爱的女儿，那是我在东征时，负伤流下的血。"单老说。我和老高都觉得单菊有些过分了。为了安慰老人，我说："单伯伯，那已经是童话一般久远的历史了，如果不愿意提它，我们就永远不去碰它好了。单菊的话题，其实是由于我的疑问才引起的。至于我，主要是为了完成雕像，想得到一些女英雄的情况，才刨根问底，接触到这个秘密的。也许，您当时并不知晓，而是兰贞子的单恋。不过正如我在革命城中向你提到的那样，兰贞子在婚礼上，在走向刑场的时候，唱的正是您在私塾里教给她的那首《少年先锋队队歌》。"

在我讲话的途中，吉普车里静悄悄的，没有人打断我的话。在我讲完以后，也不再有人说话，车厢里是死样的沉闷。

好久，听到单老往嘴里扔药片的声音，和单菊为他轻轻捶背的声音。后来，单老启齿了，他慢慢地说：“年轻人，向我提这个问题的人，你不是第一个，但也许是最后一个了。我永远不可能相信和承认你们所讲述的这一切的，年轻人，只有成为事实的事才是真的。我还是那句老话，让贞子的灵魂安宁吧，让英雄的形象像党史资料介绍的那样，成为受崇敬的楷模吧。如果说这算请求的话，那么我承认这是请求。”

单菊哭了。我努力抑制住自己不哭，但是我也没有能够办到。

“那首歌的第一句是什么，我怎么一下想不起来了？”单老突然说。

“是‘走向前去’，首长！”老高像一名士兵一样应声答道。

“不要说了，我记起来了。”单老说。说完，他清了清嗓子，用沙哑的声音低声唱起来。我，老高，单菊，甚至包括那位吉普车驾驶员，都跟着应和……

21

农历壬申腊月三十，女英雄的雕像揭幕仪式将在望瑶堡举行。这天早上我起了个大早，天下着纷纷扬扬的大雪，我径直向广场走去。雕像在凿刻时又经过了许多次修改，但此刻，我还是想以一位艺术家的眼光，再最后看一眼我的《牺牲》。因为，当覆盖在雕像上的蓝色帷幕一旦拉开，它就定格了，那时我看待它将只能以一个游人的目光和身份。

兰贞子化作雕像，站在白雪飘飘中。在雕像的旁边，我惊讶地看到了一位老人。他已经冻僵，也许从昨天晚上到现在，他一直在这里陪伴着雕像，走完自己这最后时光。

他拄着一根拐杖，紧紧地依偎在雕像旁边。他的身上落满了积雪，脸上出现了寿终正寝的老年人所特有的安详。

女英雄兰贞子的雕像揭幕仪式和老革命家单猛的葬礼，在同一天举行。

黑陶时代

1

王小二接到一个电话。电话是在半夜里打来的。一个女人幽怨的声音。女人说她想自杀。在自杀之前，想和人见一面，想来想去想到了他。王小二听了觉得奇怪。几天前他还见过这女人。那天她长长的头发，帘子一般吊下来，遮住大半个脸。脸上几乎只露出个白白的高耸的鼻尖，像枪刺，刺到人的面前。她的手上，在这大热的时节，还戴着一副黑色的棉手套。王小二明白，那头发所以像一叶窗帘一样垂下来，是为了遮住眼角的鱼尾纹，而戴手套是为了什么呢？他却不能明白。女人解释说，戴手套是为了手的保养，收墒，在夏天的时候，用手套捂着，手指会捂得白嫩一些。“收墒”这个词儿，令王小二想起这女人大约有过插队的经历，因为这个词是农家用的。

一个人在前几天还为着自己眼角的几个浅浅的皱纹发愁，为自己本来就不错的手指煞费苦心，然而短短几天，她又要自杀。女人真是我们不能理解的一种神秘之物。

王小二没有迟疑，他从床上爬起，去看这个女人。救人一命胜造七级浮屠，是不是有这话？女人电话中的信任感还令王小二感动。王小二是个文化人，他在一篇文字中，说过“当我们百年之后，谁是为我们向隅而哭的女人”这句话。这话为他招来了一堆女性的崇拜者。而此刻，女人的电话也具有同样的意思，她在就要离开这个世界之前，最后一个想见的人竟是陌生的王小二，这不能不令我们的王小二感动。

女人就住在他的这一幢楼房里。这样他很快地就去敲了一下门。门开处，女人穿着睡衣站在那里。王小二两手一摊，像一个偶尔路经这里的行吟诗人一样，念了一段台词。台词如下：我不相信自己，我在太阳下打战。我要知道：田鼠在什么地方打了洞，毒蛇在什么地方藏起了自己的鳞片，叛徒从什么地方弄来了金钱，什么地方没有良心，只有黑暗？他们硬说我的祖国自愿卖身外国强盗，说了这种话，居然还敢活在人间。

这是一个叼着雪茄的古巴人的诗。王小二一字一板地念完，像莎士比亚剧中的角色在背台词。念着，眼睛瞅着眼前的女人，希望她脸上出现表情。一种表情呼唤另一种相应的表情，这是人类的通常做法。但是没有，女人搽着粉的脸像鬼一样白。粉脸的背后无动于衷，只是嘴唇上沿的一个若有若无的黑痣，随着王小二的音节稍许地跳动。

女人浓妆艳抹，像去赶一个节日或一场舞会。当然，假如要赶的话，那她去赶的是一个上帝之宴。女人的嘴唇上方有一颗黑痣，这黑痣令她的面貌显得俏皮，并添了一种性感的味道。女人华丽的睡衣配上还算好的身材，宛如少女，而灯光也显然地帮了她的忙，使她年轻了许多。

落座之后，王小二不知说什么才好。他不知道说什么才能把这女人从她的古怪念头中拖回来。或者说这女人根本没有那种极端的想法，她只是危言耸听，在这夜深人静之际用这类事情打搅邻居而已。王小二同时这样想。在想的同时我们的王小二发话。他问女人怎么了，是不是生活中突然有了什么重要的变故，强烈的刺激，或者说猝不及防的打击。女人翻了翻白眼，说什么事情也没有发生，在她能发生什么事情呢？她只是突然觉得无聊起来，觉得生活中充满了一种无意义，觉得活一天和活一生从本质上讲并没有什么区别。说着她将她的那只在白天戴着黑手套的手放在王小二的手上。

这只手现在不戴黑手套了。手很凉，而王小二的手很热。于是王小二用自己的两只大手，将女人的小手捂起来，并且在手掌中磨蹭。这种磨蹭会令我们想到一些不好的事情上去，这类事情在一个男人孤独的青春期曾经出现过。“你的手真热！”女人说。王小二答道，他的手在夏天的时候是凉的，冬天是热的；白天是凉的，晚上却是热的。他的身体也是这样，好像体内装了一个空调似的。女人说这事真奇怪，她就做不到这一点，她的手天越冷越是凉的，前世，她一定是一条蛇托生的，而王小二大约会是一条变色龙托生的。

女人后来抱住了王小二。她抱住王小二时感觉像抱住了一个小火炉。“拥炉独坐”是一种古典意境。女人拥抱他的最初的目的，其实最初并没有什么越外的想法，充其量只是想验证一下王小二所说的他的身体真热这话是否属实。而王小二就范的目的同样是验证自己这话。当然还有，如果一个女人张开她的双臂，扑向一个目标的时候，这目标如果退缩，那女人扑了个空，甚至打个马趴，那就太不够意思了。何况这女人是个就要自杀的女人。

他们后来躺在了一起，是在长沙发上。和一个就要自杀的女人做爱大约是一件并不愉快的事情，王小二起初是绝对没有这种罗曼蒂克的想法的，这我们可以做证，但事情往往走到这一步，当两个孤身男女相处的时候，尤其是在这夜半更深，主宰善恶之神正打瞌睡。

王小二在最初进入的时候，感到自己进入的像一具女尸。他有些害怕，有些不情愿。但是马已经拴在了套上，它只有埋头拉车才是唯一出路。经历了极长一段时间，他才将怀里的这一堆白肉点燃。他感到他的身下动了起来，她渐渐地变成了一个鲜活的生命。她开始有了激情和欲望，胸脯膨胀和高挺起来，而那进入的地方也开始变得滑润。最后，她终于有了声音，开始叫床，当最初的呻吟变成后来的忘情的吟唱之后，音调在一个高八度区域停止，那停止像警报器的余音。王小二感到这个女人在他的身下变成了一条鱼或者一只猫，或者一只雌虎。说是雌虎，是因为她间或咆哮有声。

是王小二的停止令她停止的。世界上再好的事情总得有个尽头。上帝造世界只造了六天，然后停下来，第七天他去休息。吉尼斯世界纪录大全告诉我们，世界上最优秀的一对男女做爱时间用了三天三夜。我们是凡人，我们永远不敢企及吉尼斯之类，所以我们只用短暂的一刻钟到两刻钟。人类大约还有许多更重要的事情要做的，大好的光阴哪能光耽搁在这种无意义的事情上。梁园虽好，不是久恋之家！是不是这话？三天三夜又如何？纵然是折腾上三个世纪，亦有停止的一刻，而这停止和我们的王小二此刻的停止又有何区别？

这停止又叫“终结”，或者说“某一次的终结”。“终结”这个词出现在王小二的脑子里时，他想起普希金在临死的一刻说的对世界的赠言，那话说：“唉——终结了，生命！”说这话时普希金用手捂着被丹特士的手枪子弹撕裂的身体，有血从手指缝中流出了。

王小二在长沙发上停止了身体的蠢动。他让那已经死亡了的东西还留在女人的体内，而将他的脸那么近地对着女人的脸。“死亡”这个词儿在此刻的准确含义见诸张贤亮《习惯死亡》这本小说。这本小说最初名字曾叫《无桅之帆》，其实意思是一样的。因此此刻我们可以说王小二怀着兴犹未尽的心情，还将他的“无桅之帆”锚泊在那里。

“蠢动”这个词儿在此刻的带着暧昧色彩的用途，好像也不是王小二首先发明的。出处是，尼采一生都没有接触过女人，这使他的学生们觉得这世界对他们的老师太不公了，于是大家凑了些钱，把尊敬的超人送入了妓院。一刻钟或两刻钟以后，门吱呀的一声响，老师出来了。学生们问他对这事的感觉如何，有没有什么惊世骇俗的话要发表。尼采淡漠地说道：一件毫无意义的事，身体的一种无规则蠢动而已！学生们于是附和说：而已而已！

确实是一件毫无意义的事情。现代人给这升起的桅杆上套一件塑料雨衣，从而使这件事情变得更滑稽和更没有意义。在人类的童年，类似女人今晚上的叫床声，曾经像一道白色闪电一样划过混沌的夜空，给人类以续香火，给人类苦难的童年涂上一层玫瑰色，给生命以欢乐，但那庄严和神圣似乎离这件事的初衷越来越远了。

做爱完毕，两汪曾经兴风作浪过的大海现在开始退潮。王小二的已经没有用处了的老二还停在女人的身体里边。两人脸对着脸，谁也不说话。人和人这一刻贴得最近。

王小二终于说话了。他说横亘在两张脸之间的女人的鼻子，闪闪发光，像一个枪刺。王小二当过兵，玩过枪，有着关于枪刺的知识。他说二次世界大战之前，士兵们用的枪刺，是匕首形的。匕首形的枪刺也很好，很锋利，可以毫不费力地撕开皮肉，进入敌人的胸膛，但是这种枪刺有一个毛病，就是在进入敌人胸膛后，容易被血吸住，不好往出拔，而枪刺如果不及时拔出，就会被血烤软，变弯。王小二说，二次世界大战作为对单兵武器的改进来说，它的最大的贡献就是将匕首形改成了圆锥形，这样进入起来容易，拔起来也容易，且不易于烤软和变弯。“人是越来越聪明了！”王小二对着女人的圆锥形的鼻子，感慨道。

这话将女人逗乐了，她难得地笑了一笑。笑的标志是鼻子耸了一耸，嘴角抽了一抽。在鼻子耸动的那一刻，王小二突然感觉到女人的枪刺似的鼻子是假的，于是他就不揣冒昧，说了出来。这个时候的女人，怎么说她都不会恼的。只见女人哼唧了一半，说，假的倒不是，只是动过手术，鼻梁垫高了一些，里面有个钢铁的支架。

这一说叫我们的王小二很惊讶，并且让他明白了为什么时间发展到了20世纪90年代之后，长安城的女人们，鼻梁突然都变成了枪刺的原因了。“那么还有哪些部位是假的呢？”我们的王小二自言自语道。结果他发现长长的睫毛是假的，而鼓鼓的双乳里肯定充填了一种叫“硅胶”之类的东西。不过长长的头发却是真的。王小二现在想起，有一次他和一位女才子同坐一条沙发，脸挨着脸儿，正在争论中国的小说艺术的世界的排行榜问题。“它像中国足球，尴尬的中国足球！”女才子唾星四溅，一挥拳头，说道。如果她仅仅只这样说，那么留给王小二的印象不会这么深，但是在说的时候，她打了一个大大的喷嚏，在打喷嚏的同时头往下一勾，于是头上的发套掉了，一个圆圆的光光的类似足球那样的秃脑袋冲到了王小二的怀里。中国的小说艺术像他妈的中国足球，或者像他妈的女人的秃脑袋，这个意象王小二于是从此记住。

抚摸着女人的货真价实的头发——这样的长发在这个年龄段的女人是不多见的，因此它值得王小二抚摸。王小二讲了上面的那个笑话之后，起身告辞。

临离开的时候，女人说她不想自杀了，光为了刚才的这个，人也值得活下来。这话叫王小二听了心里高兴，也为自己这一次越轨行为找到了心理上的平衡。这样他便离开了她，回家脱裤子睡觉。但是在第二日，正当王小二在家里写他的文字的时候，楼道里传来一阵嘈杂声。原来，在这座楼上，有一个女人死了。女人是打开煤气，自杀的。煤气的怪味弥漫了整座楼，于是人们追根溯源，找到了这个居室，将门撬开。这样，他们便看见了一位面色鲜艳如花的女子，安静地睡在她的床上死去的情景。

2

顶着呛鼻的煤气味儿，王小二走进了那个房间。他瞅了那女人一眼：沉睡中的女人鲜艳如花！他不明白她为什么自杀，她曾经答应过他的。屋子里有许多的人，王小二是从人的背后，隔着几个头去看她的，即便这样，他仍然感到自己的下身一阵阵抽搐、紧缩。他因此而阳痿了很久。“谢谢你！”他想起女人在分手时，万般柔情地对他说过的这句话。说这话时她卖弄风情般地腰肢一扭，长发一撩。

王小二担心人们验尸。这样说不定发现到他，因为那女人的体内还留着他昨晚丢下的东西。但是很好，没有验尸，大家都认为这个女人平日的戴着黑手套的行径就够古怪，所以她的死也是不奇怪的。纷乱的人群踏没了王小二昨晚上留在地上的脚印，而他用过的那一个茶杯也没有人去注意——王小二一天的一小半时间是蹲在电视机旁，所以他知道侦探电影里有从口杯上提取指纹这一说。最后，尸体被火化了，王小二的担心彻底消失。

火化进行得很顺利。街坊们都去给送行。忙前忙后的是街坊中一个叫张三郎的人。他住在街对面，也和王小二一样，是个文化人。张三郎年轻的时候，深入生活，到火葬场待过一阵子。他说那里的骨灰堂是地球上人口最密集的地方，所有的人，生前无论富贵贫贱，到时候都会到那里集中。张三郎也是一个重要角色，他的故事以后还要详谈，这里姑且打住。

火化归来以后很长一段时间，王小二一听到电话铃响就心惊肉跳，尤其是在夜间。而当不得不用手去接触家中那红色的电话筒时，下身就一阵紧缩。那个女人的故事在他脑子里挥之不去。火化炉里，随着那火焰腾的一声升起，女人身上所有的衣服全部被烧光，只一个俊美的裸体停在那里。裸体要燃烧还得再等几十秒到一分钟。这时，一个行为猥亵面容可憎的炉前工将一个长钩子伸进炉子里去，他是要帮助裸体翻身。炉前工恶作剧式的将那长钩子，径直地伸向女人的那个部位，猛捣一阵，嘴里还嘿嘿地下作地笑着。王小二在一旁看得大怒，尽管他手无缚鸡之力，但是拳头攥了几攥，扑上去要干预。没容他拳头落下，裸体突然"哗"的一声，发酵成一个大面团，接着变成一团火焰。火焰之后则是灰烬。这是一眨眼的事情，因此王小二的拳头也就没有来得及落下去。

一个男人的一生，会有过那么几个女人的。如果我们不说谎的话，谁都有过。即便是那些最丑陋的，最贫贱的男人，也都有过。而对于女人来说，自然也是一样。意志、控制力、秩序这些似是而非的字眼，有时候会知趣地退避三舍，而让欲望抬头，让天性抬头，让原始的野蛮的力抬头，或者一言以蔽之，让人身上的动物性抬头。在一个男人不算太短的一生中（这个"不算太短"不是用"人猿相揖别，只几个石头磨过"这样的时间概念来计算，而是用一次做爱或一刻钟或两刻钟或三昼夜这样的时间概念计算），这样的时候总能找出几次。而那几次，人类所煞费苦心地建立起来的道德大厦雾失楼台。

我们的王小二的这一生，曾经有过几个故事。他是一个坦诚的人，事无不可对人言的人。这样坦诚的人在今天这个充满谎言（语言的谎言和文字的谎言）的世界上简直是稀有动物。相信读者在他的《黄金时代》《白银时代》和《青铜时代》里，已经见识过他为你们所介绍的女人的故事，但是所有这些故事，都不如他与那个戴黑手套的女人的那一次交欢刻骨铭心。他感到那一次自己仿佛像一个人类派去的身穿夜行装的黑衣使者一样，去向一个人最后一次的敬礼。那敬礼的姿势让我们想起电影中的好兵帅克。

女人是神秘之物。她们那蒙娜丽莎式的微笑中究竟包含着什么，整个世界都在猜着，但就是猜不透。淫荡吗？暧昧吗？嘲笑他人或者自嘲吗？武则天式的自信吗？少女怀春吗？你不知道！是的，你不知道！宛如城市的女人们在一天早晨鼻子突然都变成枪刺一样你不知其故。她们的嘴角那微微的闭合的朱唇显示出一丝淫荡之色，她们的大大的眼白又纯洁无瑕如同处子。为什么是这样，你迷惑不解。是的，我们不了解女人，即便是和我们一个屋檐下度过了大半辈子的妻子，有一天我们会从她的身上发现一些新的东西，我们有一种同卧一榻而形同路人的感觉。

拜伦的唐璜驾着华丽马车，在雅典的街道上匆匆而过时，突然从阳台上，一位黑眼睛的意大利少女向他匆匆一瞥。主人公因此而吟哦道："雅典的少女啊，莫非你给拉斐尔以灵感？！"并且哀叹这一刻既是初识亦是永别。另外一个中国诗人也描写过这种偶遇，他说这是两只木片一样的舟子，在漆黑的海面上相遇，大海茫茫，辽阔无边，这种相遇的概率小极了，因此说相遇是一种缘分。

王小二自己，也有过类似的体验。那是偶然一次，他应一个县长的邀请，到陕甘宁交界处的深山中去。在一个突兀的山崖一侧，一棵青翠的白松直直地立在那里，北京212从坡上一个滑行，向它驶去。那棵青翠的树，在王小二的眼里，突然痉挛起来，每一片针叶都婆娑而舞。王小二突然觉得和这树那么亲近，好像他的一个故知，他的一个梦中情人，他产生出一种渴望与树交谈的愿望。

它是死的，脚步不能移动，因此它只有站在那里，摆出一个姿势，呆呆地永恒地守望。而王小二是活动的。然而如果他的步履未到过这里，或者说北京212不走这条路，那么他永远不知道有这棵树，永远不能与它相亲。在孤独的守望中那树会老去。它在老去的时候会留下无限的憾意。

关于树的这种理论，王小二后来在席慕蓉的一首诗里找到了共鸣。女诗人把自己想象成一棵开满白花的树，长在路旁，然后怀着企盼，等待着臆想中的白马王子从路旁经过，抚摸她并且亲近她。诗人以女人才有的那种海一样深邃的闺怨之声，发出“我已经在佛前，跪了五百年，求他，让我们结一段尘缘”的嘤嘤之鸣。这闺怨之声简直可以和戴黑手套的女人在夜半三更打给王小二的电话里的声音媲美。臆想中的白马王子终于在路的那头出现了，骑着白马，而不是北京212。树在等着，树痉挛起来，树的通身充满了一种幸福的感觉，树借风的力量说话，它说这花开一季，就是为这一刻开的。但是，白马王子没有看见这棵树，他径直向前走去，直到马蹄嗒嗒，消失在小路的另一头。树伤心地哭了，白花摇曳，缤纷如雨。假如这树还有余年的话，那么它的余年一定是在诅咒男人中度过。

每一个女人身上都有一种妓女因素，正如每一个女人身上都有一种圣女因素一样。魔鬼与天使并存，并且在体内和谐地相处，等待着随环境变化而变化。一个女人当她将自己妓女的一面展现给一个男人时，她就把自己整个地交给了这个男人。如果这道理也算道理的话，那么王小二应感激这个戴黑手套的女人，感激那些所有的和他偶尔有染的女人。这样的女人当然为数并不多。

王小二需要知道这个女人更多的情况。没有别的意思，仅仅是出于一种好奇。好奇心有时候也是一种动力。他像一只警犬一样在长安城的每一条街道上嗅着，寻找着那似有似无的蛛丝马迹。

城市的街道上有许多戴黑手套的女人。在冬天戴一双或黑或白的手套，当然无可厚非，但现在是夏天，炎热的夏天。因此，黑手套成了王小二追踪的目标。他在她们每一个的脸上都能找出一丝与不久前辞世的女人一样的表情。在追踪的过程中，他有时候甚至会产生一种奇怪的幻觉。幻想她们是一群由女子组成的黑手党，而他的芳邻的死亡并非正常死亡，而是死于他杀——她是违犯了她们的森严的教规而被处死的。但这种幻觉很快就消失了。她们和她的相似仅仅只是在黑手套这一点上，其余则大相径庭。她们脸上那相似的表情是女人共有的表情，或者说是这座古城的氛围熏陶出来的表情，或者说是共同涂抹了那些时兴的化妆品的结果。而最重要的一点是，当王小二跟踪了她们一段时间后，发现她们虽然都有故事——阳光下的故事和夜生活中的故事，但那只是她们自己的故事，和他的芳邻没有任何关系。

3

女人姓高，叫高玉环，这是王小二在长安城里四处追踪的收获之一。玉环这个名字有点俗气不是？自从计划生育工作在这些年盛行，“节育环”这个名词进入女人们的日常语汇和新闻传媒，世界上叫“环儿”的女人已经少之又少了。所以这女人不一定叫“玉环”，而王小二所以把她叫玉环，是因为他们这座楼在唐大明宫遗址左近。这表明了在王小二的潜意识中，有一种试图强奸历史的隐秘阴暗心理。他常常渴望着在某一个深夜，玉佩叮咚，暗香浮动，美艳千年的杨贵妃杨玉环从大明宫的废墟中冉冉走出，清风入怀。有一句老话叫“香魂今夜落谁家”，拥着中国四大美人之一杨玉环的我们的王小二，可以拍拍自己的脑门，像接“三句半”那最后半句话一样，不无自豪地说：落——我——家！

女人大约也不姓高。是王小二在想到杨玉环的时候，顺便想到了高力士。既然王小二自诩为文化人，既然他又居住在唐大明宫左近，那么那个令文化人足以骄傲上千年的“力士脱靴，贵妃研墨，李太白醉酒吓蛮书”的故事，他一定是时时挂在嘴角。这样，当需要给戴黑手套的女人诞生一个名字的时候，高力士和杨玉环齐奔眼底，不明身份的女人于是有了名字。

王小二四处追踪的收获之二，是知道了这女人曾经坐过牢。“为什么坐牢？”王小二有些不解。虽然设牢房就是为人坐的，但并不是每个人都有资格去坐，要去走一回，得起码有个原因才对。所以说我们的王小二的问话不算唐突。但是他的这种问话往往会遭到嗤之以鼻。“你不是本城人吧？”被问话者以这种不屑的口吻反问一句，这口吻令人想起长安城曾是十三朝帝都（最近又有好事者考证是十四朝），这人他妈的说不定会是大明宫或者未央宫或阿房宫的看门人的后人，见过大世面的主儿。于是我们的王小二据实相告，告诉他自己是不久前迁入本城的，他原先居住在北京。“北京”，这个字眼大约对每个中国人都有震慑作用，甚至包括这位长安城里的遗老或遗少。听到“北京”这两个字眼，被询问者收敛了刚才的表情，脸上现在显示出一丝落寞。

这种落寞的表情恰好与长安城那陈旧的、古板的、灰色的建筑格调相一致。一位诗人说这格调是贵妇人落伍的残妆。这位长安人现在回到了自己。他是去赶着看甲B比赛。这样王小二和他就先不谈戴黑手套的女人，而先谈中国足球。长安城里有一支甲B球队，或者说偌大的大西北只有这么一支甲B，这令谈话者感到了大西北确实已经被时代挤在了一边，遗忘在了路途，昨日的辉煌不在。而当这人说出就这么一支可怜的甲B，所有的球员要么是外籍，要么是外省买来的，没有一人长安土籍时，谈话中这种落寞的成分又加浓了许多。王小二这时候也想起中国足球和秃脑袋女人的故事。他说了没有，我们不知道。如果他有交谈的愿望，他会说；如果他没有交谈的愿望，他不会说，只做听众。不过当听说王小二是一位文化人时，那人又来了精神，他说你可以小觑中国文坛，但是你不可以小觑这长安城里的作家，正如你可以小觑中国足球，但是绝不可以小觑大连万达一样。王小二有些不同意这话，但是他有涵养，没有表现出自己不同意，而是瞅这个时间，再次提出戴黑手套女人的坐牢问题。

你知道本城十多年前那一场有名的流氓团伙案吧。她就是女主角。一群脱光了衣服的少男和少女，在一个大厅里跳“贴面舞”。灯是黑着的，少男少女们在魔鬼式地狂欢，那肆无忌惮的无耻的声音仿佛要把这座古城抬起来。这在那个年头是一件严重的事。喧嚣之声惊动了警察。警察的戴着白手套的手在适当的时候拉亮了电灯。女人被收监、被判刑。那一阵子恰好又是“严打”，因此这刑判得很重。接着，女人的父母宣布与她脱离关系。“这是本城人都知道的一件事！”王小二遇到的这个人，以这句话作结，接着匆匆地去看他的甲B比赛去了。

王小二的第三个收获，是他知道了女人在监狱里的事情。女人住的地方叫女监，而长安城的女监，就在王小二家的楼房的一箭之地远近。初住这里的时候，每逢节日，他常常听到有歌声出现。这些歌声全都是女声合唱，有时甚至直达夜半更深。由于这里又是唐大明宫遗址，所以这歌声曾经给我们的王小二许多非分之想。他如果把这想象成是杨玉环在舞动霓裳羽衣，也完全可以说得过去。长安人白居易说过：“从此君王不早朝。”君王不早朝的原因肯定是夜半更深了还在欣赏杨美人的霓裳羽衣舞不是？这要命的歌声有时候还会在早上出现，打搅王小二的视听，那么这又是怎么一回事呢？原来这里是模范监狱，常有联合国之类的组织到这里观摩和检查。

知道了前面铁丝网围定的那个高大建筑就是女监，王小二暗暗发笑。将大明宫改成女监是一件可笑的事，此其一。他的芳邻高玉环在这里购房置产，作为她余年的栖居之处，此其二。他想高玉环每日晨昏望着咫尺之外的那女监的黑色轮廓，一定是感慨良多，而那里传出来的海妖式的歌声，一定会引起她许多的遐想。"她是故意住在这里的！"王小二认为。

知道了女监就在左近，王小二就决定去到那里继续寻找黑手套女人的芳踪。他约了长安名士张三郎一起去。阳春三月，名士游玩，正是这话。三月三天气新，长安水边多丽人。许多的丽人原来住在这黑色建筑物里了。丽人们穿着竖条的衫子，头发梳得光溜溜的，衣服穿着齐整整的，八个人一个号，正在里边编织一些老太婆用的买菜篮子之类的东西。"这里面关的都是人精！没有本事的人到不了这里！"张名士说。张名士的长安土话让这些丽人明白了来瞅稀罕的是当地人，而不是联合国官员，于是这些女人就有些轻薄起来。瞅着监管人员不在旁边的时候，丽人们停下手中的活计，齐刷刷地站在里边，冲王小二和张三郎吐唾沫。丽人们吐唾沫的水平很高，丝毫不亚于电影《泰坦尼克号》里的勾引良家妇女的小痞子，况且在此刻的唾沫星子里，一定有许多的荷尔蒙在内。这样，我们的王小二和张三郎，像经历了一场淋浴。"她们发情了！"张名士用手一捋自己湿漉漉的头发，宽容地说。

他们问起一个曾经在这里待过的叫"高玉环"的女人的名字。问了许多监管人员。这里关过许多女人，因此人们不记得她。有一句老话叫“铁打的衙门流水的官”，又叫“铁打的营盘流水的兵”，那么这句话说到这里，是不是应当叫作“铁打的监狱流水的犯人”。高玉环如果重返这里，见人事全非，见管教竟然不知道有她这么一个鼎鼎大名的人，一定失望至极。王小二和张三郎，没有这种可资骄傲的阅历，故而没有这种怀旧感和失落感。

终于找到了一个知道高玉环的管教。这女人说了这样一件事。她说因为有这件事，她才记得有个女犯高玉环。

她说号子里的八个女人，像一母所生的八个小老鼠一样，坐在一起叽叽喳喳地想办法。她们想干什么，想跑出去。跑出去的最简单的方法是越狱或者炸狱。这办法自然很好，很雄壮，但是这些女人不敢。那么除了越狱之外，还有没有温良恭俭让的东方式的方法呢？有的！八个女人终于想到了生病这件事上。生了病就可以保外就医不是？可是怎么才能生病呢？八个人都身强力壮，精力充沛，身上的肉仿佛要挣破皮，一副发情的母狼的样子。

这时候一只老鼠吱吱地叫着，从她们的脚面上跑过去。这只老鼠她们已经稔熟，它的洞就在墙角，她们已经视它为邻居，所以当老鼠从脚面上跑过时她们并不惊惧。这时候高玉环说话了。高玉环大约是她们中最有知识的人，因为她知道“鼠疫”这个名词，并且知道鼠疫这种疫病是老鼠传染的。“有了！”她像小学生一样猛地站起来，一拍手说。

在粗劣的电视剧中，遇到这种灵感发生的事情，老年女人往往在喊叫“有了”的同时，抡起巴掌拍一下自己沉甸甸的屁股，中年妇女也往往要拍，不过拍的是自己的大腿，只有那些少女，才雀跃而起，双手合十，击掌有声。这样说来，戴黑手套的女人那时候还是一个妙龄少女。

王小二当过兵。他当兵的连队里有个副指导员是河南人。这个小个子的河南人听到类似我们的高玉环提出的这种好建议后，往往也会双手合十，击节有声，并且在击掌的同时说出一句歇后语："两个老婆对屁股——四个门！"副指导员用河南话说。王小当兵一年后，才明白这话的意思。两个女人的屁股对在一起，确实有四个门。而"四"是"是"谐音，"门"则是"门道"或者"门路"的意思。副指导员是在赞扬或表扬这个主意出得好。

闲言少叙。这天晚饭上，八个丽人一人省一口，省下一个完整的馒头来，并且将这馒头带进了号里。夜里，她们就将这馒头放在老鼠出没的洞口。

第二天早晨，管号的听见这屋里争争吵吵，像在唱戏，于是跑过来看。眼前所见，只见八个女人搅成一团，她们大约刚刚从被窝里爬出来，衣服都没来得及穿，赤胸露背地，正在争夺一个馒头。原来，那馍上有几个牙印，像小孩牙齿啃过的。那正是老鼠的牙印。而这些女人，谁都想抢着先吃那有牙印的。只见她们，有的揪住她人的头发，有的扯住她人的衣裤，有的则站在旁边，挥舞着手臂火上加油。

八个赤裸的女人在管理人员的眼中像一堆白肉。她好容易才分辨出她们谁是谁。她喊了几个人的名字——这几个人的名字目前是阿拉伯数字，例如高玉环的名字是"168号"。这一招果然奏效，像孙猴子听到唐僧念紧箍咒似的，女人们停止了厮打，泼妇们回到了各自的床边，坐定。

管理人员询问了这件事情的原委。她又将那只有着老鼠牙印的馒头托在掌心里看了一看，像看一件艺术品。看罢以后，信手将馒头一扔，扔到门外，立即有一只平日在院子里的黄狗将馒头叼了去吃。馒头进了狗的肚子，床上整整齐齐地坐着的八个丽人，涎水直流，抽泣有声。

管教用手绢擦了擦手。她望了一眼这八个女人。在这一望的同时她突然产生了恻隐之心。她记起了自己也是一个女人。在请示了上级之后，她给这八个人放了天假，让她们到长安城去透一次风。

放入长安城中的这八个女子，她们在这一天中都干了什么，无从查考。不过这八条母大虫放入长安城，一定如八国联军进了北京，日本鬼子进了南京，烧杀掳掠，无恶不作，“屠城三日”也不过分。管教说，夜来，当这八个女子回到女监，规规矩矩地坐在她们的铺前，向管教汇报她们这次放风的感想时，她们异口同声地说，城里有好多好多的男人，满街都是，满眼都是。至于城里还有别的什么，她们视而不见。“男人！男人！”她们说。她们在说这话时嘴巴吧唧吧唧地响着，像在回味，像牛的反刍，而那眼睛，开始是熠熠有光，最后光芒收敛，始归于暗淡。

4

王小二才是这部蹩脚小说的主角，戴黑手套的女人只是笼罩在这神秘莫辨的长安城上的一袭黑衣而已。虽然在王小二客居长安的岁月里，这女人会像幽灵一样时时跟随着，并不断地有故事从城墙缝里蹦出来，但是我们还是固执地认为王小二才是主角。或者用影视界的行话叫“男一号”。

那么王小二又是谁呢？

哪方妖孽，何处神圣？出生地在哪里？族籍、户籍如何？有无婚史，有无谬种流传？哪里上的学，是否出国深造、打工、洋插队，或者偷越国境？有无海外关系？上三代是谁，下三代又是谁？前世是谁，后世又蜕变为谁？个子高低，身体肥瘦，生殖器大小？有无性病史、肝病史、胃病史，有否装过假牙？如此等等，不一而足。

在距离我们不太遥远的那个年代里这叫“档案材料”，在现今时代里这叫进入电脑人才库，而在后世，这些乱七八糟的东西说不定会成为珍贵史料。宛如拿破仑珍藏至今的一根头发（科学家们正是依据这根头发判定拿破仑是死于锌中毒），爱因斯坦被泡在福尔马林药水中的一叶大脑切片一样。然而成为珍贵史料的前提是，我们的王小二必须是一位重要人物。

但是谁也不敢保证王小二不会成为重要人物的。世界有时候喜欢和人们开点小玩笑。日本的芥川龙之介说：九十九步的一半是一步，这是一个超数学问题，当代人不明白这个道理，因此诋毁天才，后世人不明白这个道，因此在天才面前焚香。

芥川先生的“诋毁身前、焚香身后”这句百年以前说过的话，不幸在我们的王小二身上言中，所以说不但“古今原本同”，中外也是原本同的。话说到这里，有人会问，这个王小二好端端地活着，有个漂亮的小媳妇，膝下有个乖巧的男孩子。声色犬马，放浪形骸，长安城里一个人物而已，何以谈得“身前身后”这话。

王小二在北京时，他的名字叫王二。王二有着许多的经历，他插过队，当过兵，上过大学，出国留过学，在大学里教过书，在街上的拥拥挤挤的人力市场等待过出卖劳动力，并且还有着许多的真的或虚构的爱情故事。这些经历和故事在港台以一本《王二风流史》的单行本引起轰动。在经历了许多的职业之后，王二最后为自己选定了一个职业，这职业叫“自由撰稿人”。

这叫天性使然。人到四十岁上都会明白自己应该干什么，自己来这世上走一遭是干什么来的。感慨“今是而昨非”的陶渊明写他的《桃花源记》时就是四十岁。成为自由人的王二在他的斗室噼噼啪啪地对着电脑，开始了他的堂·吉诃德之旅。“小说艺术具有无限的可能性！”对着虚弱的、浮躁的中国文坛，他说。说这话时他的嘴角挂着一种魔鬼式的微笑，而他在斗室里的劳作，仿佛是在酝酿一个慕尼黑阴谋。

他的大作一部接一部出来了。他的稀世才华令文坛震惊。他不入任何圈子，也不拉帮结伙，身旁更没有一支吹吹打打的队伍。中国的许多事情他不懂，以上两点限定了他只能是一个悲剧人物，他的那些作品只能永远地被放置在编辑的案头上，处于待发和不发之间。

这种情形香港人叫它“雪藏”。是的，你很独特，你很伟大，但是我们不理睬你，让你自生自灭。台湾人的叫法更直接一些，将这叫“封杀”，非我族类，其心必异，格杀勿论乃尔。欧美对这种情形，叫法含蓄一点，委婉一点，不过更为清晰，叫“压制、怠慢和不公正”。

王二有一天终于明白了这个道理，而且明白不但“古今原本同”，中外也是原本同的。他在明白这个道理的时候突然产生一个奇怪的想法。我们知道，王二身上本身就有玩世不恭的因素，谐谑的因素，因此有这个想法，不足为奇。这想法也许早就在脑中了，只是此刻成熟了而已。

这想法就是：突然死亡！！！难保这想法不是受了芥川先生上面那句话的影响。

王二想和这个世界开一个大大的玩笑。这个玩笑算是开成了。一纸加黑框的讣告在新闻纸上登出，于是举世哗然。一个天才消失了，他死后的空虚我们立即意识到了。评论家们争相表态，说他们早就说过，能代表中国当代小说创作最高成就的不是那些招摇过市的热门的作家，而是那些不为声名所累的、潜心钻研艺术的自由撰稿人。“高手在民间”，他们言之凿凿地说。出版社一改往日的木讷模样，连夜排版，连夜校对，发行那些在案头上蒙了三尺灰尘的王二遗著。光案头上的这些还不够，于是打发招聘来的漂亮公关们，潜入王二的居室，进入王二的电脑，掠夺电脑中的储藏。女人们如果漂亮，进入那里都会畅通无阻的，包括进入电脑。最激动的当数那些书商，他们的节日来了。王二的书被大量地盗版，王二的名字充斥于中国境内每一个大小书摊。滚滚的金钱在市面上流通，这一年中国的国内生产总值增加了零点零一个百分点。

在北京一家五星级饭店的最高层，王二一身黑西装，面色严肃。他举着一个八倍的望远镜，注视着他的葬礼隆重的结束，然后手提一只旅行箱，踏上了火车。

葬礼举行得令王二满意。一些他生活中的人和他小说中的人都赶来参加了葬礼。哀乐正是我们经常听得耳熟了的那个。许多头面人物都到了。这些头面人物就是经常在电视上或报纸上看到的那些。最让王二满意的是，他的妻子也从外国赶来了，并且表情极为哀恸。这令王二为自己的恶作剧而产生一丝悔意。“当我们百年之后，谁是为我们向隅而哭的女人？”王二想起他生前一篇文章中的话。

王二现在已经不是王二了。王二已经由一具无名尸体取代，并且安全地进入了火化炉。失去了王二的王二现在感到自己头重脚轻，有种刚洗过桑拿浴，陈年老垢痂被从毛孔中冲出，又被搓澡师傅一扫而光的感觉。

失去身份这在王二不是第一次。他在他的小说中，曾经为自己设计过一次。那小说说：“我被取消了身份，也就是说，取消了旧的身份证、信用卡、住房、汽车四张学术执照。连我的两个博士学位都被取消了。我的一切文件、档案、记录都被销毁——纸张进了粉碎机，磁记录被消了磁……他们给了我一个新的身份，我的名字叫M。”

这是王二在为他的2015年设置的一段经历，但是我们看到，这个经历现在是提前了，提前到了1997年。

失去身份的王二这时候也不叫“M”。那么他该叫什么呢？叫“王二第二”，或者叫“克隆王二”，都是很好的名字。但是，在北京西站的候车室里，当王二的小媳妇，或者叫小情人阿四小姐一个箭步冲上来，将这个刚从葬礼上逃跑出的人，双臂搂住，并用涂着蔻丹的尖指甲插入王二的头发中，口中像警报器那样尖叫“我的小二，我的小二”的时候，王二在这一刻决定自己叫“王小二”。

5

阿四小姐在爱抚王二的时候，喜欢将手指插入他的头发中，一边抚摸一边叫他“小二”。阿四小姐的另一个习惯是，她在想做爱时会用指尖从王二的裆部轻掠过去，叫王二裆部的那东西为“老二”。这两个时刻出现的时候，我们的王二像沐在爱的光辉中的小圣婴。

这是一位教授的女儿。她热情，奔放，美丽。她们全家曾在新疆生活过。那是一个产生歌谣和梦想的地方。一定是那带着拖腔的咏叹调像风一样吹入了她的脑门，从而使她的行为举止有一些疯疯癫癫和不拘一格。这原因如果从文化角度考虑，她该是游牧精神的产物。电影《泰坦尼克号》里，男主人公称女主人公为“俏淫娃”，并且说这是他在世界上寻找了许久，终于找到了一个人。哦，我们的阿四小姐正是这样的一个姑娘。

他们的认识时间还不到三个月，是从王小二患病的时候开始的。不过他们的通讯已有十年之久。十年前的元旦和春节之间的日子，王小二接到一个贺卡。一个在乌鲁木齐居住的女孩子，向他致以新年的祝福。女孩子说，她将从远远的地方，一直注视着他。落款写的是学校的名字，初二三班。

王小二把这并没有当一回事。因为正如我们每个人一样，这个时节总能收到一大摞贺卡。但是第二年的这个时节，贺卡又如期寄到，女孩说她又长大了一岁，现在读初三，女孩还在贺卡中，将王小二这一年发表的那些大大小小的文章，甚至报屁股上的豆腐块文章，历历数过一遍。

下一年的贺卡中，地址发生了变化。女孩到了西安。地址上是一所中专学校的地址，好像是什么外国语培训学院。两年以后的贺卡，地址变成了北京，女孩说，他们全家已经回到了北京。女孩还说，她已经长大了，就住在王小二家的附近，她希望见他一面，时间是×年×月×日，地点是这条街道上从北向南数第××棵梧桐树下。

王小二没有去。他最初想去，后来不知被什么事耽搁了，或者是被老婆看得太紧，或者是串门的朋友的一句嘲弄的话打击了他。总之，他没有去。一直到深夜，王小二接到一个电话，是那女孩打来的。女孩在电话中说："这样清晰的事情在这个世界上只出现一次！"女孩这话，在后来的一本叫《廊桥遗梦》的小书里曾经出现过，但王小二接电话的这时间，世界上还没有《廊桥遗梦》这本书。王小二被这句话震撼了，或者说意识到了里面某种宿命的东西。王小二问女孩此刻在哪里，女孩说，从你的窗户往下看，眼光越过街道，现在在电话亭边站着的那个身穿一身白的女孩就是她。王小二打开窗户，果然，马路对面，几百米以外，一个身穿白色长裙的女孩子站在那里，夜风将裙子的下摆吹起，缠在细长的腿上。"你等一等，我就来！"王小二对着电话说，女孩说免了吧，这样隔着马路对望不是很好吗，美学有一条准则叫"距离产生美"。王小二说他一定要下来，女孩说她走了，不过下一个年头她还会寄贺卡来。王小二放下电话，绊绊磕磕地下得楼来，电话亭前还有人在打电话，但已经不再是那个女孩子了。“阿四！阿四！”他叫了两声，但是没有得到回答。王小二于是沿着这梧桐树，一棵一棵地寻去，但是，直走到路的尽头，空空荡荡，什么也没有。

下一个年头，女孩仍然寄来了贺卡。女孩在贺卡中说，王小二在这一年的五月出了一个长篇，她则在这一年的五月披上了婚纱。女孩说，她决定从此之后，不叫王小二“老师”了，至于叫什么，现在还没有想好。

这一年当王小二正在生病，并且感到自己不久于人世的时候，他又接到了女孩的贺卡。“亲爱的女孩！”他将贺卡贴在自己的嘴唇上，眼睛有些湿润。一个女人如此固执地眷恋着自己，这里面一定有缘故，说不定还是一个重大的秘密。王小二觉得自己不能再这样傻等了，他要行动，因为时间已经不多了。

这次，贺卡上的地址是“丽人花屋”，一个浪漫的名字。王小二拨通了114，要了这家花屋的电话号码，然后拨通。一个女孩的唱歌一样的声音，问他是哪里，预订鲜花吗，广东来的康乃馨。“你是阿四！”他说了一句。对面立即停止了说话。好半天，电话里的女孩子回过神来：“小二，我知道，总有一天，你会打来这个电话的！”光凭女孩子立即就判断出他是谁这件事，就知道她没有说谎，确实是时时念叨着王小二的。

“花店在哪里？我现在就来，马上来！坐宇宙飞船来！”王小二一撩被子，从床上坐起，几分钟之后冲出了门。几次差点被汽车撞倒，而他本人则撞倒三个骑自行车的人。半个小时以后，他来到了丽人花屋。

玻璃门推开，屋里摆满了鲜花。而鲜花中最美的一枝，是阿四小姐。

那天她穿了一身红色的套装：红西服，红筒裙。她等着，脸上洋溢着光泽，青春四溢。王小二自见到阿四的那一刻，遂明白了《封神榜》中的妲己之死那一段情节并非艺术夸张，它有可能是真的。那书中说，她已被捆在朝歌城外开刀问斩，派去了许多的刽子手，但是这些刽子手在妲己的嫣然一笑面前都手软得提不动了刀。此刻面对阿四小姐的微笑，王小二亦是这一种感觉。

阿四青春——这是王小二为阿四的那种稀世之美找到的原因。长期以来，王小二一直生活在一个相对稳定的圈子里，他接触的大多是同龄人。而今猛然间，一个小他二十岁的女孩子突然出现在他面前，使他不能不眼前豁然一亮。他刹那间感到自己也年轻起来了，血在他的血管里汹涌地欢畅地奔流。

阿四不同意他死。阿四认为他还应该再多活几年，和他生活在一起。找一个地方，天涯海角，一个谁也不认识他们的地方，再生活几年。连同阿四当年在电话里说的那一句“这样清晰的事情在这个世界上只出现一次”这句话一样，此刻的这句话依然令王小二觉得有一种宿命的东西。“我努力去做！”他对阿四小姐承诺道。“你多么优秀！只要你肯做，你一定能够做到的！”阿四说。

我们的王小二果然做了这一点，他在一个春天的日子里从病榻上站了起来。“哦，上帝，好上帝，好心的上帝，让我再生活五年吧，和德瑞纳夫人生活在一起！”在王小二与疾病斗争的那一刻，他的脑海里时常反复着这句话。这是《红与黑》中于连·索黑尔的话。于连·索黑尔没有感动上帝，他最后还是走上绞刑架。但是我们的王小二比他幸运，时代毕竟已经不同了。

有一件重要的事情，也给王小二的精神以支撑。万事皆缘，这是我们的古人说的。古人认为，同乘一条渡船过河这件偶然的事，就得修五百年的缘分才能修到。那么亲爱的女孩，大千世界茫茫人海，你是如何注意到名不见经传的小人物王小二的呢！从你初中二年级的时候说起。

这样，女孩说了一个悲惨的故事。那是她上初中年级的时候。

她的教授父亲牵着她的弟弟，在乌鲁木齐的街道上散步的时候，一辆卡车风驰电掣般驶来。她的父亲和弟弟同时倒在了车下。当她的母亲拉着她和妹妹，赶到出事现场时，马路上平展展地罩着两张白被单。汽车像压瘪两只青蛙一样，从两个亲人身上压过去，他们现在摊在了路上。而汽车，又前行了几十米，碰倒了路旁的一棵大树后，才成一堆废铁停在那里。

父亲和弟弟是在人行道上走着的。汽车应该走汽车道，但是汽车毫无道理地冲上人行道，将他们压扁。他们好像还试图躲过，但是没有躲开。世界上所有的事情都没有道理，它要发生，它的发生就是道理。

家中的两个男人死了，现在只剩下了三个女人。三个女人现在该去上班的不去上班，该去上学的不去上学。她们把自己关在家里，三个人抱成一团。即便这样，她们仍然感到恐怖，门外的每一声大的响动都会令她们心惊肉跳。她们总感到那钢铁怪物会突然地破门而入。

阿四有一个礼拜没有睡着觉了。她整夜整夜地失眠。她在黑夜里大睁着眼睛，对世界充满了一种不信任感。偶然，她会迷糊上一阵。在这间断的迷糊状态中，她发觉自己走入一个亘古的荒原上，像坟墓一样寂寞，像地狱一样恐怖，像天空一样无边无沿。她哭泣着，呼喊着，在这荒原上奔跑。“人哪，人都到哪里去了呢？”她绝望地喊着，但是四周死寂如初。突然，一个怪物出现了，混浊的鳄鱼般的眼神，长长的须发，庞大，邪恶，强壮，像史前怪兽。它在后面紧紧追赶着，眼看就要追上了。

阿四总是在这一刻清醒。那时她感到自己全身发冷，浸泡在自己的冷汗中。她在醒来的那一刻头脑异常清醒，但接着又昏昏然过去了。这个上中学的女孩将因此而精神崩溃，但是这时候发生了一件事，她接触到了王小二写的一本书。

那是王小二在一些年前写的一个传奇。在这个传奇中他塑造了一个叫“马镰刀”的西部英雄形象。白雪皑皑的荒原上有一队中国巡逻兵，这支巡逻兵的头领就是马镰刀。他是一个冷面牛仔，但是，高仓健式的面孔背后有一副悲天悯人的心肠，他借给沙俄巡逻队一张牛皮大的一块地盘，以供他们休息。因为在炎热的中亚细亚荒原的中午时分，巡逻路上只有一棵胡杨，而此刻这胡杨树的阴凉在中国一侧。一张牛皮大的地盘的一句承诺，后来划去了中方五十平方公里土地。沙俄的外交官说，将牛皮割成细条，恰好可以圈五十平方公里。

马镰刀是一位悲剧英雄。他在就要被当局行刑的那一刻，挣脱捆绑，率领他的白房子士兵，冒着大雪越过界河，马刀起处，将沙俄巡逻兵的人头割下，然后他们自己在下一个血色的雪原早晨，集体自杀在白房子，以殉这块不再属于自己的土地。

阿四小姐得到了这本书。书本合上，骑一鬃毛飘飘的黑马，双目炯炯，面色冷峻如铁，强悍无比的马镰刀形象，占据了她的心。她将书本放在胸前，安静地睡着了。睡梦中，假如那个怪物还要骚扰她的话，这时候只要她一声召唤，马镰刀便会像一道黑色的闪电一样，斜刺冲出，挥刀将怪物杀死。

这年元旦来临时，女孩子到邮局挑了一张贺卡，填好，然后给这本书的作者王二寄去。

这就是那个女孩给王二寄贺卡的动因。世界上任何事都是有原因的不是？由于教授原先是以支边的名义去新疆的，这样，在教授死后，他的家人便提出申请，迁回北京。当然我们知道，阿四小姐在来北京之前，还在一个叫西安的地方上了中专或大专。

这是一个现代童话。活生生的人就在面前，这令王小二不能不信。听罢故事，他长长地叹息了一声。在叹息的同时他觉得自己很重要，或者是从这个女孩的故事中知道了自己很重要。这是生活对他的最高的褒奖，不是么？！他决定不令女孩失望，他决定这么重要的人物不能让他有个三长两短，他应当活下来。

他们选择了古都长安，那梦幻般的地方，作为他们第二次人生的场所。要到哪里去，世界由他们任意选择，两人给各自手掌上写了个地名，然后展开，两个手掌上写的都是“长安”。这样他们选择了长安。

阿四也没有什么善后的事要做。她有过一段短促的婚姻，随后就离异了。她的智商很高，要找到和自己智商相等的男人是很困难的。搭眼一看，街道上蚂蚁一样拥拥挤挤的都是人，但是要找到属于自己的那一个却不容易。离异后她的膝下有一个男孩。

至于王小二，那一段日子他唯一需要做的事情，就是继续躺在床上，等待那命定的一刻到来。到时候他找一个代用品，然后自己金蝉脱壳，走人。

这样王小二与阿四小姐的情形有点像私奔。

葬礼举行完以后，作家王二已经变成一团灰烬，一股青烟，报纸上悼念文章的主角。而王小二开始在世界上奔走。家人和朋友都忽视了，如果他们聪明的话，会从下面这一段王二当年的文章中，觉察出这个大玩笑已经早有预谋。那一段话是这样的：“一个人只拥有此生此世是不够的，他还应该拥有诗意的世界。”

6

世界并不充满了诗意。火车经过十八小时又四十分的运行之后，西安到了。一个四十多岁的男人，一个二十多岁的女人，一个三岁的小男孩，站在火车站外面的街道上，傻呆呆地不知今夜该栖身何处。

在火车上他们还大谈长安，想象着哪地方是李太白醉卧过的，哪地方是贺知章跨马路经过的，哪地方是杜甫坐过牢的，哪地方是白居易买过米的，极尽想象之能事。那些“西望长安不见家”“望长安于日下，指吴会于云间”“秋风吹渭水，落叶满长安”“长安一片月，万户捣衣声”等等这些古典句子，也不时从他们的谈话中蹦出来。而今双脚踩在地面上，才知道萧条异代不同时，此长安已不是彼长安了。

他们不像私奔，倒更像是逃难。这王小二，平日书呆子一个，在北京城里，大门不出，二门不迈，只在朋友圈子活动。倘要出门，也是三五成群，吆朋呼类，大家一起行动，所有的吃喝拉撒睡之类，他从来就没有操心过。

阿四小姐听王小二说起，这长安城，他有生之年只来过一次，那还是三十多年前红卫兵串联的时候。阿四小姐扑哧一笑，说道，那你那些唐人小说中，写薛嵩，写无双，写长安城的大街小巷，写古城和古槐，皆是想象出来的吧。王小二听了，点头称是，他拍拍脑门说，写这些文时，他的脑门里好像有一个电视屏幕，那些东西活灵活现地映在眼前。两人说笑了一回，孩子也笑了。

阿四小姐倒能沉得住气。她说既来之，则安之，这么大个城市，多咱们几个人也不见拥挤，少咱们几个人也减轻不了什么负担，找一个地方，买房置产，咱们住下吧。说完拍拍自己的手提箱。

阿四小鸟依人般的姿态叫王小二看了感动。当夜住在宾馆。第二天从地摊上买来一厚沓报纸，翻看那些售房之类的消息。阿四说先不急，先享受享受生活，这样便租了一辆出租车，东至长乐坡，西至三桥镇，南至丈八沟，北至龙首村，在这近百里方圆的长安城地面，转了一圈。他们转悠的，是长安城的外城。长安城的内城，由四堵城墙围定，所以又称四方城，四方城的中央，是一座钟楼。顺钟楼，东西南北扯了四条街道。街道到了尽头，又有四座出城的城门。“东三西四，南七北八”，这是民间流传的钟楼至各门户之间的距离。这里说的是华里。王小二一干人马，自然也在这内城，一番游玩，在李太白醉卧过的地方吃碗羊肉泡或葫芦头，在贺知章乘马经过的地方撒泡尿或屙泡屎，在白居易购过白米的地方给小孩买两样玩具，在杜拾遗坐过牢的地方赏上一阵月亮，发一发“古今原本同”的思古幽情，如此等等，不提。

一番实地踏勘，一番报纸阅读，再加上广泛咨询之后，王小二在长安城的北郊、龙首原的最高处，唐大明宫旧址的围墙外面，购得一套三室两厅单元楼房。

为啥选定这龙首原，原因有二。一是这地方的单元楼房相对便宜一些。二是因为这是大明宫的遗址所在地。唐太宗血溅玄武门的故事，唐明皇和杨贵妃的故事，武则天的故事，袁天罡和李淳风的故事，高阳公主和上官婉儿的故事，唐朝的文化人李太白和杜拾遗的故事，许多都是在这里发生的，按照后来结识的朋友张三郎的话说，这里是唐朝的国务院。站在龙首原最高处（关于这一点，张三郎也考证过，他说龙首原最高处恰好与长安钟楼顶平行），一股英雄气直冲脑门，前尘往事历历如在目前，王小二一跺脚说：“就住这里了，阿四！”

同是砖头水泥堆砌的楼房，为啥这龙首原一带房价便宜。原来，这里居住的，以引车卖浆者流居多，属城市的贫民窟之类的去处。长安城里有一句口头禅，叫“宁往南挪一里，不往北挪一砖”，可见人们对这地方的抵制和鄙夷程度。这二年长安城里又流传出一串话，说是那东郊的人见了面，第一句问候是：工资发了没有？西郊的人见了面，第一句问候是：下岗了没有？南郊人见了面，第一句问候是：职称评上了没有？北郊的人见了面，第一句问候则是：孩子放出来了没有？仅凭以上问话，你便可知道，这长安城中东西南北的人文地理状况。

王小二携家小，在这北郊龙首原上安顿下来。对于以上谈资，并不介意。他将自己大腹便便的肚皮，拍上一拍，慨言道："我的这肚皮里，装着一个大学的图书馆，住在那里，都会生了一块文化氛围不是？"又言道，本先生平日懒散惯了，不修边幅，邋遢成性，而今混迹于这些引车卖浆者流中，正觉浑身舒服哩！

安顿好家小的第二日，王小二便摊开稿纸，拿起笔来，写作在他已经成为一种病态，他生活中唯一能干和会干的事情。笔记本电脑随身带着，本来他可以用电脑，可是打开电脑，噼噼啪啪一阵以后，他总觉得大脑空空，找不着感觉。后来突然想起唐朝那时候还没有电脑这玩意儿，于是哑然失笑，合上电脑，操起毛笔。"贵妃研墨，力士脱靴，李白醉书吓蛮书的地方，就在这儿！"他扭头对阿四说道。

忽一日有人敲门，门开处，进来的是长安名士张三郎。张三郎一件不青不白的对襟衫子，袄襟左右一掺，再用双手往胸前一捂。一条裤子，半个腿挽起来，高及膝盖，半个腿放下来，掩住脚面。脚下是一双拖鞋，一走吧嗒吧嗒直响。

张三郎先通报自己姓名，接着说道，惺惺惜惺惺，英雄访好汉，知道这里住了一位作家，他这是访问来了。王小二听了觉得诧异，他先矢口否认自己是什么作家，见否认没有效果，又问张三郎是如何知道的。张三郎说道，街坊邻居都说这里住了个作家，隔三岔五，常有稿费寄来。

这话传到我耳里，我一听怪了，这长安城里就这么几个鬼，谁是谁，烧成灰我都能认出来，咋地这里突然冒出个作家来。不行，我得去看看。于是站在家门口。瞅着邮递员拿着稿费往这座楼上走，我就跟着来了。

王小二一听，拍掌大笑。于是牵张三郎的手坐下，论起年龄，长王小二十岁，于是遂以“大哥”相称。喝茶抽烟期间，越谈越是投机，眼见得吃饭时间到了，王小二高叫一声：“五花马，千金裘，呼儿将出换美酒，与尔同销万古愁！”儿子还小，使唤不得，王小二啸罢，让阿四小姐上街沽酒去了。

老兵的母亲

第一歌

每一座坟墓都是一部长篇小说，这话不知是谁说的。总之，这话说得很深刻，很耐人寻味，很有一种苍凉而宽厚的味道。我常常想，说这话的人，一定有过许多生命的体验，他的人生之旅，一定到了能眺见远处那若隐若现的属于他自己的坟头的时候。至于笨拙的我，我想说，每一座坟墓都是一个没有谜底的谜。眼前的这位是谁？一个妓女？一个乞丐？一个绝代佳人？一个辉煌的成功者？一个帝王？他死于何年？他死于何因？除了留在人间的以外，他把什么都带进坟墓里去了，包括那些永久的秘密，包括那些稍纵即逝的思想！我们试图走近你，但是，三尺地表将一切念头隔开；我们试图询问往日的事情，但是，回答我们的是永久的缄默。哦，坟墓，大地上的瑰丽而又庄严的装饰品，大地上的排列有致的编年史。在我们步履所至的几乎每一个地方，都难免与你狭路相逢，并且领略你的宁静和神秘，野花和衰草。很难想象，没有你的装点，我们的思想将会多么荒凉，我们的大地将会多么单调，我们这现代人的步履将如何变得沉重和深思起来。一抔黄土，将站立的人和躺卧的人分开了。站立的人继续走着，去走完他们命定的道路。躺卧的人将永远守处，顶多在初春的日子，在坟顶绽一朵鲜花，在暮秋的日子，在坟顶飘一团迷雾。坟墓会迅速地漫上荒草，荒草会一年一度凋零。直到有一天，坟墓坍陷，从地表上消失。于是，一个谜结束了，或者说，一本孤本的长篇小说失传了。

第二歌

九里山山顶有一座坟墓。

五月的最后一个日子，落日辉煌。季风从鄂尔多斯方向，带来一丝干涩和凉意。空气中弥漫着花香和牧牛人的幽怨歌声。

一位军人，顺着走马川，来到九里山下。然后分开草丛，拣一条弯弯曲曲的细径，向山顶走去。无法知道他的年龄，因为军帽遮住了他的头发和额头。山路崎岖，也许他感到了一丝热意，于是摘下帽子，提在手中，我们看到了他的一头银发。

他已经很老很老了。面容消瘦。身体虽然保养得很好，但是可以看出，肌肉和筋骨，在往日的年代里，曾经为他超负荷地服务过。现在，它们都比他本人更早地进入了那种疲乏、脆弱和渴望安宁的状态。

他步履沉重。走起路来，身上过去年代残留的弹片嚓嚓作响。九里山是一座石山。山上的岩石呈铁青色，据说含有磁性。那么可以这样说，是磁铁吸引了他的步履。然而如果我们知道，在被辉煌的落日映照着的山岗上，有一座坟墓，而他，足足用了五十年的时间，才在离休之后，走到这坟墓跟前，我们就理解步履沉重的真正原因了。

这位老兵一边走一边呼唤着母亲，声音像童音一样悲怆而真诚，并且有一种积年的内疚，随着颤音飘向人间。

今天是五月三十一日，正是为了赶这个日子，史铁栓到陕北高原来，到他的走马川故乡来。行前，他就推算了到达坟墓的日子。记得一则小资料上说，在纪念生日或忌日时，如果这个月没有这一天的话，就把下个月的第一天算作它。他多么希望生活中没有了这个悲哀的日子，结果，日历告诉他，五月是有这一天的。年年都有，他是把农历和公历搞混了。

史铁栓确切地记得九里山的位置。因为许多年来，这山岗曾反复出现在他的梦中。往事已成一片迷惘，他印象最深的是孤山上开放的马茹子花。

马茹子花开放着，一丛丛，一簇簇，从山脚一直涌到山顶，铺天盖地，一片金黄。高高的引魂幡在前，四十个吹鼓手一齐吹响唢呐，再后边是担架抬着的母亲的尸体。凄厉的唢呐声掀起一阵旋风，马茹子花瓣翻飞，像一万只黄蝴蝶在翩翩起舞。后来，他曾经查过字典，想为家乡的这种花儿找到学名，结果没有找到。也许叫黄玫瑰，也许叫金蔷薇，不去管它了，没有意义的事情。

母亲的坟茔在九里山最高的地方，从这里可以眺见鄂尔多斯滚滚而来的黄沙，眺见脚下像带子一样缓缓东去的走马水。没有棺材，掩埋母亲用的是两只酸菜缸。刺刀和马刀戳开地皮，两只缸将母亲一统，她就是这样被埋葬的。唢呐声响着，高亢、明亮而又苍凉，仿佛要震破人的耳膜。用这样的声音来歌唱死亡，于是，死亡便被蒙上了一层神秘的、没有痛苦感觉的、宗教般的色彩。

往事已成一片久远。四周的土山已被改良为梯田。独有这座突兀的石山，还依然故我。这条由牧羊人踩出的小路，还依然崎岖、细长。马茹子，这陕北的花，还像五十年前的那个五月一样，热烈地开放着。所以，这位老兵用不多久，就沿着自己熟悉的路径，登上了山顶，并且，找到了山顶那座孤坟。

第三歌

薄暮中，有一个人，静静地躺在隆起的坟地上，像一座俯卧的雕塑。她的苍白的脸色泛着白光，她的嘴角轻轻抽起，像在神秘地微笑。一朵马茹子花，穿过她的白发，开在她的鬓边。

她剪着短帽盖，帽盖上顶一顶帕子，上身，穿着一件旧了大襟袄，一双解放脚，裤脚上扎着裹缠。这是五十年前母亲的形象，像所有那些闹红时期的妇女一样。

没有什么比这更令他惊骇的了。在五十年的岁月中，老兵一直不敢走近这座坟墓，因为他想象不出走近坟墓时会是怎样的情景。尽管已经有了五十年的精神准备。但是眼前的一切仍然使他惊骇。

母亲，是你在黄昏时分，盼望了高原落日之后，视巡了九里山顶之后，还没有来得及走回坟墓吗？是酸菜缸里太憋气了，你到这弥漫着花香的空气里来放放风吗？或者，凭着一种母子之间的心灵感应，你在这里迎候我吗？记得，《圣经》里好像有一段话：有一天，洪水会泛滥，坟墓会裂开，死者会复生，并且从坟墓中冉冉走出，用他褪色的嘴唇向你微笑。

他是一名政治工作者，他不相信鬼魂。即便现在死者动起来，即便死者现在从坟墓中冉冉走出，他也是不会害怕的。因为这是他亲爱的母亲。许多年来，在漫长而疲惫的岁月中，他多么希望自己能像上榆林中学时那样，像当皮袄队队长时那样，回到家中，枕在母亲的腿上，在纺车的嗡嗡声中，歇息片刻。

当他失声叫出“妈妈”二字，向躺卧着的雕塑扑去时，他看见了供奉着香烛，和几颗醉枣。坟刚刚全过，培了新土。坟前有一个用三块砖头支起的祭台，祭品放在那上面。猛然间，他明白那躺卧在母亲坟前的是谁了。

“姐姐！”老兵叫了一声。

坟墓旁的老女人动了一下，微微睁开眼睛。在此之前她好像做梦一样，或者正与三尺地表下的死者在亲密攀谈。此刻，她直起身，坐起来，用手拨了一下鬓边的马茹子的枝条。

她对这意外的相逢似乎早有准备。也许，真难说，五十年来，每一个这一天，她都在这里等候这一位漂泊者，等候他解释母亲的神秘死因。她很老很老了，因为积年的重负，她早就没有了对任何事物的激情和兴趣，她的枯黑的眼眶也因为流泪而成涸井。她说话了，声音有些嘶哑，鼻音很重，吐字十分有力，正是老兵多少年没有听过的陕北乡音。

“你是谁？哪里来的过路客？为什么走到这条绝路上来了？为什么要打搅我的梦？”她淡淡地问。

“我是栓子呀，姐姐！”老兵急切地说。为了慎重起见，他问道：“你是猴女？”

老女人想否认，但是还是不由自主地点点头。

猴女！这小名好久没有人叫她了，她心头在这瞬间许掠过一丝激情。她立即克制住了自己。多年来，她一直在等待他，要他说出母亲五十年前那神秘的死因。他们同胞三人，大姐早死了，因此，惩罚弟弟，为母亲伸张的责任，责无旁贷地落在了她肩上，不完成这件事她死不瞑目。她准备了很多话，她知道凭自己一个弱女人，是没有力量惩罚弟弟的，因此她乞求母亲的亡灵在暗中保佑她。

暮色四合。起风了，蜡烛燃尽了，现在只有三炷香火，若明若暗，在他们身边闪烁。马茹子的花海掀起一阵阵暗香。遥远的天边，仿佛那遥远的年代在那里隐现，白云变成了晚霞，一层一层，宛如天梯，从空中一直铺向大地相接处。

“我不认识你，陌生人，虽然你能够喊出我的小名。在这日暮黄昏之际，正是游魂出没和寻找替身的时候，你为什么竟敢孤身一人，到这山野里来？你为什么不躲在温暖的家中，去享天伦之乐？哦，我知道了。当垂垂暮年到来的时候，当与母亲的相逢为期不远的时候，这个人的良心开始受到责备了，他试图解脱，试图寻找宽恕……”

“亲爱的姐姐，这么说，你认出眼前的弟弟了。多少年来，我一直试图说清这一切，但总是没有机会。现在，我离休了，我可以自由地来去了。卸掉了公职之后，我轻松了，我可以以一个纯粹的儿子的身份走近母亲了。说到惩罚的话，这些年，我时时刻刻都在受着时间的惩罚，受着良心的折磨。因为不管怎么说，是我，确实是我，下令打死了咱们的母亲。”

“我并没有承认你是我的弟弟。我的弟弟，那个穿着红裹肚，跟我嚷着要去打酸枣挖野菜的栓子，已经死了。我也不愿去听一个什么人的解释，唯一的解释只有一条，那就是静静地躺卧在这荒山秃岭上的这座坟墓。”

老女人突然号啕大哭。她扑下身子，伸出双臂，紧紧地拥抱着冰冷的坟墓。

她喃喃地说：“亲爱的母亲，原谅我打搅了你的安宁。当我在这个世界上的唯一的亲人，我的同胞弟弟站在面前时，我已经不能克制自己了。我多么想走上前去，抚摸他的苍老的白发。给我力量吧，母亲。告诉我，面对这个罪人，我现在应该怎么办？”

在老女人喃喃低语的当儿，老兵从背囊里，掏出一沓纸钱，然后用火柴点着。纸钱是在路经瓦窑堡时，他从小摊上买的。在点纸钱的同时，他为自己点燃了一支香烟。

纸钱在一张一张地燃烧着。火光闪烁在这九里山苍茫的峰顶，照亮了老兵脸上密密麻麻的皱纹，和一处清晰可见的伤。

“弟弟呀，你是我一手抱大的弟弟，我永远记着手足之情，可是一想起地下的母亲，我的心口就一阵阵绞疼。死者已经永远不会言语了，生者有权利为她澄清，关于母亲那神秘的死因，我现在需要听取你的申明。”

“姐姐呀，我的无比亲爱的姐姐，五十年后我们终于相逢，相逢在故乡的山岗上，紧依着母亲的坟茔。为了让自己的灵魂安宁，我多么愿意把这一切说清，我已经等了很久很久了。请相信一位士兵的赤诚。”

第四歌

在省立榆林中学上学时，我参加了地下党。后来闹学潮时，被校方开除了。于是，一支驳壳枪，一纸任命书，我回到走马川，组建游击队。

走马川开始闹红。打土豪分田地，男当红军女宣传。不久，我们就组织了一支队伍。当然是一群乌合之众，除了大刀梭镖之外，精良一点武器，就是我带回来的那支驳壳枪。

游击队都是些穷得叮当响的人。没有衣服穿，每人一顶光板皮袄。游击队走在街面，小娃娃跟着后边一面看热闹一面喊：“皮袄队来了！皮袄队来了！”因此，大家都把我们叫作皮袄队。

皮袄队的骨干分子，是那个面色黝黑的窑工，还有吹鼓手老刘的独生儿子，还有几个常年赶牲灵的人。

还记得靠河沿住的那个窑工一家么？他们家世世代代是掏炭的，纯粹的无产阶级，所以，我上门一动员，窑工就顺手抓起炕上的皮袄，跟我住进了史家祠堂。这窑工作战很勇敢，后来，解放战争时期，进军大西北时，他死在兰州城下。头被马鸿逵的骑兵用刀砍下，轱辘辘直滚到我跟前。战斗结束后，我掏出针线包，为他将头重新缝上，葬埋到公墓里去了。

吹鼓手老刘不在家。他常年背着一个褡裢，四处要饭。他的民歌唱得很好，而且是现编现唱，用他的话说："穷欢乐，富忧愁，讨吃的不唱怕干球！"他要饭的方式很特别，到谁家门前，唢呐对着门缝，猛烈地吹响，直到主家感到不耐烦了，或者感到威慑，于是拿着食物的手从门缝塞出来，唢呐声才停止。老刘的儿子和我一样，当时也是一名狂热分子。老刘临走南路时，再三安顿，不准他跟上队伍跑。老刘一走，他就搬到祠堂里来了。

还有那帮赶牲灵的人。这些人剽悍，不怕死，大碗喝酒，大口吃肉。他们在闹红之前，就是些不安生的人。也许在赶牲灵的路上，有时也顺手做做强盗，或者和店家的女儿欢乐上一回。他们是父亲那一辈的人。还记得父亲么？他在某一次赶牲灵出去，再也没有回来。也许是在西口哪一个暧昧的野店里，受到了某种诱惑，于是便长留在北草地了。

母亲不赞成我的做法。眼看着队伍一天天红盛，她不但不为我高兴，反而总是长呼短吁的。我被学校开除的事令他伤心。她是靠纺线织布供我上学的，她希望我成为一名教书先生，或小官吏，结果，她的心血落空了。有时，我偶尔在家里过夜，母亲的炕烧得很热，我被烙醒了，睁开眼睛。这时，母亲停止了纺线，她忧虑地对我说："你们家族的人，总是这么不安生。你多像你父亲。"

我可不像父亲，我也讨厌别人说我像父亲。我总不能明白，父亲那样伤害母亲，她为什么还是对他脉脉含情。姐姐，你离开家不久，父亲也走了。从此我和母亲相依为命，受尽了苦。有一首《剜野菜》的陕北民歌你还记得吧？是，至今，我还完整地记着它的歌词、它的散淡的凄苦的旋律，还有它从母亲那没牙的嘴巴里哼出时那种莫名的怨忧、哀愁和苦中作乐。

让我唱一唱吧：

南山低来北山高，
遍地野菜长得好。
左手提个竹篮篮，
右手又提剜菜刀，
一年野菜半呀半年粮……

父亲是个不成器的人，这你是知道的。赶罢一次牲灵，腰里有了几个钱他便喝酒赌钱，找女人。有时喝醉赌输，他就回到家里二话不说，抓住母亲就是一顿打。

有一天夜里，三更时分了，父亲还没有回来。母亲停止了纺线，她让我去叫父亲。你和大姐都嫌丢人，不愿去叫，这差事自然就落到我头上。

我穿上衣服，走出门外。北风呼呼地刮着，夹着几片雪糁子。下了硷畔，走到一家窑前，隔着门缝，我看见一群人正在压明宝。父亲满脸酒气，眼睛通红。前一轮输了，现在又在下另一轮。我听见他嘶哑的声音说出，这次的赌注是大姐。也就是说，如果输了，大姐就要给人当童养媳去了。

我怕极了。我用两只手掰着门缝，等待结果。烟雾、酒味和人们疯狂的呐喊声一阵阵冲来，令人头晕目眩。我的脑门和手指都成了冰凉的了。

骰子摇出，只听见父亲尖叫了一声。我明白大姐的命运决定了。我离开窑门，哭着向家里跑去，一只鞋跑掉了，也不知道。

回到家，我哽咽着，像自己受了委屈似的，好久，才给母亲把事情说清。

你一定记得那一夜的，猴女！你和大姐都醒了，全家个个哭成了泪人。门外传来了狗叫声，父亲回来了。

母亲掐他，拧他，用笤帚把打他，问他有没有这事。他的酒这时候已经醒了，他只淡漠地说："家里少了张吃饭的嘴，也好！"

大姐穿了件红裹肚，跪在炕上，叫着父亲，骂着父亲。可是，父亲已经吐着酒气，呼呼入睡了。

第二天早晨，硷畔上那棵老杜梨树上，吊着个只穿着红裹肚的女孩子。风停了，雪住了，一弯清冷的残月，苍白地在树梢闪烁。父亲蹲在窑门口抽闷烟，母亲在哭喊，满川道都能听见她的声音：

"我的苦命的女儿哟！"

大姐死了，命运便落在了你身上。离开家门的那一天，母亲一手牵你，一手牵我，把你一直送过九里坡。你紧紧抿着嘴，任凭母亲怎样安抚，你都一言不发。母亲说，人小时候的性格就很古怪。

最后，可恶的父亲也走了。两位姐姐的事使父亲一直觉得没脸见人。事后，你希望母亲能责备他，但是，母亲一句话也没有说，她始终让自己保持缄默。也许唯有这种缄默才能表现出自己所受到的伤害程度。

村头有一棵柳树，粗矮的树桩顶端，朝天空像叉开手指一样，伸出几十个粗指头。那天，母亲牵着我，站在柳树底下，怅惘地看着父亲渐渐走远。在马帮那沁人肺腑的忧伤的铃铛声中，母亲告诉我，父亲很快会回来的。但是，通过母亲瘦骨棱棱的手，我感到她全身在颤抖。在一瞬间，我忽然明白父亲永远不会回来了。

"我恨父亲！"有一次，看到母亲对着那棵塞上柳愣神，我这样对她说。

母亲久久没有言传，最后她说，她嫁到史家畔时，父亲是这个村子最漂亮、最勤劳的人。她提到了一些年前的一次闹红。她说，起义失败了，弟兄们被杀的被杀，逃走的逃走，父亲则被关进了县城的大牢。三年后放出来，他就成了现在这个样子。当提到年轻时的父亲，母亲脸上露出一丝难得的笑容，但立即又消失了。

也许正是因为父亲的前鉴，母亲才这样极力阻止我。

第五歌

大革命在这偏远的山乡进行着，如火如荼。那是青春的岁月，激情的岁月，纯洁的岁月，真诚的岁月，梦的岁月。是的，不管我们那时候多么幼稚多么单纯，但是我们是真诚的，我们的狂热中有一种奋不顾身的味道。每一个过来人都应当为自己拥有第一段梦一样的日子而骄傲。

苦闷和无望的岁月结束了。人们被一种美好的理想所鼓舞，平庸和平静的山村生活中现在注入了一种崇高和热情。当年一钱不值的穷汉子，现在感觉到命运的缰绳系在自己手上。大家个个扬眉吐气，打上锣鼓，吹上唢呐满街走。祠堂里支起了几口大锅，人们都赶到那里去吃饭。锅底的炭火，从早到晚昼夜不息。

走马川的百姓，民风一向强悍，当年就有跟着李闯王打天下的传统。现在，一传十，十传百，不几天的工夫，皮袄队就发展成了二百多人的队伍。

皮袄队渐渐势大。农历二三月间，青黄不接，四乡闹起了饥荒，于是我们打了几个大户，开仓放粮。消息传出，几天之后，县保安团派了一排人，前来“清剿”。保安团进了走马川，两边山上一声喊，我端过驳壳枪放了两响，皮袄队潮水般地涌下来。保安团没有思想准备，原来只当是些乡民闹事，现在见了这阵势，吓了一跳，纷纷丢下枪，顺川道里跑了。

你看，皮袄队其实并没有遇到过战争的严峻考验。可是，我们被眼前的胜利冲昏了头脑。一连几个月，我们都陶醉在胜利的喜悦中，觉得革命很容易，一个冲锋，反动派就完蛋了。尤其是我，这个涉世不深的中学生，俨然觉得自己成了振臂一呼，应者云集的英雄。

在大家的怂恿下，我向上级打了个攻打瓦窑堡城的报告。我们准备从就近的这座城堡攻起，直到有一天占领全中国。我们的报告得到了上级的同意。

那跑回去的一排人，当时就把消息带进了城里，保安团酝酿了几次，准备到走马川“清剿”，只因为兵力不足，没有敢轻举妄动。但是，他们的兵力和弹药得到了补充，又和邻县建立了联防关系，所以正以逸待劳，等待皮袄队往枪口上碰。

危险正等待着，可是谁也没有意识到这一点。出发前，作为一名指挥员，我曾经感到有些不对头。可是我不愿意往大家的头上泼凉水，加之，我把自己的这种不安情绪理解为胆怯，于是不断地在心中批评自己。哦，现在想起来，谁说没有一种渴望表现自己，渴望建功立业的思想在鼓动着我呢？

这支幼稚的队伍出发了。队伍浩浩荡荡，像走马川发了洪水一样，顺川道席卷而下。大家不像去进行一场残酷的战斗，而像去赶庙会。田野上不时有劳动者，让牛歇在地里，自己扛着锄头镢头，加入队伍中。准备打完仗后，回来再耕地。

出发途中遇到了一点小小的不愉快。母亲在村口堵住了队伍，她拉着我的衣襟，不让我去。她说，她刚才在村头的土地庙，抽了一支下下签，签名叫“不宜东行”。她说，此一去一定是凶多吉少，她早就活够了，但是不能眼巴巴地看着儿子去死。

皮袄队的很多人都是讲迷信的，母亲的话令他们疑虑，但是更多的人则是在旁边打哈哈。尤其那些赶牲灵的，他们和母亲是同辈，可以开一些没有分寸的玩笑，现在，碍于我在面前，于是，便把讥笑的目光投向了我。

我为母亲的懦弱害羞。我一把掰开了她的手，又一脚踢翻了她放在地上的篮子，然后大喝一声："愿意革命的跟我走！"

队伍继续前进了。

我的不愉快很快被一件事冲淡了。有一个新媳妇，拉着她的新婚丈夫，送到我面前。新媳妇做了一个红军挎包，挎包的正中央绣着颗红星，边缘一圈，绣着个"万"字不断头。新婚丈夫斜挎在身上，显得很精神。

新媳妇翘着下巴，让我注意她丈夫的脚下。原来，鞋底上用麻绳疙瘩纳了"革命"两个字，丈夫走在土路上，土路上留下一串"革命"。

第六歌

那真是一场激烈的战斗呀！我这一生经历过大大小小无数的战斗，可以说是身经百战了，可是最危险、最没有把握的就数这一次。战斗太残酷了。

陕北名镇瓦窑堡，筑在米粮山向阳一面的山坡上。一条护城河，将城围定。护城河里面，是一圈古长城那样的城墙。

皮袄队分成了两拨。别的乡的皮袄队，在米粮山背后，集结待命。史家畔这支皮袄队，攻打城门。一旦城门前枪声打响，后山那支皮袄队，将猛攻米粮山。米粮山一旦攻下，瓦窑堡城不攻自破。

敌人中有懂军事的。他们派了重兵，牢牢地守住了后山的崾岘，使那一拨皮袄队始终没有抬头。城门的这边，只放了少量的兵力，趴在城墙上放排子枪，这样，在后山的攻击受阻的情况下，城门前的佯攻便成了真正的进攻。

护城河，黑压压地站满了人。谁也不懂得隐蔽。敌人的第一次排子枪打来时，队伍中就有几个挂了彩。

有一个皮袄队队员牺牲了，脑浆迸出，溅了新婚丈夫一身。

新婚丈夫吓坏了，他转过身，一溜烟地向家乡方向跑去，一边跑一边喊："快跑呀！快跑呀！跑得慢就没命了！"

军心开始动摇。严格地讲来，这些人还不能算是军人，不过只是些刚刚武装起来的农民而已。一些人看见新婚丈夫跑了，便扔掉梭镖大刀，跟着跑去！

"不准跑！听到没有？谁跑就枪毙谁！"我端起驳壳枪，大声吆喝着。

没有人听我的话。新婚丈夫还跑着，并在奔跑中将红军挎包取下来，扔到地上。

我端着枪，向他逃跑的方向开了一枪。我本来只是想吓唬吓唬他，谁知这一枪打中了。他"扑通"一声倒在地上，躺着不动了。

所有的人都被镇住了。这一枪起了作用，人们重新拿起了梭镖大刀。

我挥着枪，顺河沿跑动着，喝令大家隐蔽。有一颗流弹打中了我的帽子，烧焦了我的一片头发，幸亏不是"炸子"。我把帽子往河里一蘸，又重新戴到头上。

组织了第一次突击队，我指定由那个勇敢的窑工带队。

只听见一声喊，十几个人扑通扑通跳入水中，向对岸游去。

敌人的排子枪现在也专往水中打，子弹打在水里，呜呜的几声低沉的怪叫，钻入水底去了，水面溅起几朵细微的浪花。

我命令我们的火力压住敌人，可是火力太弱，步枪是不久前刚从清乡的敌兵手中缴获的，为数不多，加上没有多余的子弹进行实弹练习，所以枪法也不太准。

敌人很猖狂。后山上皮袄队的一次进攻失利了，消息传到了前边，所以前边的敌人情绪很稳定，他们端着枪，依托着城墙，稳稳当当地射击着。

水面上漂起一个又一个尸体，鲜血流进了水里，河里出现了一股股红色的水流。这十几个都死在河里了。只有窑工是以河底泅过去的。他现在上了对岸，隐蔽在城墙根，疲惫不堪。

开弓没有回头箭。到了这个份上，我只有硬着头皮攻下去。

好不容易组织起了第二次进攻。这次进攻是由那些赶牲灵的打头。进攻队伍，带上了一架我们从附近村子里带来的梯子。

灌了些酒，这些赶牲灵的一个个气壮如牛。他们敞开皮袄的衣襟，露出大肚子，用手噼噼啪啪地拍着。

在向对岸游去时，这些赶牲灵的还口中念念有词，唱起一支现编的民歌：

五月里小麦挑旗旗，
谁说皮袄队没婆姨。
打开榆林西安省，
一人恋一个女学生！

不久前，我看到一册内部刊印的《陕北民歌选》，里边还收了这首民歌，不过对歌词做了小小的改动，将“皮袄队”改成了“八路军”。看来，唯一的解释是，这支民歌后来流传了开来，并且被八路军战士唱过。

这次进攻又没有奏效，十几个人全部牺牲了。尸体顺着护城河，漂入走马水，又漂向远处的黄河。

我气红了眼。事到如今，我什么也不顾忌了。我张罗了一阵，组织了几个和我同年等岁的不要命的后生，准备这次自己亲自上手，组成第三次突击队。

这时候天色已经是黄昏了。

从远远的家乡的道路上，顺走马川走来了一个人。

这是母亲。

母亲骑着毛驴。她铁青着脸，叫我赶快回头。她说死了这么多人，回去怎么向乡亲们交代。她说看来这仗是打不赢的。我正在气头上，听了这话，暴跳如雷。我让母亲快走，我说如果再动摇军心，那我就不客气了。

母亲叹了口气，走了。临走时，她从驴背上卸下一个褡裢，搁在了地上。

“不听老人言，你会后悔的。”她说。

我摸了摸母亲留下的褡裢，发现褡裢里装的是火药。

我眼前突然一亮，怎么没有想到用火药炸开城墙呢？

母亲已经走远，望着远处空荡荡的川道，我心中有一种说不出来的味道。看来，自从我们要打瓦窑堡的消息传出后，母亲就悄悄地开始采集火药了。

走马川的妇女，凡是上了点年纪的，都会做火药，姐姐你是知道的。“一硝二磺三木炭”，按比例掺和在一起，就成了火药。硫黄要买，硝和木炭，都是自己来做。走马水畔的老岸上，有一洼硝土，天气一返潮，硝就出来了，太阳一晒，白花花一片。母亲常常提个篮篮，去刮硝。小时候，我有时也跟在母亲后边，去干这个营生。走马川的男人，个个是石匠，打石头，炸石头，凿石头，用石头箍窑，用石头砌墙，用石头凿猪槽，死了，墓上再背块石头。女人们干不了石活，就做起炸药，帮助男人。

难为母亲了，她竟想到送火药这件事。我心里明白，母亲是让事情给经怕了，她怕父亲的悲剧在我身上重演。可是，有什么办法呢？陕北是一块不安生的土地，我是在这块不安生的土地上长大的。我不能够安生，为了一次辉煌的成功，我愿用生命作为代价。我深深感到平日和母亲交谈得太少了，我想，瓦窑堡战斗结束后，我一定要抽出时间，和母亲好好谈谈。

窑工趁着暮色，悄悄游了回来，他看着我的脸色，问我现在该怎么办。

我用脚踢了踢褡裢，恨恨地说："弟兄们的血难道就白流了吗？"

瓦窑堡城上，飘来了酒香，夹杂着几声淫秽的小调。城上有人在喊："皮袄队的弟兄们，有种的不要走，睡个好觉，明天再一试高低。"

我站在护城河边，恨恨地跺着脚，大声骂道："龟儿子们听着，不踏平瓦窑堡，老子就不姓史！"

"有种！有种！"城上一片嬉笑。

双方对骂着。这当儿，我，窑工，还有吹鼓手老刘的儿子，把火药从褡裢里倒出来，摊开皮袄，包好火药。皮袄不渗水，我们三个，把皮袄顶在头上，踩着水，悄悄地向对岸游去。

上了岸，敌人没有发觉。

岸边，有先前牺牲了的队员丢下的梭镖杆。我们每个扛起一杆，摆顺了，顺着城墙根，捅起洞来。

这活比起在石头上捅洞容易多了。陕北人几乎都是石匠，从小就干这活，所以并不费事。难办的是不能闹出响声。好在敌人也紧张了一天，耳膜被枪声震得发蒙了，现在都昏昏欲睡。他们也没有料到我们会来这么一手。而在护城河那边，皮袄队为了吸引敌人，还在高一声低一声地骂着。不知谁弄来一个洋铁筒，筒里装上鞭炮，一点燃，噼噼啪啪震天响。

半个时辰之后，我们在墙根挖好一个大洞。为了增加爆炸效果，又用梭镖杆将四边的虚土夯实。然后，将一根梭镖杆倒插在洞中间，倒一层火药，夯一遍。火药倒完了，夯实了，这时要做的工作，是从护城河边取些泥巴，将洞口泥定。

小刘自告奋勇要去。

他走到河边，掬起一棒稀泥，正待回头，不料一只脚陷进了泥里。他一使劲，只见“通”的一声，脚虽然拔出来了，可是响声惊动了敌人。

城墙上敌人一声叫喊，昏睡中的敌人都惊醒了过来。有人从城墙上探出头来，想要看个究竟。我端起驳壳枪，一枪将他打得掉下城，死了。

我看见已经暴露，便大声喊道：“皮袄队的弟兄们，成败在此一举，不怕死的赶快往过冲呀！”

在我的喊声的感召下，河对岸皮袄队的士兵们，争先恐后，倾巢而出。大家呐喊着，从河里冲过来了。

敌人的火力暂时被吸引过去了。

时间紧迫。我们迅速用泥巴封好了火药，然后拔出了梭镖杆。梭镖杆恰好留下一个小圆孔。我们把剩下的一点做药引子的火药倒进圆孔，填好圆孔后，又向外延伸。延伸到三丈开外的地方，这样就可以点燃了。

窑工掏出了火镰，打了几下，没有打着。一是因为紧张，二是他从早忙到现在，湿衣服贴在身上，又饥又冷，浑身打战。

小刘见了，一把夺过火镰。小刘虽然不吃烟，可是平时经常给吹鼓手老刘点烟，因此火镰用得稔熟。

火镰打着了，药引子点着了。我们立即顺着墙根，猫着腰向远处跑去。

跑到五十米开外的地方，我们转过身，趴下来。这时，看见药引子像一条火蛇，在地上一蹿一蹿。

小刘突然忘记了危险，兴奋地跳起来，大声喊道：“多漂亮，队长！”

敌人已经看见火蛇了，不知道是怎么回事，正在狐疑。有一个敌兵看出了一点名堂，赶忙寻找水，想浇灭火蛇。急切间找不到水，于是站在城头上，解开裤带，往下撒尿。

小刘的叫声告诉了敌人我们的确切位置。城头上放了一声冷枪。距离太近了，只听小刘“哎哟”一声，就倒在了地上。

几乎与此同时，只听见“轰隆”一声巨响，接着烟雾升腾，火光齐天。烟雾和火光过后，城墙倒了两三丈宽一条口子。

小刘受了重伤。一颗子弹从他的前胸穿过去，从后背上出来。

我从血泊中捞起小刘，抱在怀里，扯下衬衣，简单地为他包扎了一下。

小刘抓住我的皮袄的一角，迟迟不松手，嘴里喊道：“队长，你不丢下我，我怕！”

皮袄队的弟兄们，正不顾一切地从缺口里往进涌。敌人的阵脚已经动摇，城里已经混乱，胜利在望了。

窑工还在旁边愣神。我着急地说：“愣着干什么？赶快领着大家冲，抓住时机！”

窑工走了。我把小刘放在地上，让他靠着墙根。我恋恋不舍地说：“好兄弟，你先待着别动，等攻陷了瓦窑堡城，我就来救你。不要怕，我很快就会回来的！”

“你快回来呀！”小刘无力地说。

我给驳壳枪压满了子弹，站起来，骂了一句，向缺口冲去。

皮袄队的大部分士兵都已经冲入了缺口。伴着喊声，梭镖和大刀片乱飞，枪声也在激烈地响着。

守城的敌人，纷纷跪下来，将枪平举到头上。战士们接过枪，顾不得俘虏，顺着街道，一个劲地往里冲。

兵败如山倒。守在米粮山的敌人，阵脚也有一些乱了。我们的那一拨皮袄队，听到这边枪声大作，知道进攻奏效了，于是也在那边加紧了攻击。

山上的碉堡里，有一挺机枪在叫着，格外刺耳。我从一个队员的手里接过步枪，爬在一家石砌的矮墙上，瞄准正在喷火的射击孔，放了一枪。

机枪哑了。

"胜利眼看就要到手了。"此刻，我在心里默默地说。我不知为什么突然想起母亲，想起母亲的抽签，想起母亲的阻拦。"你小看儿子了，母亲！你的担心是多余的，母亲！不要翻父亲年代的老皇历了！"

我并没能自我陶醉多久，因为，这时候城外突然枪声大作，战马嘶鸣。枪声中，夹杂着小刘恐惧的喊声："快撤！快撤！皮袄队快撤！增援的敌人来了，多得数不清！"

我一惊，登上一个制高点，越过城墙，向城外望去。

只见护城河边，我们原来集结的地方，现在已经黑压压地站满了前来增援的敌人。而远处的简易公路上，火把排成长蛇阵，敌人像蝗虫一样，还在源源不断地集结着。

军事上这叫腹背受敌。

腹背受敌是兵家之大忌。邻县离这里只有一驿的路程，即使接到情报，临时召集部队，然后慢吞吞地行走，有一天的工夫也就到了。我原先为什么没有想到这一层呢？至少，我应该给官道上，放两个岗哨。现在一切都迟了。

城里的敌兵得到增援的消息，顿时士气大振，立即组织兵力，开始反扑。

山上那挺机枪，换了新的射手，又咕咕咕地叫起来。

当时要想挽回败局，只有一个办法，就迅速攻占瓦窑堡城，清扫城内残敌，然后反客为主，以守待攻，并且派人出城求援。在以后漫长的战争岁月中，我曾经打过这么一仗，并且取胜。可那是指挥起来得心应手的正规军人，这些却是穿着光板皮袄的刚刚组织起来的农民。

皮袄队迅速地溃败了。

大家争先恐后地从城墙的缺口往外涌。护城河对面的敌人，以逸待劳，这时候，平端着枪，见有人出来了，便一声齐放，那轻松和自得的样子，好像在举行射击练习。

没有一个兄弟能从缺口中冲出去。

事情发展到这当儿，我终于明白，这场战斗是彻底地失败了。

我站在街上，恨恨地用脚跺着石板街，如果不是有纪律约束，我一定命令部下，将整座城烧掉。我扯着自己的头发，自言自语地说："就这样完了吗？就这样完了吗？"

忠心耿耿的窑工一直在我的左右。这时候，他接过我的话头说："撤吧，队长！中国有一句老话，叫作'留着青山在，不怕没柴烧'。"

我叹了口气，点点头。事到如今，只好如此了。

这时候有几个最后撤退的队员，见豁口出不去了，便折了回来。我把他们收容在一块。

后来，我们靠一个当地居民的帮助，从一条排放污水的水道里钻出了城墙，涉过河，摸着，踏上了走马川的道路。

当脱离步枪射程之后，我们停下来，回头望去，只见远处的瓦窑堡城上，齐刷刷站满了敌人。灯笼火把照耀处，守城的敌人与增援的敌人，正在揖手庆贺胜利。

一瞬间，我感到势单力薄，感到受到了屈辱，感到一种痛苦和疲惫。

忽然，我听到一声凄厉的叫声，那场面惨不忍睹。

只见城楼上，两个敌兵架起一个人。这是我们的小刘。血流得太多，他的脸色在火光中异样的苍白。

一个脚蹬马靴，身穿马裤的军官模样的人，狞笑着，从鞘里抽出刀，用手试了试刀锋，然后高高扬起，要拿小刘祭刀。

小刘对着黑暗的远方，大声呼喊着："队长，史老三！你快来救我。你如果死了，咱们在阴间是好朋友，我不怨你的。你如果活着，你不来救我你就不是人，你话说不算话，你会得到报应的。"

我难过得低下头来。头直发晕，我用驳壳枪枪柄放在额头上，凉了凉，才没有晕倒。

小刘继续骂着，不过骂的对象已经转向了敌人。他让敌人快点动手，二十年后他又是一条好汉。他说他不是没有名姓的人，他是凤子龙孙，当年威镇华夏的大夏王赫连勃勃，就是他的祖先。他是一脉单传。

骂声突然戛然而止。当我重新抬起头后，看见小刘的头和身子已经分开。

两名敌兵，倒提死者的两条腿，闪一闪，一使劲，"通"的一声，将尸体扔入了护城河。死者的头，现在提到了那军官手里。军官的手抓着死者囟门上留着那一撮头发，将头举到脸前笑着说："好两片利唇，你再骂！"

我大叫一声，血涌到头上，昏过去了。

第七歌

老兵停顿了一下，他有些气喘。一颗假牙掉下来了，黑暗中，他将它重新安好。此刻，他陷入了深深的悲痛。他的饱受创伤的身体和神经，都不允许他再做这种折磨心灵的回忆了。但是他还要说，他说他之所以在漫长的战争年代里，没有倒在敌人枪下，在和平建设时期，没有死于病疾，就是为了寻找这一次解释。

就要接近那个难堪的话题了。这也是他停顿的真正原因。他想使自己冷静一下，整理整理思绪。他将凭着一位老兵的勇敢和赤诚，向回忆走去，向那个布满血色的高原黎明走去。

满天星斗，一弯残月，照耀着这一方苍凉而富有的故土。走马川像一条带子，从天上飘下来，飘向东方；不知何处有个跌水，于是能听到那潺潺的滴水声。走马川已是万家灯火。一架高音喇叭不知在什么地方响着，报告着高原以外的消息。日出而作、日落而息，生活在自由和平环境中的人们，现在在安睡前，正在电灯下拉家常。狗偶尔地“汪汪”两声。猫在尿春，从一个房脊跳到另一个房脊，声音甜蜜而美丽。黄牛和毛驴在槽边安安静静地吃草。

在整个叙述的过程中，弟弟一直没有让火熄灭。一张纸钱燃尽了，他又续上一张。他不停地从背囊里掏着纸钱，仿佛一个魔术师。他的烟瘾很大，一根接一根地抽着。

姐姐打破了难堪和沉默。她现在开始说话了。她讲了一个流传在这块土地上的古老的故事。这个故事的名字叫《九里山韩信葬母》。这是一个典型的忘恩负义的故事，故事的真假并不重要，故事发生的地点也并不重要，重要的是它的实质。姐姐的意图很明显，她想采取先入为主的办法，给弟弟开始就要叙述的故事先渲染一种气氛，先造成一个模式，然后逼着这位老兵向问题的核心走去，向死角走去。

她说母亲暴死的消息很快地传开，不久就传到了她的耳朵里。她最初不相信这事，但不断有消息，令她不能不信。她说许多年来，她一直无颜回到故乡，故乡的道路令她步步惊心。她只能在母亲忌日的时候，来这里洒一掬眼泪。

她深沉地说，不管往事是真是假，现在，她都准备原谅弟弟了。五十年的恩仇，五十年的诅咒，五十年的思念，五十年的重厄，现在，该是解脱的时候了。她已到风烛残年，弟弟也已是白发双鬓，生命的力量已经枯竭，已经无力承担这积年的重负。因此，她决定忘掉过去，她决定了结恩怨，她决定让生命在安宁中挨过它的最后的时光。

“不能这样！”弟弟打断了姐姐的话。

弟弟说，往日的传闻都是真的；接着又说，往日的传闻都是假的。他为自己的语无伦次害羞了。假牙掉下来，说话有些漏气，他摸索着它重新戴好。他说，在即将开始的故事中，他既不为自己辩白，这也不叫解释，他只是想客观地说清那一切。他也不希望姐姐宽恕。他说，姐姐以这样的方式宽恕，将使他的灵魂永生不得安宁。当然，在说这些话的时候，他希望姐姐能讲一讲韩信葬母的故事。

韩信葬母的传说是这样的。那时，韩信还是个孩子，他在九里山向阳的山坡上，濒临走马水的地方拦羊。中午时分，太阳暖融融的，他吃了几个家里带来的黄米馍，便在路边的草丛里打盹（史书上把这叫“假寐”）。这时，大路上过来了两个南蛮。南蛮看了这里的风水，掏出罗盘比画了一番。一个说，这里若是做了谁家的祖坟，三代之内，必出贵人。一个说，是极显极贵的人，为文则权倾朝野，为武则横行天下。南蛮叹息了一阵，收起罗盘，走了。假寐着的韩信，暗暗欢喜。走过来，在南蛮刚才指点的地方，画了一个圈，然后挥动牧羊铲，一阵猛挖，几天之后，一口深井挖成。韩信又用浮土做了掩饰，然后回来哭告母亲说，羊子掉进了天窖[①]里。韩母听说羊子掉进天窖了，甚是心疼，便随着韩信，来到井边。韩信在此之前，果然将一只羊羔，扔进井里。羊羔听到韩母的声音，耐不住一阵尖叫。韩母是个善人，见状，便不再犹豫，扶着井沿一个“吃溜”，溜到了井底。韩母抱起羊羔，准备抓着绳索、踩着蹬窝向上攀登时，韩信站在井沿，叫道：“母亲，莫怪孩儿不孝。”遂将南蛮之言，一一告诉母亲。母亲闻言，在井底破口大骂。韩信一边挥动牧羊铲填土，一边说，他年若呈凌云大志，一定给母亲坟前立个石牌坊，并且讨一个一品诰命夫人的谥号。韩母土已齐胸，气喘咻咻，仍大骂不止，并且诅咒说，韩信活埋生母，不得好死。一代名将韩信，后来果然死在官高显赫之时，而九里山前青青草坪上的韩母墓，以及石牌坊，以及这个残酷的传说，便以口头文学的形式长留在民间了。

下边，老兵继续他的故事。听了上边这个传说，他觉得他的解释将变得更为艰难。能不能取得姐姐的谅解，连他自己现在也感到没有把握了。

第八歌

黄牛还在地沟里卧着，系着套，拖着犁杖。犁尖插在地里，犁杖立着，等待着扶犁的人们。可是扶犁的人们如今已经牺牲了，他们已经长眠在瓦窑堡城下。

走在路上，在月光下，还隐约可以辨认出新婚丈夫的鞋底踩出

① 天窖：陕北黄土地因长期受洪水冲刷和地面渗漏，形成天然坑穴，积水从坑底松软处渗出形成地下管渠，由此构成奇异的天窖。

的“革命”二字。仅仅一天时间，生活中发生了多少事情呀！

史家畔到了。史家畔隐现在朦胧的夜色中。史家祠堂门前那棵老槐树，显出它的黑魆魆的剪影。村里，不知谁家的婴儿哭了，传来母亲娇嗔的斥责，接着，也许是奶头塞进了婴儿的嘴里，婴儿的哭声戛然而止。

皮袄队只剩下七个人。也许邻村的剩下的皮袄队队员，没有来集结，就跑回自己家里去了，这我不太清楚。

带着痛苦、忧伤、疲惫和委屈，我们像孩子一样，急切切地向朦胧中的村庄走去，渴望得到安抚，渴望在故乡的怀抱里恢复元气，渴望在母亲的热炕上好好地睡上一觉。

史家畔寂静得可怕，寂静得异样。

我们先顺着一条小路，回到咱们家门前。

我敲了敲门，院内久久没有回声。“是我，栓子！”我在门外低低地说。

原来母亲没睡，她正蜷曲在门道里。也许，她一直在门道里坐着，焦急地等待我们归来。

“回来了多少？”母亲隔着门问。

“七个！”我惭愧地答道。

“那么说，别的人都再也回不来了，是吗？”母亲又问。

“妈妈，你不知道，战斗打得多么激烈、残酷。”我避开了母亲的询问，从侧面说。

“我知道的，亲爱的孩子，好大喜功的皮袄队队长，隔着门，我已经闻到了你皮袄上的血腥味。”母亲阴沉地说。

皮袄队的兄弟们，在屋外冷得打战。我请求母亲快开门。母亲坚决地说：“赶快走吧，栓子。你闯下的祸太大了，死了这么多人，该怎么向这些孤儿寡妇交代呢？快走吧，上横山，寻找大部队去！”

“乡亲们会理解的。我们这是为穷人打江山，为大家谋幸福的。”我说。

院内没有了声音。自此之后，任我怎么捶门，母亲再也不言语了。我很生气，我想翻过墙进去，窑工阻止了我。

没奈何，我们只得来到了史家祠堂。

弟兄们又饥又累，我不忍心让他们再走了。大火已经熄灭了。我们从河里提来些水，倒进锅里，然后将火生着。祠堂里有原来剩下的半口袋大玉米仁，我们把大玉米仁倒进锅里。一会儿，锅里就咕嘟咕嘟地滚开了。

还记得那祠堂么？我还记得的。山脚下，乱石砌起的一孔大些的窑洞，窑洞里供奉着史家的先人。祠堂里四时八节，香火不断，因此它又兼有山神庙的性质。门口一副楹联，左书：春来有雨百草茂盛，右书：秋后无霜五谷丰登。母亲就是在这里抽签的。祠堂前是一块空地。地上垛着各家从山上背下来的庄稼，遇上正月十五闹红火，天旱时祈雨，这里又是秧歌队拜庙的地方。

堆积的庄稼垛因为秸秆稍稍发酵而飘出一股醇香。槐树的初生的嫩叶在夜风中喃喃低语。玉米仁的有节奏的咕嘟声都令人的心绪渐得安静。

玉米仁要熬一个时辰，才能熟透。窑工等不及了，就从庄稼垛上抱来一捆高粱，就着火堆，将高粱穗塞进去，噼噼啪啪，爆些米花来吃。火光照着他的黑得发亮的瘦脸。黑暗中，我注视着，我决定做他的入党介绍人。

后来，我困极了，心也瘫了，于是背靠火堆，进入了梦乡。

睡梦中，有一位黑衣仙子，呼唤着我的小名，来到我的身边，用她黑色的羽翼轻轻抚爱着我。至今，我还没有弄清，这是当时的真实存在还是虚幻的感觉。母亲站在我的面前，栩栩如生，她的坚毅的脸庞轮廓分明，她的黑眼睛闪闪发亮，她的细长的腰肢因为经历了过多的打击而过早弯曲。人世间最亲的人莫过于自己的母亲了。我欠了母亲太多的债，今生是永远还不清了。记得，我小时候有个尿炕的毛病，一晚上，要在炕上撒几泡尿。母亲在睡梦中，摸着我的毡底下湿了，就把我挪到干处，她睡在湿处。她刚把湿处暖干，我又尿下了，于是，又倒腾过来。记得，我上榆林中学时，母亲突然来送吃的。她拄着根棍子，背着一粗布挎包干粮。馍掰成了碎块，颜色各式各样的，白的是麦面馍，黑的是黑豆面馍，黄的是黄米馍，红的是高粱面馍。我有些疑惑，追问了半天，才知道这是她要饭要来的。我感到羞辱，我说，你以后不要到学校来了。她不吭声。我不忍心吃它。母亲说，穿百家衣，吃百家饭，长大了为百家干事，贱养的孩子有出息。

亲爱的姐姐，我毫不怀疑，为了供我上学，母亲她做了一个女人能够做的任何事情。作为一个儿子，这样来猜测他的母亲是残酷的。但愿这一切仅仅是我的猜测而已，但愿地下的母亲原谅我。

睡梦中，突然，我感到有人在搬我的脸，于是一惊，跳起来，伸手就在腰间摸枪。

原来是吹鼓手老刘，他走乡串户，不知什么时候从南路回来了，回到家里，发现儿子不在，就到史家祠堂来找他。现在，他搬着一个个被血浆汗滴弄得模糊不清的脸，在寻找着他的宝贝儿子。

该怎么向吹鼓手老刘解释呢？我感到难堪。

沉默了一阵，我还是一五一十地将小刘牺牲的经过告诉了他。我说，不光是小刘，走马川史家畔的二百大几十号人，都在这次战斗中牺牲了。

听了我的话，老刘一下倒在地上，鼻涕一把泪一把，哭得死去活来。他说，该死的不死，不该死的倒死在了头里。他说，他一个男人家，一把屎一把尿，把儿拉扯到这么大，想不到说声殁了，就再也见不到他了。

我能说些什么呢？老刘是我们村的姑夫。这个家族确实是赫连勃勃的直系后裔。赫连的墓地就在离这里百里以外的地方。一条从远古流淌到今天的河流，终于突然之际湮灭，这对老刘来说是不堪忍受的。

赫连的家族来到史家畔，是许多年以前的事。那时，兵荒马乱，这一带常闹土匪。一天夜里，土匪包围了村子。村民们被赶到祠堂前的空地上。眼看姑娘媳妇要遭糟蹋，青壮男人要被绑票，这时候，从场边的麦秸垛里，钻出一个要饭的。他歪歪斜斜地走到场中间，从脖子上取下唢呐，怪声怪调地吹起来。全村人都惊呆了，心想，这要饭吃的莫非疯了。谁知，众土匪听了，立即收敛了凶神恶煞的样子，齐刷刷跪了下来。原来，这要饭吃的是大夏王赫连勃勃的后裔，而那些土匪，则是家奴的后裔。统万城，或者叫白城子，或者叫赫连城，就在离这里二百里远近。统万城被攻破后，又迅速被滚滚北来的黄沙吞没，赫连的后裔，游牧民族的血液在他身上沸腾，躁动的灵魂不愿意囿守于一处，所以扛起唢呐，拄着根棍子，浪迹江湖。因为赫连起事之初，当时的南朝皇帝曾赐姓为“刘”，让他承镇朔方。所以此时此境，赫连的后裔，也就拣起这个姓氏，沿袭下去。那些家奴，便在这草原与群山之间，做了强民。世世代代，山高皇帝远，谁也奈何他们不得。吹鼓手老刘训斥了几句，土匪们唯唯诺诺，撤走了。村子保全了，族长领着众人，齐声跪倒，请求吹鼓手结束他的要饭生涯，在村子里定居，并表示愿意把村子里最漂亮的一个姑娘嫁与他为妻。吹鼓手想了想，答应了。这样，在史家畔这个排外意识十分强烈的同姓村落，便住下了一户姓刘的异姓。他们代代以吹鼓手为业，村上的人们，不分老幼，一律称他们的家长为“姑夫”。村里那些年纪大的，不好意思启口，于是借自己儿女的名义，称他为“娃他姑夫”。兴兴衰衰，聚聚散散，吹鼓手家族传到这一代，人丁不旺，只落了一个儿子，现在，这个儿子也已经战死。于是可以这样说，曾经在陕北高原上显赫一时的赫连家族，待吹鼓手老刘一去世，他就从这块土地上泯灭了。

看看吹鼓手老刘哭够了，我一把拉起他。老刘神色恍惚，他下意识地从腰里摸出烟袋，撮上烟叶。往常，只要他有这个动作，他的独生儿子马上就凑过去，打燃火镰。如今，稍稍顿了一刹那，窑工乖巧，意识到了什么，立即打着火镰，凑到吹鼓手老刘的烟袋上。老刘正待抽，火星飞溅处，烟袋颤抖了一下，从他嘴里掉出来。

老刘挥起拳头，一拳将窑工打倒在地，然后提起唢呐，一溜烟地向村里跑去。

我还没有弄清是怎么回事，只听见刺耳的唢呐声，凄厉地响起来。唢呐声一会儿呜咽如诉，一会儿又如羌管激越亢奋。唢呐声停歇的当儿，便有吹鼓手老刘那悲怆的哀号声：“出人命了，都到史家祠堂前来哟！出人命了，都到史家祠堂前来哟！”

“赶快跑吧，队长！现在跑还来得及！”窑工从地上爬起来，忧郁地说。

别的皮袄队队员也围上来，劝我快走。

“不，我正想召集乡亲们，把噩耗告诉他们呢！瞒着他们是不对的！”我固执地说。

“书生！”窑工揉着自己头上隆起的疙瘩，骂了一句。

我没有吭声。

第九歌

村民们实际上都没有睡。家家蜷曲在热炕上，等待着亲人的消息。只是为了节省灯油，没有点灯，所以整个村子看起来漆黑一片。

半月形的窗户，一个接一个亮了。一会儿，史家祠堂前面的空地上，已经密密麻麻站满了人。

“谁死了？”“谁死了？”人们在紧张地打问着。

虽然知道毕竟有人死了，但是，人们还存着一丝侥幸，希望死者是别人，不是自己的骨肉。最后，人们知道除了在大锅前，七个狼吞虎咽嚼着大玉米仁的皮袄队员外，别的二百多名子弟兵，都战死在瓦窑堡城下时，整个人群一阵惊愕和骚动。接着，便惊天动地地哭起来。

整个村子，整个走马川都沉浸在一种异乎寻常的悲哀中。小孩哭着叫“大大”的，媳妇哭着叫丈夫的，老人哭着叫儿子的，哭声响成了一片。

“乡亲们，乡亲们，你们听我说……”我站在祠堂门口，大声喊着。

哭声压倒了我的喊声。

新媳妇一下子蹿到我的面前。这位几天前还穿着时兴衣服，扎着红头绳，走路时嚼着南瓜子，说起话来满口喷香的美人儿，现在面容憔悴，脸色苍白，头发蓬松在头上。她蹿到我面前，结结巴巴地问：“大兄弟，我家掌柜的真的回不来了吗？”

我点点头。我不敢说出她丈夫的死亡经过，只能点点头。

新媳妇接着说：“大兄弟，昨夜里，我一个人，辗转反侧睡不着觉，还想好了一首民歌，准备等他回来，为他唱哩！‘自从哥哥当红军，多下一个枕头少下一个人！’你看，这歌多好听，大兄弟！”

善良的新媳妇，多情的新媳妇，叫我怎么说呢？从此以后，在漫长的日月中，你将永远“多下一个枕头少下一个人”了，这罪恶在我，是我将你的新婚丈夫领上死亡之路的。我不敢说你的丈夫是临阵逃跑而被处决的，那样，我更无法交代，你也更无法承受了。

突然，新媳妇怯生生地问：“大兄弟，为什么你回来了，他们却不能回来？”

这时候哭声已经停止了，变成了无望的抽泣。四周压抑的空气其实正酝酿着一场凶险。农民们固有的复仇心理现在开始萌生。他们怀着嫉妒的目光看着生还的我们。他们尤其将焦点对准了我，因为我是队长，还因为，他们清楚地记得，是我，从炕头上，从地头上，把他们的亲人叫走的，并且绘声绘色地为他们描绘了美好的前景。

现在，在夜空中，由于哭声已经喑哑，所以新媳妇的声音，很清晰地传到每个人的耳边。

“是呀，你们怎么都回来了，连个皮都没伤着，却把我的儿子丢在那儿？”人群中，有人接上了话茬。更多的人，刚才被突如其来的悲痛击懵了，现在缓过气来，思路都转到这个问题上了。

史家祠堂门前，人声汹汹，围成一个圈子，向我和剩下的皮袄队队员逼近。

有一位老太婆，刚刚得到儿子死去的噩耗，现在站在家门口的硷畔上，长一声短一声，正在为儿子叫魂。“回来哟回来！回来哟回来！”声音飘在史家祠堂的上空。

我清了清嗓子，开始讲这次失利的经过。我特别提到了士兵们的勇敢，我说，我们应该为他们骄傲。我动情地说：“几千年来坐天下的都是富人。穷人受剥削受压迫受凌辱，因为缺少个组织，所以成不了气候。多少英雄血洒黄泉抱憾终生，我的父亲他们的那一次起事大家可能还有人记得。共产党就是咱们的组织，穷人的救星。共产党是为咱们穷人谋利益的，我就是党里的人。我们这次行动是征得上级同意的。打江山就得有牺牲，与其平庸苟且一生，不如轰轰烈烈一场，今天是他，也许明天就是我，这一百多斤交给革命了，就应当义无反顾。死者已经牺牲了，永远也唤不醒他们了。他们不是死在炕头上，而是死在炮火连天的战场，所以他们死得光荣，死得值得。至于我们，我们应当把仇恨指向敌人。尤其是现在，我们不是悲痛的时候，敌人说不定会来血洗史家畔的，我们应当有个准备。革命还是要闹的，皮袄队还是要继续干下去的，谁命大谁活到胜利的那一天，坐天下。”

人群在骚动着。有人在听我说话，更多的人则是在窃窃私语。

“乡亲们，我是有罪的。”我继续说，“攻打瓦窑堡的主张，是我同意的。牺牲了这么多人，是我指挥不当，考虑不周造成的。我是党里的人，找到组织，我立即就汇报这一切，并且愿意接受组织的处罚。”

人群停止了喧哗。

突然，一群拖儿带女的寡妇，向我冲来。这是那些赶牲灵的留下的遗孀。这些妇女见过世面，为人刁蛮，平日在乡里，人人畏怯三分。

二话没说，一个女人手里攥着把绱鞋用的锥子，向我捅来。锥子透过皮袄，刺在了肉上。我赶快躲着，边躲边解释。女人说道：“少卖狗皮膏药。史家畔出了你这么个祸害，连累得大家家破人亡。”

又一个女人冲上来，拿着剪子，嘴里念念有词：“还我丈夫！

还我丈夫！”剪刀捅向了窑工。

“还愣着干什么？乡亲们，赶快上呀，杀掉这个祸害，杀掉这几个皮袄队！”有人在人群背后鼓动着，于是砖头、瓦片、石头纷纷向我们没头没脑地落来。

有人握着镢头、铁锨，一伸一伸，已经冲到了跟前。

没奈何，我们只好退进了祠堂里。

门外，不知谁点燃起了一堆麦秸，于是熊熊火光照亮了整个场面。透过窗户，我们看见，拿着各样家什的史家畔村的村民，已经将祠堂围得水泄不通。

吹鼓手老刘现在来了。他可能回家喝了些酒，现在，满脸酒气，眼睛通红。他手里提着大刀片，老远就喊：“围定皮袄队！围定史老三！不要让跑了，我来了！”

吹鼓手老刘分开人群，走到祠堂门口，一脚踢开门，然后仗着酒力，抡过大刀，黑暗中一阵猛砍。窑工急了，端起枪，眼看要放。我急忙赶前一步，将枪口向高一抬。

枪声响了，打在了窑顶的石头上，火星四溅。就在我抬枪的那一刻，忘了躲避，老刘的大刀砍在了右臂，鲜血直流。要不是有皮袄隔着，这一刀，右臂就完了。

老刘也被枪声吓一跳，纵身一跃，退了出来。我们赶紧重新顶上门。

双方对峙着。

捂着臂膀，我把嘴对着窗户，愤怒地叫着：“那你们就把我杀了吧，父老乡亲们。不干皮袄队别的人的事。杀了我，你们还可以去领赏的。”

“你不能死，队长！你是党的人，你不单属于你自己。你一死皮袄队就算完了。要死，我去死吧！”窑工说。

窑门外，又在酝酿着新的风暴。在吹鼓手老刘的指挥下，人们搬动着柴草，往窑门口堆。看来，人们要用熏獾的方法，将我们熏死在里边。

我们手中有尚在冒烟的枪杆，一阵排子枪，一个冲锋，就化险为夷了。可是我们不能，门外是我们的乡亲，是红军的遗属，他们正在经历着巨大的悲痛，而我又对他们的悲痛负着直接的和重大的责任，因此，他们怎样丧失理智的行动都是应该的。

窑外柴火已经堆好，正待点燃。我哭了。我热泪涟涟地对窑工说："难道我们这支队伍，就这样短命地结束了吗？我们死得真窝囊，白捡这条命了。"

这时候，从咱家的硷畔上，突然传来个女人苍老而平静的声音。这是我最熟悉最亲切的声音。这声音在此刻出现，顿时我连打了几个冷战。我隐隐约约地预感到一件可怕的事情就要发生了。

第十歌

母亲披着父亲留下的那顶光板皮板皮袄，拐着小脚，从硷畔上缓缓走下来。火光熊熊，灰烬在天空飞舞，不时落在她的左右。透过她黑色的剪影，可以看见辽远的东方天空。

母亲走到场边，大大方方地跪下来，给乡亲们叩了三个响头。

母亲说："放过栓儿吧，乡亲们。他是英雄。这样的英雄，史家畔已经好多年没有出过了。这次失败，是我的责任！是我充当了敌人的坐探，是我把攻打瓦窑堡的消息送给敌人的，是我导致了这一场可怕的灾难。乡亲们，一切都和皮袄队队长没有关系，把仇恨指向我吧，我才是你们应当处罚的人犯！"

母亲的这一声来得如此突然，使整个局势发生了急剧的改变。一切骚动都停止了。整个祠堂内外是死一般的静寂，静寂得能听见走马水在淙淙流淌，燃烧的麦秸在夜风中发出呼啸。

“你不能这样做呀，母亲！你知道你说这些话的后果吧？”我不顾一切地冲出来。我想冲出人群，径直走到母亲身边，劝阻她。可是，人群又把我逼回来了。

就这样沉默了很久很久，吹鼓手老刘慢吞吞地开言了：“一切你都听到了吧？你这个打了败仗的指挥员。我们现在抓到了一个奸细，该怎么发落呢？听从你的吩咐。”

没奈何，我只好站在那里。我大声说：“乡亲们，父老乡亲们，母亲是无辜的。这你们心里都清楚。她是为了为我开脱，才编造出来这套话的。她是想牺牲自己把皮袄队保全。你们不要再纠缠了。你们打死我吧。乡亲们，你们终究会后悔的，可惜那时已为时太晚。”

圈外，母亲已经被激动的人群绑起来了。在摇曳的或明或暗的火光中，我看见她的熟悉而平静的脸。我们无比高尚的妈妈，她的鬓边插着一朵五月的马茹子花。此刻，她正在那里大声骂着，是在骂我。

母亲说：“没有出息的东西，赶快下命令吧！娘千辛万苦地将你养大，难道就是为了看你这样窝囊地去死吗？栓子，你还没有活人，你还要干许多事情呢！听娘的话，做个乖孩子，赶快下命令吧！这是娘今生今世最后一次求你了！”

“我不能这样做！天地良心哪！”

看见了我的痛苦，看见了母亲的痛苦，人群中爆发出一阵快意的笑声。多么残酷的一个高原黎明呀！我永远记得这个黎明。

疯狂的人们，失控的人们，在吹鼓手老刘的鼓动下，大声地呼喊着，声浪一浪高过一浪。

“处死叛徒！处死探子！”有人喊。

“让皮袄队队长也尝尝失去亲人的滋味！”又有人喊。

“难道，再没有别的路可走吗？”我问身边的窑工。窑工哽咽着背转身子。

我解下腰间的枪，将它塞给一个皮袄队队员。

为了保存这革命火种，为了避免这一场火并，我耐着心的痉挛，用沙哑的声音下了命令。

枪响了。枪声响在黎明，响在这个布满血色的残酷黎明。走马川故乡，河流，山岗，树木，土地，一切都沐浴在这枪声溅起的血红色霞光中了。公鸡正在履行自己呼唤黎明的最后一遍叫声，山鸡则在史家畔村外不远的地方应和着。羊只在羊栅里开始骚动，等待赶它们上山。耕牛（如果是母牛的话），正在抓紧时间给儿女喂奶，准备迎接即将开始的劳役。它们不明白在这一瞬间人间发生了多么严重的一件事情。

枪响了。这一声枪响使人们骚动了一夜的情绪，现在彻彻底底地安静了。看到母亲慢慢倒下的身躯，所有的人在这一刻都清醒了。

“妈妈，我的亲爱的妈妈！”我不顾一切地向母亲跑去，傻了眼的人群立即为我闪开了一条路。

我蹲下来，把血淋淋的母亲搂在怀里。

“你为什么要这样做？我为什么要这样做？”我搂着母亲，问她。

“你这样做错了吗？我这样做错了吗？”母亲安详地微笑着。

她请求我将她搂紧。临终前，她要我不要记恨父亲，她说是生活把一个人逼成那样的，我点了点头。这样，在我的紧紧的拥抱中，母亲微笑地闭上了眼睛。

第十一歌

亲爱的姐姐，这就是事情的全部经过。请相信一位士兵的赤诚。他现在就站在母亲身边，如果有可能的话，他请求地下的母亲随时出来做证。

母亲是无辜的，母亲根本没有去做敌人的坐探，这是一个特别需要强调的问题。母亲在场边所说的那些谎言，也许只有那样说，才能将注意力吸引过去，才能将我们保全。这些，请你千万相信。而且，当时所有在场的人，都明白母亲这样做的真实动机。后来，我们解放了瓦窑堡城，活捉了民团团长，从他口中，再一次证明母亲是无辜的。

五十年来，这件事像磐石一样，时时压在我的头上，像一条蛇一样，时时盘踞着我的心灵。有了家室，有了儿女，可是我享受不到天伦之乐。夺得了政权，做了国家主人，可是时常有一块心病。我是军人，军人的生涯总伴着枪声，可是自从有那一声枪响之后，每一声枪响都令我痉挛和痛苦。

我曾经试图寻找民政部门，追认母亲为烈士，这样也许可以减轻一些我的罪过。但是，政策规定，死在自己人手中，不能追认为烈士的。我拼命地工作，试图遗忘旧事。但是，旧事是不能遗忘的，它躲在你心灵的一角，成年累月地折磨着你，一旦你有闲暇，它便幽然而至。我老了，随着老境渐来，闲暇增多，我的心时常像有一只老鼠吞噬着。

亲爱的姐姐，解放初期，我委托当地民政部门找到了你的地址，然后为你寄去了我的一点津贴费，结果，我的津贴费和信件都被退回来了。你寄来了一封绝交信，你说，为了母亲之死，你将永生诅咒我，永生不能原谅我。

亲爱的姐姐，我终于为自己规定了，当我离休后的第一个“五月三十一日”，我一定要回到陕北，回到九里山来，我要来祭奠我的久久被冷落了的母亲，我还要找到你，当面向你解释一切。像你一样，我也是一去不返，五十年来，从未踏上九里山的道路，故乡的道路才真正令我步步惊心哪！我只坐着飞机，从故乡的上空飞过几次，但愿我在空中的祈祷母亲能够听到。

时代变了，价值观念变了，迪斯科代替了大秧歌。人们也许将越来越无法理解，战争年代发生的事情，越来越无法理解我们这一辈的所作所为了。他们不明白我为什么要弃了学业，走上那一步一个死亡的道路，不明白瓦窑堡城下那奋不顾身的牺牲，不明白母亲为什么要这样做，不明白儿子为什么要这样做。他们会说，中国革命真是这样走过来的吗？共和国真是这样以血泊作为它的第一线曙光吗？这些老态龙钟的老一代真是这样走过来的吗？尤其是，在史家畔这场灾难中，难道没有另外的方式可供选择可以解决吗？哦，另外的方式也许有的，但是我们笨，我们笨拙地这样选择了。

亲爱的姐姐，现在让我为你双膝跪倒。我们是同时代人，也许你能够理解我，也许你能够理解母亲，也许你能够卸掉你苦命的弟弟心灵上的这一桩重负。你能够办到的，姐姐。你能够让弟弟轻松地在人世上再活他为数不多的几天的，你能够让弟弟平静地走向死亡，去见我们的母亲的。

第十二歌

当时在场的所有的人，都被这一声枪响震慑了。人们久久才明白过来，他们干了一件罪恶的和愚蠢的事情。

新媳妇面色苍白地走过来，刚想弯腰，看见血液四溅的母亲，吓得赶快回退了几步，愣愣地站在那里，哭开了。

那些赶牲灵的婆姨们，原来就是些嚎白哭红的好手，现在见新媳妇一哭，一是受到了良心的谴责，二是为了掩饰自己的窘态，于是扯开嗓门，放声大哭。哭着哭着，想起自己的亲人，于是哭声更甚。

“老嫂子，这都是我的罪孽，我都干了些什么呀！苍天哪，你爆一个响雷劈死我。”吹鼓手老刘一个箭步扑过来，抱住母亲的一条腿，泣不成声。

随着吹鼓手老刘的跪倒，所有闹事的村民都跪倒在地。

我抱起母亲，站起来。我在人群中走着。我冷冷地微笑着。

“现在你们该满足了吧，乡亲们？”我一遍一遍地愤怒号叫着。

没有人吱声，史家祠堂死一般地宁静。

我突然看见新媳妇的红鞋上面，已经缦上了一层白色粗布。钟情的新媳妇，她已经开始为丈夫履行自己的义务了。我的心里一阵酸楚，我没有理由再继续喊下去了。

这时候村外突然有人在喊。原来，敌人取得瓦窑堡战斗胜利后，稍事修整，便直奔走马川，现在正血洗前村，一会儿就到史家畔来。刚才的喊声，是前村的人来报信。

“跟敌人拼了，跟敌人拼了！”史家祠堂门前，悲愤与羞愧的人们义愤填膺。

“乡亲们，君子报仇十年不晚。咱们寡不敌众，真要硬拼，还不是人家刀下的菜。我的意思，咱们赶快回家收拾东西，一袋烟工夫后，全村在村北头集合，然后顺着走马川，翻过九里山，投奔横山革命根据地去！”

我的话得到了大家的同意。

我带着皮袄队，背着母亲的尸首，回到家中。

门没有锁。窑里整整齐齐地摆着四个酸菜缸。两缸已经空了，两缸还满着，满着的两缸是母亲下半年的口粮。两个皮袄队队员背起两只空缸。我找来两顶皮袄，将两根锨把从皮袄袖子里穿过来，做成一个担架。

我们抬着母亲，离开了家。

我细心地锁好了大门。我把母亲系着铃铛的钥匙揣在了怀里。我默默地说，从现在起，我要走南闯北了，再见吧，给过我无限温暖的小土窑。革命胜利的那一天，我还要回来的，来尝尝母亲亲手腌下的酸菜。

等着全村人离开史家畔后，敌人才赶到了村子。他们迟迟不敢进攻，瓦窑堡战斗仍使他们胆寒。后来，他们进了村，发现是一座空村，敌人恼羞成怒，点着了史家祠堂前堆放的粮食垛。

这时候我们已开始向九里山攀登。

在离开走马水，就要开始爬山时，皮袄队的队员们，用这故乡之水将菜缸洗了洗，好让母亲有个干净的下处。我则撩起水来，轻轻地为母亲揩净了脸，梳理了头发。母亲生性爱好干净，穷归穷，她的头发总是梳得光溜溜的。

我们向九里山登去，满山的马茹子花簇拥着我们。初升的太阳暖洋洋地照耀着。阳光使绿的更绿，黄的更黄，红的更红，阳光使整个空间充满一种辉煌壮丽之色。许多年后，我看过一首诗，诗中说，我的正直的一生得到了报偿，死时面对着上升的太阳。我感到这句诗好像就是为这个一九三二年六月一日的早晨写的，为我们正在上升的事业写的，为母亲写的。

脱离了危险区，远远地甩开了敌人。吹鼓手老刘挥动大刀，从路边砍下一棵高高的白杨树，抹去枝条，然后又脱下自己的光板皮袄，顶在树杆头上，举起来，这样，便成为一根引魂幡。村里有的是跟老刘家族学成的吹鼓手，这些人离开家时，没带别的，把自己的唢呐都带来了。有一杆唢呐，走门串户，即使沦落为乞丐，也是饿不着的，这也许是他们带唢呐的原因。现在，在老刘的指挥下，凑够四十个吹手，跟在引魂幡后边。老刘精赤着上身，两只铜钱似的男人的奶子下，胸膛一起一伏，一条丈二长的粗布腰带，臃肿地将他粗腰拥定。随着引魂幡的一扬一举，唢呐便响亮地响起来。

我抬着母亲，跟在唢呐后边。两个扛大缸的皮袄队队员，跟在我的后边。再就是史家畔的父老乡亲了。

唢呐声令人陶醉。唢呐声减轻了人们的痛苦。许多年来，这响遏行云的声音一直萦回在我的耳旁。用这种奇异的、激越的声音来歌唱死亡、歌唱解脱、歌唱痛苦，礼赞死亡、礼赞解脱、礼赞痛苦，是只有陕北人才有的豁达风格。用这崇高的声音来为母亲送别，是最恰当不过的了。在这奇异的吹奏中，死亡变成了一种神圣和庄严的令人向往的事情。

在九里山高高的山顶，我们分开马茹子花丛，寻找到一块较为松软的泥土地。放下母亲，我抽出锨来。

有人挥镢，有人用锨，有人用马刀刃儿，有人用枪刺，大家为母亲挖好了一块安息之地。这位置恰好眺望着史家畔，恰好每天最早看到初升的太阳。

先将两口大缸放进去，再将母亲放进去。将母亲装进缸里，两只缸一扣，就是一副象征意义的棺材了。历朝历代买不起棺材的陕北人，都是以这样的方式入土为安的。

坟墓是这样的。先向下打成七尺左右后，再打一个拐窑。拐窑的长度以能让死者宽敞地躺下为标准。这些事都是我一手办的。我先用缸将母亲扣好，然后手脚并用，将缸推进拐窑里。没有灯油，所以没有办法为母亲点长明灯了，这使我有些遗憾。那么，就让大地做她的灵床，就让初升的太阳像天灯在她头顶永恒地闪耀吧！

窑工用刺刀在不远处的石崖上撬下块石板。我直起身子，接过窑工递下来的石板，将它结结实实地堵在拐窑的窑口，然后顺着脚窝，回到了地面。

填土了。我填下第一锨土，然后丢下锨把，让开。随后所有的军民，一人一锨，轮流填土。

一个人填完了，不能直接把锨交给另一位，而是要将锨把重重地丢在地上，下一个填土者俯身将它捡起。这是什么讲究，我不知道，只是照着老刘姑夫的安排来做。也许是为了让填土者在从事这件事前，先俯首向死者表示敬意，也许是当锨把落的每一次，是为了让地下的安息者，能精确地记得为她填土的人数。

这时候，四十个唢呐手一齐吹响唢呐。这时候，皮袄队的所有的队员，一齐朝天鸣枪。这时候，所有的妇女儿童一齐跪下来，开始唱安魂曲。

我们就这样葬埋了母亲。

随后，我们这支军民来到了横山革命根据地。一些日子后，风声平息了，妇女、老人和儿童又陆续回到史家畔，重建家园。精壮男人，经过短暂的训练后，组成了新的皮袄队。自然，后来便成为正规的红军了。一九三六年秋中央红军进入陕北苏区后，首先站在吴起山上发现和迎接他们的，就是这支红军。这支队伍成为西北野战军骁勇的一支，南征北战，屡建奇功。有人牺牲了，随后又有新的兵源来补充，所以不断壮大。如今，它已经转为农垦部队，成为新疆生产建设兵团的一部分，驻营在遥远的边陲上。

关于窑工，你已经知道了，他在胜利前夕，倒在了兰州城下，当时是我的参谋长。关于吹鼓手老刘，我们的姑夫，来到横山不久，他就一个人悄悄溜下了山。他去了瓦窑堡城里。原来，敌人将小刘的头，装在一个木笼里，挂在瓦窑堡东门上。姑夫只身一人，去取人头，结果中了敌人的埋伏。姑夫宁死不屈。敌人将他捆在城门柱上，把一块羊肉挂在他脖子上。后来羊肉腐烂，招来苍蝇，随后又生了蛆。蛆吃完了腐肉后，便开始啃他肩头的肉。骨头都露出来了，姑夫仍大骂不止。闻讯，我们立即调动部队，一举攻破瓦窑堡城，救出姑夫，并且隆重地葬埋了小刘。姑夫一直活到了解放。我给你寄去的津贴被退回来后，便转而寄给了姑夫。从此，我一直按月寄着，表示我的一点微薄的心意，表示我对桑梓之地的一点思念之情。直到一九六二年，接到当地政府来信，知道姑夫去世了才停止。

第十三歌

老兵的纸钱燃完了，老兵所讲述的那个久远年代的故事结束了。他是一直瞅着火光讲的，所以有些头晕，所以那久远年代的故事，便带上了一层炫目的猩红的色彩。

当目光逐渐适应了周围的色彩，当往日的激情趋于平息之后，现在，老兵看见群山是暗蓝色的，天空是暗蓝色的，一切都安详而静谧。北斗七星在他们的头顶照耀着，闪烁着永恒的光芒。他看见了苍茫中的陕北大地．他看见了脚下那闪闪发光的自由的河水，他看见了史家祠堂门前那古槐的剪影，他的眼里涌出了泪水。

走马水像一条银白色的带子，在远方的黑暗中闪烁。 走马水据说是一条十分古老的水流，《水经注》中有关于它的记载。

九里山是个制高点，此刻，也许整个走马川，也许九里山方圆的广阔地面上的人们，都看见了这点燃在九里山顶的神奇的火光。也许他们会记得今天是一个什么人的忌日，也许他们将做各种猜测，也许他们又会将这猜测变成各种传说。然而，也许，他们什么也没有看见，什么也不记得了。往事已经冷却，像曾经是一炉灼热的铁水现在冷却成生铁锭，而生铁锭又被掷到一边一样。时代不同了，个性代替了领袖，靠逻辑指导的理智行为代替了狂热的英雄举动，世界找到了另外的形式去寻找进步。

“生活中真的发生过这样可怕的事情吗？”小学生们会问。

“共和国真是这么艰难地建立起来的吗？”中学生们会问。

“人类真是如此艰难地走向进步的吗？”大学生们会问。

是的，这一切都是真的。我们就是这样从幼稚走向成熟，我们就是这样从血泊中站起来，开始中国现代史上最为光辉的一页的，我们就是这样带着满身弹片、满身疮痍，还有埋藏在心底的永远无法治愈的痛苦，从那时候走来，一直走到今天！

“耕耘下去吧，未来世纪的子孙，这是一片神奇的土地，人间天上难寻。继承下去吧，社会主义的公民，这是一笔永恒的财产，千秋万古长新。”[①]是的，不管这世界将如何变化，不管明天会发生什么事情，亲爱的人们哪，当你们偶尔从九里山经过的时候，不要忘了脱下帽子，向过去致敬，向那个纯真、无私、狂热、富有牺牲精神的年代致敬。

人们哪，热爱生活，热爱生命，热爱母亲，热爱属于你的一切吧。这是一个支离破碎的心灵在向你谈论爱，这是一个整整五十年没有母亲的人在向你谈论母亲。

这时候，一直没有说话的姐姐，伸出她苍老、枯瘦的手，紧紧地搂住了弟弟的白头。

她说你为什么等了这么久，一直到暮年的时候。她说如果弟弟早告诉她事情的经过是这样的，那么一切都会冰释。她说人总有一死，母亲这样地走向归宿，做儿女的，应当感到骄傲，而不该有

---

① 以上诗句引自郭小川的作品，有少许改动。

什么内疚。她说她了解那遥远的岁月，知道战争的残酷、创业的艰辛。她说不光母亲是英雄，弟弟也是英雄，后人也许会说，太残酷了，太缺乏人情味了，那么就让他们去说吧，那是他们的事。作为姐姐，她已经原谅和理解这一切了。

五十年的话题太多太多，五十年的思绪太长太长。他们还拉了许多的话，谈到童年他们依稀可记的一些事情，谈到他们现在各自的家庭，当然，谈得最多的话题是关于母亲。最后，他们约好，当他们回到史家畔的时候，绝口不提母亲的死亡经过，以免让乡亲们难堪，以免让乡亲们因为忆起自己的亲人而痛苦，他们只是作为游子，在世界上游历了整整半个世纪后，重返桑梓而已。他们还决定到瓦窑堡城去看一看。他们共同感觉到：陕北为中国革命付出的代价太大了。

在北斗七星的照耀下，在马茹子花的簇拥下，弟弟和姐姐，搀扶着向山下走去。临离开母亲的时候，他们对母亲说，要不了多久，他们就会回来看母亲的，并且将永久地偎依在母亲身边，就像小时候，一个睡在母亲的左脚底下，一个睡在母亲的右脚底下一样。

弟弟从衣兜里，掏出一枚老式的铜钥匙。钥匙因为长久地装在身上，在夜色中锃锃发亮。他把铜钥匙交给姐姐，他说，让我们今晚就尝尝母亲腌下的酸菜吧！

副　歌

1982年初夏，我路经黄土高原一座小城时，恰逢电影“双奖团”驾幸这里。他们包租了招待所唯一的一座小楼，于是便把我们这些零散客人，赶到前面的久已挪作他用的旧窑洞里。正是在窑洞中，我与我的同室——一位老兵相识了，并且从他的嘴里，知道了这个久远年代的故事。

所有人都去看演员表演去了，招待所里十分宁静，因此这给了我一个与老兵深谈的机会。在老兵那娓娓的叙述中，我不能不对那隐现在远方的大山肃然起敬，我不能不用笨拙的笔记录下这个故事。有两句诗叫作“九里山前古战场，牧童拾得旧刀枪”。是的，我正像一个和平年代的倒骑牛背的牧童，从陕北高原，从九里山下，拾起这大革命年代的战争残片，将它吹奏成十三支哀歌。

我不希图引起喧哗，因为这对默默无闻的他们是不适宜的。

我的笔头似乎迂缓了一点，当亲爱的读者读到这个故事时，文中的姐姐和弟弟都已过世。他们果然埋在了九里山下，埋在了母亲的脚底，不同的是，一个埋葬的是躯体，一个埋葬的是从遥远的城市里运来的骨灰。

看哪，在苍茫的陕北大地上，在九里山马茹子花盛开的峰顶，成三角形布着三座坟墓。坟墓严肃，深沉，宁静，它浮现在雾霭和云海中，仿佛像一次大的潮汐过后，留在海面上的三块纪念碑式的礁石。

骑驴婆姨赶驴汉

秋风荡起高原两千年的悲哀，
以欢乐曲祭奠那往昔的年代。
男人的英雄结和美人的长发，
证明这块土地尚有灵性存在。

——题记

1

大地在颤抖，心灵在流血。无定河发出一阵长久的呜咽。干燥的大地，像家里的那头劳役过重的毛驴在叹息。满天的晚霞不是成朵状，也不是成条状，而是像一面面旗帜在光秃秃的山顶上招展。星星一颗接一颗地出来了，清冷古怪，美丽，神奇；分不清是在天上舞蹈，还是在地上颤抖。然后，它们一齐收敛了光芒，而让位给一轮不甚丰满的秋月。月亮满面泪痕，孤零零地升起来了，仿佛等待谁去拭擦它，安抚它。它的柔和的光芒照亮了这面山坡，照亮了这孔烟熏火燎的旧窑。李纪元差点要叫出来了。但是，月亮掉进了河里。河水的呜咽更痛苦，更凄凉。河水慢慢地漫了上来，越过河岸，漫上山坡。

“亲爱的孩子！”父亲用关节不甚灵便的手，拍了拍李纪元的肩膀。一切都在原来的位置上。世界还和从前一样，刻板、贫乏、平庸。河水在依旧默默地流淌，曾被古诗人咏叹过的白骨，在蒿草中闪烁。月亮例行公事，像往日一样静静地出现在头顶。

晚霞已经褪尽，接替它的，是一个孤独而又漫长的秋夜。

明白了，是那女人的歌声！一切都是那女人的歌声引起的幻觉。李纪元转过身子，探身望去，在畔上，那女人在歌唱着。他只看见她的半边轮廓。

2

女人唱的歌：

樱桃好吃树难栽，
朋友好交口难开。

要吃樱桃把树栽，
要交朋友把口开。

山丹丹花儿背洼洼开，
你有这个心思慢慢来。

雷声响在南天上，
朋友交在门边上。

娘家伙好盛日子短，
搓上个麻绳把太阳拴。

娘家伙生来娘家伙长，
娘家伙的朋友不久长。

管它久长不久长，
交它个三天两后晌。

一对对狸猫锅顶里卧，
不图银钱图红火。

不来就说不来的话，
不要叫妹妹把门留下。

一根干草顶门哩，
哥哥不来哄人哩。

我给你做上一双拉鱼鞋，
因推上寻鞋看我来。

白格生生脸脸太阳底晒，
扎花手手挖苦菜。

挖下苦菜防年成，
交下朋友坏名声。

冷水打墙冰盖房，
露水夫妻不久长。

3

这是一支流传久远的陕北民歌。俗语说：唱支酸曲解心焦。又有俗语说：男人心焦唱酸曲，女人心焦端簸箕。这支正是属于那避过人才能唱的酸曲。

在这寂寞的秋日黄昏，女人的歌声里带着无限的怅惘。她是在呼唤谁，撩拨谁，或者是并没有任何内容和目标，只是在排遣自己的寂寞，像那些规规矩矩的陕北妇女一样。

听村上的人说，有一年，一位女人带着个刚满月的孩子来到这里。女人在村旁一孔废弃了的土窑里安身。她不说她们是谁，也不说为什么流落此地。后来，人们才逐渐听说，这女人嫁的是一个大干部，在西安市工作。工作期间，突然想起，应当给妻子办个户口，接到城里来住。谁知妻子来时，带着个大肚子。这位大干部什么也没说，侍候妻子坐完了月子，然后买了车票，送她母子重返陕北。这女人羞于再回家中，于是来到无定河畔这个村子，隐名埋姓，居住下来。女儿长大后，寻了个石油上的，去了。至今留下她孤身一人。

“你在听那歌声的，我知道！好孩子，我知道你正在受苦、受熬煎。父亲对不起你，你早就应该成家了。”父亲迟疑了一阵，然后窸窸窣窣地，从枕头底下摸出一把发霉的毛票，交给孩子，“去吧，不要贪，早点回来，我给你留门。”

李纪元好久才明白了父亲的意思。他惊呆了，浑身战栗了一下。他紧紧盯住父亲的眼神，想从里边寻找出一丝嘲弄、讥讽，或者揶揄。可是，没有！那眼神里只有一种他到了那个年龄后才能理解的痛苦。此外，再就是一丝怜悯。

他握着钱，像握了一把火。歌声仍在撩拨他，婉约、美妙、哀伤、幽怨。他退着慢慢地走了出来。跨过门槛时，顺手带上了门。

太激动了，太恐惧了。他不知道自己使出了多大的力气。只听见门“哐”的一声，声音在这寂静的山谷间回荡。

而那歌声，随着门响声戛然而止。

4

世界突然之间变形了，那孔闪着半月形光亮的窑洞成了他的世界。他脚下磕磕绊绊的，但是眼睛一点也不敢离开那里，生怕光亮突然从山坡上消失。他手里握着汗津津的通行证，边走边想：不要丢了。

他没有勇气去推门。隔着门缝，他看见女人正盘腿坐在后炕上，手里握着小剪刀，好像在剪什么，有点心不在焉。其实，现在给年节剪窗花也有点太早了。

她很漂亮。十分可惜，这是一件无法否认的事情。她的腰身从背后看像一位少女。她的两只眼睛很大，眼睛下面各有一个桃色的颧骨，鼻梁灵巧而挺阔，下巴尖带点椭圆。一种无限的痛苦和俊秀，弥漫在她的谜一样的脸上。

她叫了一句什么。李纪元一哆嗦。“还没到过年哩，我不想要门神。不过……”女人停顿了一下，接着说，“我想要个暖脚的。”是什么力量鼓励他推开了门，他不能明白。当他有了感觉时，他已经直挺挺地站在脚地。他觉得整个窑洞在旋转。他已经不能明白自己到这里来干什么了。

女人惊叫了一声。看来她也是出乎意料。她满脸通红，不知所措。那么，她是在等待谁呢？从她刚才那亲昵的叫声中，分明是早有默契。而且，她的充满情欲的歌声，是在听见李纪元的那一声门响后停止的。

“你是来串门的吧，纪元子？串门要挑个时间，这么晚了。”女人从窘态中解脱出来，恢复平静了。她继续说，“哦，你是来借口袋？听说明天你们就要上后山掏生荒了，是不是装籽种的口袋欠缺？”

说完，她站在炕上，伸了一下懒腰，从囤顶取了条线口袋，搁在炕边，重新盘腿坐下。“明早上就起身的，我就是来要这！”李纪元拿起了口袋，转过身，昏头昏脑地离开了窑洞。就在身后的窑门“哐”一声关住的时候，他清醒了。他疯了似的车转身，跑到门口，使劲摇晃着门。他哭着说：“我不是来借口袋的，籽种早就装好了。我是来……这你明白！你为什么要装糊涂？你为什么看不起我？我知道，你是一个骚货。你和村里谁好谁好谁好，我一清二楚的。我也有这个，你看，通行证！”

他说着，用那只握钱的手，在门上使劲捶着。

他突然听到屋内传来一声痛苦的叹息声，于是停止了捶门。

女人隔着门缝，泪流满面。他感觉到她也在颤抖不已。女人说：“纪元子，你想叫全村人都听见，让人们都来看我的笑话吗？”

他愣住了。半晌，他讪讪地说：“那你开门！”门依然没有开。女人在窑里低低地说：“离开这里吧，亲爱的孩子！你这是第一次吧？我不忍心留你。你也不应该到这种地方来。你有文化，你到山外去寻食吃吧。你看不到我们都是在苦中作乐吗？去吧，亲爱的孩子，世界大着哩，我到过一趟西安，比你这个高中生有见识！”

窑内的灯熄了，满世界一片黑暗。刚才那给人带来冲动和激情的一切都消失了。李纪元感到那声音仿佛来自地下，来自某一处坟墓。他感到一阵恐惧，一阵孤独，一阵委屈。

“我就这样走了吗？”窑里没有回答。

“你再给我个亮吧，让我回去。我心里有些怕。”等到李纪元走下畔时，窑里的电灯拉亮了。半月形的窗户映出一个女人的剪影。

家里的窑门果然没有关。驴拴在前窑里，他给驴加了些草料，衣服也没脱，就在父亲的脚底睡着了。早晨，他醒来后做的第一件事情，就是伸开手掌，将一把汗淋淋的毛票还给了父亲。

5

黄土高原母亲，你多么贫瘠，你多么吝啬。你永远头顶着昏黄的苍穹和一轮苍白的太阳。水土在流失，千百条沟壑在日甚一日地加深加长，人们说那是你流血的伤口。无所谓道路，现有的道路也许只是古老驿道的加宽，它们的作用只是从山外带来一点难得的消息。无所谓城市，几十座懒洋洋的、作为行政机构而设立的县城，散布在几千平方公里空旷的原野上，闭塞、保守和渺小。黄土，干燥而贫瘠的黄土，被匈奴的马蹄耕耘过的黄土，被赫连勃勃的匠工掺上畜血垛成城墙的黄土，被李自成的马帮溅起的黄土，被毛泽东的士兵们作为防身掩体挖过的黄土，在空中弥漫过一阵后，重新落在地上，供我们收获和播种，供我们生长两棵青苗打发漫长的日月，供我们死后掩盖住疲惫不堪的身体。灵性安在？亲爱的高原，难道往昔的动荡真的耗尽了你的精力？

只有当年关到来时，高原才会出现一次偶然的激动。人们暂时忘却了土地，忘却了贫困，从驿道旁边旧时村，从某一处古代的军营遗址上，蹩鼓起了，腰鼓起了，两个法师在前面扭着腰肢，甩着蝇刷，嘴中念念有词，向苍天祈祷，向大地祭奠，然后是蹩鼓队、腰鼓队、秧歌队。从八九岁的刚会自己系裤带的小姑娘，到六七十岁的没牙老汉，齐声擂起鼓槌，齐步用脚尖踢起黄尘。你感觉到我们的存在吗，高原母亲？你领悟到我们的苦难吗，高原母亲？你意识到我们像一群充满情欲的公狼和母狼，对着没有任何内容的天空哀号吗，高原母亲？

6

他比父亲高半头，而父亲的身材也不算太矮。他的面孔呈现出一种天真、纯洁和善良的表情，但是又十分英俊。眼睛稍微深一点，大一点，毫不掩饰地盯着你。鼻梁隆起，一直接近眼睛，但不显得过大，而给人一种分寸感。嘴唇稍微有点厚，嘴角翘着。颧骨当然高点，位置靠上点，显得脸颊修长。他的脑巴特别平，身板笔直。陕北风俗，孩子生下后，便用绳子将两条腿扎在一起，直到骨骼变硬、定型。而为了脑巴能够直挺，常常让孩子睡平，脑巴后枕一块青砖，还要用另外的两个枕头，挡住孩子的头，使身子和头部不左右倾斜。

他的脚下穿一双补了又补的球鞋，这是学校生活的最后一点痕迹。其余的，便是一身地道的陕北农民打扮了。红背心、对襟衫、廉价的中长纤维裤子。头上蒙了一条半新的毛巾，那是春节打腰鼓时，乡上发的慰问品。

父亲在前面扶犁，顺着一条山峁做陀螺式行进，正是那种传统的“二牛抬杠”形式。不过犁换过了，原先用的是一种木尖前面套一个铁尖的简易犁，叫“耩子”。现在呢，用的是一种山地犁，犁型较小，犁铧可以两面倒，也就是说，可以在坡地上正犁或反犁。而且，套在套上的，一头是牛，一头是那头跛足的毛驴。

土很松，十分绵软。这块地在前不久的年月里曾经被耕耘过。后来土地将力气使尽了，耕耘者便遗弃了它。太阳的光照可以产生肥气，时间可以使土地恢复体力，所以李干大选中了它。一把火烧掉了地头上的萋萋荒草。

父亲在犁地之初，脱下了那双船形的老式鞋，端端正正地放在了地头。这是老辈人传下来的规矩，没有什么别的内容，仅仅是为了节省而已。不过，当脚板接触到冰凉的黄土时，会有一种十分舒服的感觉。即便有草根和荆棘，对这双长满老茧的大脚，似乎也并不碍事。

儿子在后边溜种。腔子前挎一个木质的四方兜子，粪土和种子放在兜子里。他跟在父亲后边，一步一趋，用手抓起粪土和籽种，顺着犁沟溜种。

过一会儿，当那位美丽的现代女性，像一朵云一样敛落在他的驴背上时，他曾经痛苦地想："一切都是可以选择的，只是，父亲不能选择。"

可是，这一刻，他对父亲充满了一种无法用语言表达的亲近和怜惜之情。他跟在父亲后边，看见了他那半秃的额顶，他的露出皮肉的裤子，他的一双精脚。在这旷无人烟的荒山野垴，他不仅把他当作父亲，而且把他当作一位兄弟，一位和他共同承担着苦难命运的人类同类。

带来的种子播种完了，父子俩在地头简单打尖。吃的是一种米面和麦面掺在一起的干粮，一道白一道黄，叫"画眉馍"。这是父亲专为这次远行准备的。

吃完饭后，儿子吆起驴，到川道里的老家去驮种子。父亲在地头蜷曲着躺了一阵，抽了一袋烟，便趿起鞋子，去下套子。套子是套野鸡用的。捕猎倒在其次，主要是怕野鸡来刨种子，作践庄稼。

7

临行前，为了穿旅游鞋还是高跟鞋，她踌躇了很久。自然，眼下旅游鞋盛行，而且给窄裤腿上再套上一双袜子，别有一番风度。追求时髦的城市男女们终于对精心修饰自己，以便取悦于人的观念讨厌了。他们不再使自己的皮肉受约束，不再关心自己在别人眼中的形象如何，而是只要自我感觉良好就行了。

但是她没有屈服于潮流，她依然垂青于高跟鞋，并且在最近连续买了式样不同的两双。这显示了她与众不同的气质，当然，也是由于高跟鞋最适应于她，能弥补她身材稍矮的缺憾，而且能使腰身显得更苗条（如果再束一根宽裙带的话），腿显得更长。

男朋友对她的此行忧心忡忡，脸上出现一丝惶惑和不祥的预感。他劝她穿一双旅游鞋去。因为凭着他的稍多一点的人生经验，他知道这是一桩很苦的差事，那里有爬不完的荒山野岭，而“秦直道”这个尽管十分诱人的考察项目，也许只是那位头脑光光的考察团长的一种臆想的产物。

她限令男朋友在出发前采购一双高跟、软底的旅游鞋来，并且将这作为他们爱情的一次考验。结果，男朋友如期完成了，一双通红的、鲜艳无比的旅游鞋穿在了她脚上。她把这看作是好兆头。她付了鞋钱，以显示自己的人格独立。

她对那朦胧的远方充满了激情，她渴望发生一连串的变故。而究竟期待着什么，连她自己也不明白。热闹的城市生活太贫乏了，贫乏的生活没有给她的想象以任何凭借的动力。她是在斯诺的《西行漫记》中认识这块土地的。那位远方来客，以一种令人惊骇的笔触描绘了这块荒原，并且说：“人类能在这样的环境中生存，并且繁衍，简直是一种奇迹。”

她的父亲是陕北人，是被《走西口》这支著名民歌所吸引，在那遥远的年代，背着褡裢，走出群山的重围的。这是一位很早就投身革命的老干部。她的纤丽和秀美得力于自己的南方母亲。

她的聪颖和感悟能力与她的秀丽成正比。她如果喜欢上了一位小伙子，便会不动声色地将小伙子弄得团团转，然后又不动声色地躲开。她在上高中时喜欢上了针织，于是班上的男生都以穿一件她织的毛背心为荣耀。可是后来她觉得织毛衣是婆婆妈妈的事，于是立即将针织忘掉了，腾出脑子去干别的事情。以至现在，连她的毛衣也是请人织的。不是她懒，而是的确不会了。蔑视积累，随手丢开不再感兴趣的经验和观念，轻松地生活，是这一代青年的特征。

她某一天突然沾染上了诗歌这种东西。是一本《凡·高传》或者一本《马背上的水手》的影响，我们无从知道。我们知道的是，这是城里的男女青年打发空虚和表现自己的一个最好办法。假如有幸有一位诗歌编辑与你为邻，你甚至有望某一日跻身于名流行列。她爱上了诗歌，并且写出了不坏的诗。自然，诗歌里有模仿。但是，模仿是每一位诗歌大师的最初的台阶。诗歌里还有浮躁，而我们知道，浮躁作为一种时代病，并不是单独地出现在这些小青年的诗作中。她的作品终于引起了一家青年刊物的注意，或者说，是她的秀丽和纤巧引起了注意。

因为那家杂志用她的芳容作为杂志的一期封面，而将她的诗作放在封二。在杂志封面上，她驻足沉思，高雅而清秀，一支鹅毛笔仿佛正在准备给崇拜者签名。封二是她的诗："深刻的黄花瘦，瘦出东方女但丁。"

8

她在考察团长面前一边故作顽皮地卖弄风姿，一边做出一副可怜巴巴的样子。考察团长摸着光光的前额，终于退却了，答应她作为考察团的一员。考察团长十分喜爱年轻的姑娘。这种喜爱并没有实质性的目的，仅仅是喜爱而已。生活中有许多这样的男人。考察团长一生有一大半时间过着独身生活，在独身生活期间，他有权利去追求任何一个单身女性。即便由于知识分子的懦弱和矜持，从来没有付诸行动，但一定有这样的念头。他在平反之后，回到了这座城市，又仓促地和家里的保姆结了婚。但是，多年来养成的习惯，使他对这样的姑娘，总要多瞅几眼。自然，考察团的其他成员，对这位单身姑娘的到来，有不同的看法。最突出的一点就是，在餐风饮露中，她将给队里带来许多不便。但是团长自有他的道理。他相信，有这样一位漂亮女性随队，衣食住行反而会变得更为方便了。她可以起到招展画的作用，尤其是，相信那期青年杂志，现在已经出现在荒原那些懒洋洋的小镇的书摊上。

传说在黄土高原上，曾经出现过一个著名的人造工程：秦直道。秦直道南起长安，北抵内蒙古包头。秦皇统一中国后，一为巡游天下，二为震慑边关，三为调遣兵马，遂起三十万兵卒，拜蒙恬为将、扶苏监工，逢山开道，遇水架桥，修建了这条千里直道。传说汉武帝北征乌桓时，曾经启用过这条道路。又传说当年西夏王赫连勃勃据白城子，占延州，陷渭州，破泾州，血洗长安城时，曾将这条道路某些段落稍加修复，用以调兵。又传说在不太久远的年代，李自成充当贩私盐的脚夫时，这条路尚有残迹可寻，正是这壮阔的通向山外的道路，激发了他的政治抱负，萌发了他走向外部世界的渴望。

但是这条道路后来神秘地从大地上消失了。有理由相信秦直道的消失与几百年前的那场兵燹有关。这场兵燹使陕北几乎成为无人区。后来虽然人类重新在这里繁衍和聚集，但是关于秦直道的记忆已经从人们心中消失，而残存的遗迹或因天雨割裂，或因人工耕耘，或因森林覆盖，便彻底地从地表上消失了。它只出现在那些老爷爷老奶奶讲述的故事中，只出现在县志上那些若明若暗的记述中。打雷闪电的夜晚，当一道电光划过遥远的北方天空，显出那些非人非兽的物体时，老年人会告诉后生，这是秦皇在“云中栈道”上调兵，酝酿战事。人们称那神秘的道路为“云中栈道”，或者“圣人条”，或者“皇道”。考察团长曾经长期在陕北下放，这些传说或多或少地装进了他的脑子。如今，当他在《史记》上偶然查出“秦直道”这个条目时，他立即将它同传说联系起来，并且准备在晚年完成这个奇迹的勘察与发现。

9

一双大红鞋踏上了高原。高原那迟钝的黄皮肤在轻轻颤动。它感受到了什么吗？我们无从知道。满山满谷填满了姑娘那朗朗的笑声，笑声引得山鸡和喜鹊一阵阵啼鸣。

姑娘叫麦凤凰。这个响亮而又飘逸的名字，是她不久后遇到的一位年轻后生为她起的。当那后生克服了最初的羞涩和自卑，用平等的眼光第一次看她时，讲了一条谜语请她猜。

“一娘生下三个子，一龙二虎三凤凰，龙虎在家看父母，凤凰一去不还乡。”这个谜语打四个物什：龙的谜底是麦虫，虎的谜底是麦牛，凤凰的谜底是麦蛾，那娘，自然是指我们食用的麦子了。

麦凤凰原来的名字叫麦蛾子。她当然猜不出这个谜语，因为她从来没有去粮店买过粮，即使买过，买到的也是面粉。不过，她对这个谜语很感兴趣，尤其是“凤凰”这两个字。她甚至有些遗憾，在此之前，自己怎么能长期容忍“麦蛾子”这个俗而又俗的名字呢？她当即决定将自己叫“麦凤凰”。故事的讲述者遵照她的愿望，也就在这里以“麦凤凰”称她了。

10

没有什么能打搅麦凤凰快乐的心境，她觉得一切都好奇又新鲜。高原的死寂与沉闷并不能压服她。因为她只是一个匆匆过客。她知道自己不久将又回到城市的怀抱里去。

弃掉了汽车。在川道上做了长期的游历之后，考察团长终于明白了得走向那些荒无人烟的山岭，就是说，得徒步去寻找秦直道。

麦凤凰快乐的心境感染了大家。这个疲顿的小队伍翻山越岭，仍能以不算太慢的速度前进。在绕过一个弯子的时候，麦凤凰需要小解。她加快了脚步。考察团长误解了她的意思，以为有什么好事在等着他，于是拖着肥胖的身子，气喘咻咻地跟来。

团长看看四下无人，拉住她的手，一语双关地说："这里四野无人，真有些怕！"麦凤凰回眸一笑说："当然有些怕！不过，我现在最怕的还是你！"

说完，她像鱼一样地滑脱了，接着像鹿一样蹿上了山塬。留下团长，愣愣地站在那里。"你上来呀，团长！"麦凤凰站在崖畔上，笑盈盈地招手。团长已经没有力气上来了。他恼恨地瞪了姑娘一眼，一屁股坐下来。崖畔上面是一片荞麦地。荞麦正在扬花，大地上充满了一种芬芳的气息。荞麦地中间是一棵高大的杜梨树，树上挂满了咖啡色的小圆果。

姑娘在荞麦地里解了手。耍弄了团长，自尊心得到了满足。她现在感到很愉快。荞麦地中间有一条白色的小路。她现在顺着小路，一边走一边低声歌唱着。

当她偶然回过头来的时候，看见在她的身后，不算太远的地方，走着一位穿红背心的青年，青年牵着一头毛驴。

麦凤凰好奇地停下来。谁知，那青年也停下来。毛驴的铃铛不响了。麦凤凰觉得有些好笑。她瞥了那青年一眼，又继续走她的路，不过脚步放缓了一点。青年也放缓了脚步，仍然以刚才的距离跟着她。敏感的姑娘感觉到了这一点。她一阵心跳和脸红。但是，城里姑娘的优越感又一下子压倒了这些。尽管在这空旷的地方，但她并不惧怕，因为她知道考察团的其他成员马上就要上来，还因为她刚才那冷静的一瞥中，看见的是一个怯生生的、腼腆的面孔。

一阵小风吹来，轻轻地掀动她裙子的下摆。一声幽怨的信天游起了，这支通常被用作调情的格调轻松的民歌，现在由一个男人那压抑的嘶哑的嗓音唱出，竟平添了许多的悲哀和痛苦，令麦凤凰不能不为之所动。

这支信天游麦凤凰从电视里听一位著名的民歌手唱过，因此熟悉了它的曲谱。当她穿上旅游鞋以后，考察团长又借这首信天游的歌词取笑过她，因此她记住了它的歌词。

那青年是这样唱的：

叫一声小妹妹你不成材，
露水地里穿红鞋。

她这样回答：

我穿红鞋我好看，
与你别人不相干。

按照舞台上的表演，唱完这一句后，应该将扎着一根红头绳的大辫子，向身后猛地一甩。但是姑娘留着披肩长发，这使她有些遗憾。披肩长发有些凌乱，所以用一块白手绢从根部束紧。手绢像一只白色的蝴蝶。

听到歌声，小伙子的脸红了。姑娘明白了他不敢伤害自己，于是有些放肆起来。尽管已经拥有了许多的崇拜者，但是她仍然为又增加了一名崇拜者而高兴。

她转身，大大方方地走过去，没话找话地说：“能让我骑骑你的小毛驴吗？”

11

这是一个应当永远记忆的高原中午。在李纪元的短促的一生中，这一瞬间是一个转折。或者说，如果生命能以阶段来划分的话，李纪元的人生分为两个阶段，即“麦凤凰时期”和“没有麦凤凰时期”。

跛足的毛驴发出不规则的踏击声。他正在匆匆赶路，因为父亲正在等着他的籽种。当转过一个弯子后，一位美丽的城市少女出现在了他的视野。

麦凤凰一边走着一边吟唱，一边俯身采摘着花朵。铺天盖地的荞麦花簇拥着她。小风将她的裙子缠在大腿上。一只白色的蝴蝶，轻轻落在她的头顶。

谁说过，期待是贯穿生命始终的一种情绪。在李纪元沉沉的梦中，其实一直在期待着她。当我们年轻的时候，谁没有为自己在心中描绘过几个美丽的女性形象呢？但是当光彩照人的麦凤凰出现在他面前时，他却猛地一下子认识到了自己的卑贱和渺小，他感到一种无法形容的悲哀和痛苦。一切都是可以选择的，只是，父亲无法选择。父亲也许此刻正蜷曲在重重大山之后的地头边，抽着烟袋吧？他想起了早夭的凄苦的母亲。他想起了站在畔上唱情歌的、让人琢磨不透的那个寡妇。

传说与李自成齐名的另一位同样出生在陕北的农民起义领袖张献忠，当年在他闭塞的延安柳树店乡间，正是受了一位仕女的诱惑，揭竿而起，从而横行天下的。出于对女性的报复，出于对自己早年苦难岁月的补偿，张大王每攻陷一个城市，杀人越货之外，总要挑选城中最漂亮的一个女人，充作内眷。他常备的老婆是八个。

但是这位高中生、这位李自成的后裔此刻却不曾产生这种念头。旁边就是荞麦地，粉白色荞麦花和绛红色的荞麦秆在风中起伏，他完全可以在荞麦的掩护下做张献忠当年做过的事情。但是他不曾想到过这样做。他还不知道男人和女人之间的事情，他还从未接受过一个女人的爱抚。他不敢去打碎自己心目中的圣像，多年来接受的教育也不允许他这样做。

甚至在他和麦凤凰相处了一段时间之后，在那个夜色朦胧的晚上，当麦凤凰光着身子钻进他的被窝时，他也只是紧紧地将她拥抱了一阵，然后将她推出了被窝。

“你真可笑！你真不可理解！”麦凤凰说完后，愤愤地走了。第二天，李纪元在她的脸上看见了泪痕。

他在那天晚上也哭了。当麦凤凰走后，他蒙着被子抽泣了许久。他不敢占有麦凤凰，他把这看作是一桩罪孽，他为自己那充满汗臭和垢痂的身体害羞。如果是那位站在畔上唱情歌的寡妇，那又是另外的一回事了。在命运的强烈的不平等面前，张献忠采取了那样一种强悍形式，而李纪元采取了这样一种懦弱形式，这种种的一切，很难说清证明了高原人种是在进步，还是在退化！

即便是姑娘主动走近他，即便是姑娘主动投入他的怀抱，但是，双方这种心灵上的距离感，今生今世也难缩短。

麦凤凰现在穿着大红鞋，步履轻盈地走向他了，一双顽皮而又直率的眼睛盯着他。麦凤凰也许并没有注意他脚下千疮百孔的球鞋，但是他自己先感觉到了。他悄悄地向草丛中移动了几步。

遵照姑娘的令人无法违抗的命令，他一手扶住姑娘的腰，另一手端起姑娘的脚，将她送上了毛驴。

就在这时，身后传来了一阵欢呼声。原来考察团的其他成员都上来了。一位摄影师，不失时机地摄下了这个镜头。

一棵孤独的杜梨树兀立在荒原上。一颗黑色的太阳低低地照耀。一位少女斜斜地骑在驴背上，半透的黄衬衫隐现出襻带和胸罩。一位扎着英雄结的男人怯生生地牵着毛驴，他的嘴角挂着一丝惶惑的微笑。照片的题名将采用一首现成的陕北民歌，正是一种难以言传的高原情调。

“《骑驴婆姨赶驴汉》，这个题目怎么样？”摄影师欣喜若狂地说。他说，古老传统和现代意识，在这张照片上得以奇妙结合。他还说，在不久以后举行的全国摄影艺术大赛中，这张照片一定获奖。

麦凤凰直撒娇，说她的脚崴了，需要这头毛驴作为脚力，摄影师也看中了李纪元宽阔的肩膀，希望能卸掉自己背上那装相机的沉重的金属盒。考察团长尽管对李纪元稍有一丝妒意，但还是容忍了大家的要求。

这样，李纪元充当了这支小小队伍的脚夫。他甚至来不及向父亲告假，结果，让父亲在地头空守了很久。

12

李自成骑着一匹暴烈的蒙古马，兀立在统万城那白色的城墙上。鄂尔多斯高原的漠风卷着黄沙，滚滚而来。沙柳在风中摇曳和呻吟。

他这时候还是一个卑微的脚夫，或者用陕北人的话说，叫“赶牲灵的”。陕西、甘肃、宁夏、内蒙古交界处，有一块盐池。雪白的盐山在阳光下闪闪发光。在交通十分闭塞的年代，这一块偌大地区的食盐供应，主要依赖于这些脚夫。

一个痛苦的念头此刻在折磨着他。在孩提的年代，他就听说过秦直道的传说。他为秦皇的帝王气派而震慑，为那条神秘的道路所吸引，他曾许多次产生过踏勘这条道路的念头。在做衙役的时候，他曾在前往长安送信途中，寻找过这条道路，但是由于地貌地形的变化，他没有找到。

这次，马帮在包头卸下了食盐，装上了毛皮，然后歇息在一家客栈里。客栈掌柜，一个饱经沧桑的蒙古老人，告诉了他秦直道的秘密。

“你想，秦皇是何等气派的人，当他驾驶着天车，旋风般驶过高原的时候，除了星星、月亮和太阳之外，他绝不会允许有什么遮住他的视野，他绝不会允许大地还有什么比他更高。明白了吧，亲爱的孩子，秦直道应该建在什么地方？”

“应该建在一条绵长的山脉上，而且是陕北高原最高的一条山脉！”

“你很聪明。那么我再问一句，陕北高原上，有这样的山脉吗？”

“有的，它在北部边缘，叫子午岭。”老人点点头，闭上了眼睛。他不再言语了。

李自成又追问道：“哪里是它的头呢？我应当怎样去寻找？”

老人睁开眼睛，不满地说：“朋友，你这是多余的话了。聪明的人是不会这样问话的。应当相信命运，命运会把你带到那里去的。”老人停顿了一下，又说：“秦直道的一头在长安，另一头就在我的脚下。不过，平坦的草原上，现在已经不会找到它的踪迹了。你可以到黄河边去寻找。秦直道当年越过黄河时，曾经用渡船搭起一座浮桥。我记得年轻时好像在黄河岸边，看见过两座对应的桥头堡的痕迹。”

回到家乡后，辞退了马帮的工作，他单身一人，踏上寻找秦直道的道路。他在白城子做了简单停顿以后，便顺着黄河古岸，晓行夜宿，终于找到了那依稀可辨的桥头堡。然后掏出事先准备的笔墨纸张，画下位置。接着，按照大致的方向，策马前进，直赴子午岭。

在一个落日的黄昏，当他登上子午岭那鱼脊状的山巅时，他惊呆了。一条笔直的道路从这里通向遥远的远方，经历过两千次凋零的秦直道上的萋萋荒草，在晚霞中映着红光。俯首东南，但见在苦难中生存和挣扎的陕北大地，历历在目。想起亲爱的父老乡亲，他突然泪如泉涌。

“如果有一天我有力量的话，我会修复这条道路的。我会像赶牛羊一样，将我的父老乡亲们赶出他们苦恋着的窑洞，强使他们走向外部世界。我起誓：我要给他们带来幸福。”

他蹲下来，细心地在地图上描画了几笔。秦直道上一块生锈的铁片引起了他的注意，原来是只马蹄铁。“也许是从秦皇的马蹄上掉下来的！”他想，随后捡起来，擦了擦，装进了口袋。许多年后这块铁锻造的箭镞，将射透紫禁城城门上的横匾，但是李自成此刻还不知道。

面色严峻得可怕的李自成，重新骑上马，顺秦直道踏踏而去。他的背后扬起了一串串黄尘和火星。

13

李纪元和他的小毛驴的加入，为这支小小的队伍带来了活力。这以后几天，人们谈论得最多的是这头小毛驴。他们惊叹它竟能驮起一个大姑娘（其实，麦凤凰骑毛驴的时间并不多，毛驴的主要任务是驮着考察团长的行囊）。当他们听说毛驴的腿是自己塞进石缝里折断的，目的是不想干活时，都表示惊奇和不可理解。毛驴的瘸腿激发了麦凤凰的灵感，她想起了两句不算太坏的诗：黄帝丢失了一只靴子在陕北，从此历史便一瘸一瘸前进。陕北高原的南部边缘，有个轩辕黄帝陵，传说陵墓里埋着黄帝的一只靴子。黄帝乘龙升天时，百姓们依依不舍，上前阻挡。结果黄帝已离开地面，于是只拽下一只靴子来。

人们还对搭在驴背上的毛口袋产生了兴趣。李纪元告诉人们，这只毛口袋是用驴毛织成的。这头跛驴的母亲去世后，李干大用驴毛织成了这条口袋，又将驴皮背到镇上，换了两根缰绳，一根做了牛犋，一根做了背柴绳。

人们后来又将兴趣转移到了脚夫本身。大家这时才记起询问他的名字。当知道他是李自成的后裔时，大家除了对这位著名的陕北英雄表示敬意外，还为他的后裔能为考察团做脚夫而感到荣幸。

人们开始品评他的相貌。陕北历来是兵家必争之地，而且多有民族战争发生。这些城里来的学者，对着李纪元的相貌，开始动用他们丰富的历史学知识和想象力。他们告诉李纪元，他的高颧骨是从哪个民族来的，他的浓眉毛、深眼窝是从哪个民族来的，他的直鼻梁和尖下巴又是从哪里来的。

这些话也许并无恶意，但总令人不舒服。可是李纪元没有感觉到这一点，他傻乎乎地笑着，看着这些城里人在卖弄各自的知识。

倒是麦凤凰不能容忍了。她自觉地为自己选择了一个保护神的角色。她尖声说道："亲爱的同志们，本姑娘这里有一面小镜子，你们都来照照自己愚蠢的脸吧，评价和欣赏自己的塌鼻子和小眼睛，也许更有趣一点。至于他，这位漂亮的高原大汉，他是我请来的，不许你们作践他。"

接着，她横了李纪元一眼说："来吧，哑巴！扶我上驴，咱们前边走！”姑娘处在兴奋和激情中，她一会儿要脚夫为她折一片路边血红血红的霜叶，一会儿又要脚夫采一朵野菊花，插在她的鬓边。她滔滔不绝地为脚夫讲起了城市，讲起了她的书生气十足的男朋友，讲起了她的诗歌。忽然，她像想起了什么似的，从挎包里掏出一份青年杂志，递给了脚夫。

她希望李纪元能谈谈他的爱情生活，这使李纪元很为难。李纪元老老实实地说，在陕北，流行着一种买卖婚姻的风俗，越偏僻越贫困的地方，姑娘的要价越高。他们米脂那一块地面的姑娘，从一岁开始，每岁一百元，一直到二十一岁，两千元时达到顶峰。从二十一岁上又往下跌落，每岁跌落一百元，至四十岁时变成零。

李纪元解释说，他上学的时候，父亲曾经用一千元，为他说了个十岁的姑娘。他当时正忙于上学，而且按照老师的说法，似乎考大学还有点希望。后来这一千元全部用作上学的费用了，而大学终于没有考上。现在那些年龄与他般配的姑娘，都正在彩礼高峰期，因此，他想再等几年再说，甚至干脆到四十岁时，找一个一文不出的老姑娘。

麦凤凰想不到自己的问话，会得到这样的回答，她感到难堪。为了冲淡这气氛，她强作欢笑地说：“我也可以值两千元吗？纪元子！”

“两千元之外，还可以追加二百块，一个双眼皮一百。”李纪元认真地说。这以后是长时间的沉默。猛然，麦凤凰想起了另一个话题，她问李纪元：难道在这漫长的独身生活中，他没有和任何女人接近过吗？

李纪元的眼睛湿润了。他真想说，亲爱的姑娘，在我的记忆中，你是第一个用平等的、抚爱的目光注视过我的姑娘。但是他不敢这样说，他怕他的过于亲昵的话惊扰了这位姑娘，他多么珍惜现在的这一切呀！

他记起了我们这个故事开头的那一幕，出于对姑娘的信赖，他含含糊糊地讲述起来。麦凤凰听到途中，突然变脸失色了，她大声叫道："那是你父亲的情人呀！"李纪元的头脑里"嗡"的一声，他伸手扶住了驴背，才免于跌倒，他痛苦地说："这是真的吗？这是真的吗？"

"凭着一个女人的直觉，我这样认为。"麦凤凰说。"其实我也隐隐约约有这种感觉，只是不敢往这上面想。"李纪元喃喃地说。他好像喝醉了酒一样，步履踉跄。

眼前突然出现了一块荞麦地，荞麦花开得多么凄凉呀！

14

住在乡妇女主任办公室的麦凤凰，这一夜彻夜未眠。透过一个高原人的心灵，她现在才开始接近了高原人的苦难。她感到震惊和不安。

一般说来，这样的事情还不足以打搅一位姑娘的酣睡。影响她休息的还有另外一个原因，那就是可恶的臭虫。当她奇痒难耐，打开手电时，臭虫们便纷纷钻进了墙上糊着的报纸后边，往复几次。她很生气，便一绺一绺地撕下了报纸。她在撕下的报纸中发现了两个黑体大字"罪恶"，觉得很好奇，于是将报纸的背面拼在了一起，原来是一篇新闻稿，它的标题叫《阳光下的罪恶》。麦凤凰一段一段地读下去，觉得冷汗直冒。

阳光下的罪恶

——陕北地区包办、买卖婚姻纪实

《陕北群众报》记者

×年×月×日，十三周岁的师红梅找到记者，毫不胆怯地说："我是来告我男人来了，我要和他'离婚'。"说完，泪珠从她肮脏的小脸上淌流不止。她哭诉完事情的全部经过后，记者惊得目瞪口呆。于是，三名记者奉命踏上征途，到××、××、××三县采访关于买卖婚姻的一系列问题。

记者在岳家塔村一孔破烂的土窑里，找到了满面尘灰的师红梅的父亲师丙科。他告诉记者："红梅她妈八五年就死了，给我丢下五个娃，红梅是老大。还有一个七岁的儿子，一个十一岁的女儿。另两个娃娃因为养活不起，当即就送人了。女儿的婚姻是由我做主的。八六年二月，通过媒人介绍，我就让她订婚了。彩礼是九百元。现在院子里拴的那头驴就是花了三百元彩礼钱买的。这死娃娃不听话，去了和人家过不到一搭里，我还打了她四五次哩。现在又听说到上边告状去了。唉，当老人也难呀！儿女身上操的心太多了。"师丙科两手在赤脚片上挠挖着，蹲在土炕上说得平心静气。

当记者问到他把女儿出"嫁"到哪里时，师丙科回忆了半天，说："就在××县一带吧，具体村名说不上来。"

据记者了解，师丙科以九百元彩礼将女儿卖了后，除用过三百元买了一头驴，其余的大部分耍赌输掉了。当记者向他证明这一事实时，师丙科委屈地说："耍是耍过，但是没有输那么多。红梅出嫁时，我给她陪了七十块钱的东西，用的也是彩礼钱。"

年幼无知的幼女，当她知道父亲把自己卖了，钱也花了时，为了不让父亲在众人面前受气，就跟上那个陌生的男人走了。严格地说，十三岁的她还不谙人事，并不知道"结婚"是怎么回事。当她后来鼻涕一把泪一把地向记者描绘新婚初夜的恐怖情景时，连记者也感到震惊和可怕，而她父亲，在将女儿送出门以后，却心安理得地一头扎进赌场。

我们怀着说不清的心情走出山沟，见到乡党委书记和乡长。谈起师红梅，他们低着头说，我们很同情这个娃娃，她出嫁时，我们一点也不知道。前几天，她来过乡政府，我们也没办法。书记介绍全乡的婚姻状况时说："我们这一带，不办理结婚登记手续就过门的人有的是。话说回来，我们一九八七年基本就没往出办过结婚证。不怕你们笑话，我们是穷得没钱往回买结婚证。只有结婚人自己能买下结婚证，我们才能给登记。我们乡几乎有一个月和外界失去联系了，因为欠邮局两千多元电话费交不起，人家把电话线剪断了。"面对这一切，记者说什么呢？然而，令人遗憾的是，这个乡八七年的接待费却花了近三千元。

师红梅到底出嫁到××县招安乡的哪个村庄了，她父亲不知道，师红梅也因年幼，没有记准确她"婆家"的村名。记者只好直奔××县采访。

至于师红梅，逃出"婆家"后，父亲打她，不让进家门，她就在陕北高原的这座腹心城市里到处流浪。这个做过"新媳妇"的幼女，衣单鞋破，日子难熬。市妇联给她援助了五元钱，记者给了她点零花钱。她就住在一个不太熟悉的"熟人"家里。据师红梅本人讲，现在还有人给她介绍对象，彩礼两千元，要把她嫁到安徽去，但她死活不答应。到市法院和公安局，人家都不敢太理她。她不知道该依靠谁，不知道还会发生什么事情，也不知道该往何处去。

几经周折，记者在××县招安乡终于找到了一点线索。招安乡正在开各个行政村会计会议。大庄河村的会计说，他们村有个叫马起军的后生，是个铁匠，曾在元龙寺一带打过铁。于是，记者徒步来到了这个距乡政府二十多公里的村庄。

这就是师红梅的“男人”？当一个一米七四的壮实后生站在记者面前时，你怎么也无法把他与只比办公桌高出一头的师红梅联系在一起。

就是这位打铁的后生，一九八七年古历正月十四日，用手扶拖拉机迎回了师红梅。马起军告诉记者，他掏了四十元雇了一班吹手，五十元雇了一辆手扶，全村大人娃娃近二百人都参加了“婚礼”。村上的领导当然是“婚礼”上的重要人物。过事花了七百多元。我不知道村民们是怎样当着十三岁的“新娘”吃下那顿喜饭的，但是现在，马起军仍在要人，他说花了那么多钱，人却跑了，他不要人要甚。

师红梅刚刚十三岁，中华人民共和国刑法第139条中规定：“奸淫不满十四岁幼女的，以强奸论，从重处罚。”《法律顾问》一书这样解释这一条款：什么是幼女？一般是指不满十四岁的女孩。幼女的特点是年幼无知，对生活中许多事物缺乏识别能力，对坏人也缺乏反抗能力。因此，为了保护幼女身心的健康，不论犯罪分子在任何情况下采取何种手段，只要同幼女发生性行为，就应以奸淫幼女罪论处。

翻开一些报纸，读者常常可以看到上面登载着当地蔬菜价格表。记者在×××三县采访时，也了解了三县农村姑娘订婚彩礼的最新基本价：

××县二千元，××县三千元，××县四千元就在这堆数字下面，每年每县都有五百到六百对男女结为夫妻。

…………

15

文章还很长，下一个用黑体字标出的小标题是：悲剧越演越悲。麦凤凰看到文章结尾处写着“调查报告之一”的字样，那么这说明了，这篇文章还有续篇。她十分感激这家屋子的主人没有将续篇之类也糊在墙上，老实说，在这孤独的夜晚，光这一篇文章，也够她压抑和沉重的了。

高原人那悲剧性的命运在深深地刺痛着她的心，那些关于高原的种种浪漫主义的思考现在开始退去了。她看见了生活底层的痛苦和污浊。在此之前，如果谁指出她不了解这个苦难的民族的话，她是不会同意的，她认为自己了解，而且了解得过多。在此之前，如果有人指出她的故作高深的诗歌，只是一些舶来品、伪现代派、无根的浮萍的话，她也是不能同意的，但是她现在明白了自己一直处在自艾自怨的小天地里。

可爱的姑娘，她正在发生着某种变化，但她自己还没有意识到。命运的灯照耀着她来到高原，来到一位高原苦难的儿子面前。在未来的岁月里，她会成为一名大艺术家的。那些平庸一世的艺术家们，缺少的正是这种机缘，或者说当机缘到来时，由于自身缺少敏感和善良而没有感应到这一切。

她推开了窑门。考察团所有的男同胞，都住在乡政府外边那个有些暧昧的走西口的小店中去了，偌大的乡政府院子，只有她一个人游魂一样在徜徉。远山像巨兽一样僵卧着，只显出轮廓，一弯残月，在极高极高的天空闪烁。

想到自己只是一个匆匆过客，麦凤凰的心里稍微安宁了一点。她在此刻十分感激早年出走的父亲，并且对那首充满凄苦悲凉的著名陕北民歌《走西口》有了自己独特的理解。她认为在左有滔滔黄河、右有巍巍子午岭、前有险恶的金锁关挡道的情况下，人们想要走出高原，只有从后边这天苍苍、野茫茫的西口寻找道路。而《走西口》这首民歌，并不是一般的情歌，它表现了高原人在脱离母体、远走他乡时那种依依不舍、生离死别的痛苦心情，表现了高原人对朦胧的陌生的远方的惧怕和向往。她准备回去以后写一篇研究文章。而且她有一种预感，将信天游形式改造以后，就是说，让它表现力更强烈、更直接、更具有随意性以后，一定会为现在的观众所接受，一定会风靡全国。她决定回去以后将这种"变形信天游"的想法告诉歌剧界一位朋友。

她不能不痛苦地想起李纪元。她对他怀着难以说清的感觉。这种感觉在她还从来没有过。当然双方的距离太大了，许多天以后，不管秦直道找到没有，她将会缩回她居住的大世界去，顶多握一下手，说一声"珍重"，道一声"再见"而已。她无法想象在他们离去后李纪元的生活。她明白自己是无法改变李纪元的命运的，她没有力量，户口将永远把李纪元限制在高原上，她也无法在经济上给他多大的帮助。她眼前浮现出了李纪元那双千疮百孔的鞋子，她觉得明天就应该提醒考察团长，让他先给李纪元预支一部分脚力费。

她准备在以后那有限的时间内，用一个女人的温存和她的高超的谈话技巧，使李纪元建立起信心，让他明白自己也是一个人，而且比所有的男人都漂亮。想到这里，这位善良的姑娘又不能不痛苦地感觉到，她的这种感情的"施舍"，本身就显示了他们之间的不平等。

她想起屠格涅夫的那首著名散文诗《乞丐》。上中学时第一次读这首散文诗，她曾经为屠格涅夫的那种伟大人道主义感情而激动得热泪盈眶。现在她明白了，尽管屠格涅夫在结尾处写了一句“我也得到了我老哥的施舍”，但是，仍然没有摆脱弥漫在作品中的那种居高临下的贵族态度。

16

被一位女人宠爱是一件幸福的事情，何况这女人美丽、芬芳，像早春的阳光。在李纪元死气沉沉的生活中，在李纪元迄今为止苍白的日月中，他从来没有得到过这种感情的交流。母亲早亡，她来不及用一种母性的阳光照耀他。而卑贱的地位，又使天下所有的女人对他不屑一顾。男人的孱弱并非出自天性，他在生命的最初是平衡的，是浅薄的势利的女人将男人逼到了一种自惭形秽的地步，同样地，又是女人在制造英雄，在女人那热烈的鼓励的目光下，男人会很快地培养和膨胀自己身上的雄性气质。

孱弱对于男人，是一种致命的疾病。它直接的危害，是妨碍男人公允地认识自己和认识世界；它间接的危害，是妨碍男人去吸收、补充和强健自己。亲爱的女人，将你们的青睐在那些被世界冷落的男人脸上停留一会儿吧，你们并没有失去什么，而结果你们会惊奇地发现，男人们像森林一样齐刷刷地成长起来。

在这无定的行旅中，李纪元的声音开始变得柔和，举止开始变得轻巧，感情开始变得细腻。他用一种从未有过的眼光看着他生活的这片土地，一片红叶会给他带来一次欣喜，一声鸟鸣会带来一串惊呼。而更为重要的是，他的智力在发展，他不但从麦凤凰身上，而且从头脑光光的考察团长身上，从其他成员身上，吸收着智慧，他的智商像那些民间传说所说的那样，不是一年一年，也不是一月一月，而是一天一天，见风就长。

麦凤凰在真诚地赞美李纪元。她赞美李纪元的晶莹而排列整齐的牙齿，她说这样美好的牙齿，只有那些祖祖辈辈食用奶茶，啃奶疙瘩的少数民族才具有。李纪元因为她的赞美而开始珍惜自己的牙齿，并且从第二天早上就开始刷牙。李纪元好笑地说，他上高中时，同桌是一位长着龋齿的城市小姑娘，他当时曾默默地喜欢这位姑娘，主要是喜欢姑娘的牙齿。他把龋齿看作一种富贵的标志，因为在此之前他还没有尝过白糖或者水果糖的滋味。

麦凤凰在真诚地赞美李纪元。她赞美李纪元那挺直的鼻子，她说那叫通天鼻，只有具有皇族血统的人才有这样的鼻子，李纪元的鼻子使她想起了他光荣的祖先李自成。李纪元很为麦凤凰的话所感动，在经过一眼山泉的时候，他特地照了照自己的鼻子，结果感到鼻子确实长得很好，通天鼻使整个面部，增加了一种英武的情调。

麦凤凰在真诚地赞美李纪元。她赞美李纪元的丹凤眼和浓烈的黑眉毛。她说这双俊秀的丹凤眼本来是属于女人的，长在男人脸上会显得有些妩媚，但是对于李纪元来说，由于有了那仿佛炭笔画下的黑色剑眉作陪，眼睛便显得虎虎而有生气。她赞美李纪元的高颧骨和陷下去的长腮帮，她说如果李纪元再蓄上络腮胡子，简直就是一个活生生的留在高原上的最后一个匈奴骑士的形象了。她赞美李纪元宽阔而光洁的前额，她赞美李纪元笔直而洒脱的背影，她赞美李纪元的长腿，以及穿上新鞋后那爬山上洼时的步履。当看到李纪元开始注意他自己的衣着时，她很高兴，她明白这是为她而修饰的。

作为李纪元来说，我们知道，他已经懂得“教养”这两个字。现在，他开始承担起一个男人的义务，用最美好的语言来回报麦凤凰的赞美。80年代是崇拜女性的年代，城里的崇拜者的各种赞美之词已经使麦凤凰的耳朵磨出了老茧，但她此刻却感到一种不可名状的愉快和满足。

后来，当某一天的时候，他们突然同时一声不响了。原来他们感觉到，他们确实是世界上最好的男人和女人。无须赞美，甚至一句多余的话都会冲洗了他们心中充盈着的那种微妙感情。

他们其实一直走在那条通向外部世界的道路上，只是他们自己不知道而已。

17

《史记·蒙恬列传》如是记载："始皇欲游天下，道九原，直抵甘泉，及使蒙恬通道，自九原抵甘泉，堑山堙谷，千八百里。"

《史记》告诉了后人，秦直道的一头在九原郡，另一头在甘泉宫。这九原郡在如今的包头市西边，正是李自成当年接受启迪的地方，而甘泉宫在长安西边的子午岭脚下，乃秦皇所修的避暑行宫。按照历代史书和各地方志若明若暗的记载，秦皇最后一次出巡时，走的正是这条道路，死在中途，返回时走的也是这条道路。那时修建这条道路的大将蒙恬和太子扶苏，正在秦直道的中途，被称为天下名州的绥德城屯营。赵高假传圣旨，赐扶苏死。扶苏既死，大将蒙恬亦被药死。三十万筑路大军掬土而成扶苏陵、蒙恬墓，洒泪而成呜咽泉。呜咽泉水千年不湮，水滴珠珠是泪，水声丝丝如哭。

秦直道的修筑，当是在甘泉宫与九原郡之间，选择一条大体上笔直，且易于开掘的路线。莽莽子午岭，像一条长龙，横亘陕北大地，且伸出许多支脉，便于道路随时调整方向，所以选择子午岭筑路是相当科学的。况且子午岭的地质构造，多为松散的沙土，开掘方便。而且，按照人们后来的研究，这条道路，在秦之前就由塞外的匈奴勘测出来了，蒙恬的开掘，只是将原先的小路，扩展成

四十、五十米不等的宽阔大道。

这支小小的考察团，正是在子午岭上，在这莽莽大山的合围之中，选择适宜于行走的地方前行的。头脑光光的考察团长已经逐渐有所悟觉。因为在两山之间，常可以看到人工斩劈的宽阔的垭口，因为在他们经过的路上，常可以看见年代久远的兵站废墟。有一夜，他们在一块较为平坦的地面上休息，发现有许多不成规则的小石碑露出地面，开始他们以为是谁家的坟地，后来一问附近的老乡，才知道不是坟地，而是秦直道的“斩兵庄”。据一位老年人说，秦始皇当年在“皇上路”行军，谁如果中途犯了纪律，就在“斩兵庄”处斩，然后埋一块石碑做记号，让其家人来时便于认领尸体。

李纪元，这位高原苦难的儿子，在行走的途中，像一位曾经失去过记忆的人一样，此刻，也在这驴蹄的有规则的伴奏下，恢复记忆。除了回忆起与“斩兵庄”有关的种种传说外，他现在记起了一件重要的事情。

在李纪元家的窑窝里，供奉着一件祖先的遗物，这遗物不是一件画像，也不是一件珠宝，而是一张经烟熏火燎后难以辨认的地图。作为李纪元的父亲，以及上辈们，长期以来，将这认作是一条龙，一个带有某种神秘和迷信色彩的图腾。现在，在经过实地踏勘之后，在听到过种种传说，尤其是李自成只身踏勘秦直道的传说之后，李纪元猛然意识到了，这很可能是一张地图，而且就是有关秦直道的地图。

李纪元决心将这张地图奉献出来。他倒不是为了头脑光光的团长，而是为了麦凤凰。他想在麦凤凰面前表现自己，既然麦凤凰说了那么多赞美他的光荣的祖先的话，他觉得如果献出地图来，他的祖先不会责怪他的。

甘泉宫距九原郡一千八百里，考察团其实只走了它的少半部分。但是，考察团长现在坚信不疑了，仗着自己渊博的历史知识，仗着这一段踏勘的实地体验，尤其是，仗着一种隐秘的神灵的启示，他掏出红铅笔，在地图上画出了一条南至云阳甘泉宫、北至九原郡的路线，这条路线后来证明与李自成所画的路线几乎一样。

是的，经过漫长的日月，秦直道的秘密终于到了它应该揭开的时候了，高原人走向外部世界的道路就要找到了。这是天意。如果没有麦凤凰的主动加入，就不会有李纪元充当脚夫。如果没有李纪元找出那张烟熏火燎的地图，秦直道的存在也只能存在于简单论证和半信半疑之中。多么可怕，高原差点失去了一次机会。但是，当我们找到这条道路的时候，我们不能不痛苦地感觉到：高原等待的时间是否太久了？高原经过的苦难是否太深了？

18

李纪元和麦凤凰本该相安无事地走完这最后的旅途，在旅途中享受这生命难得的快乐。但是他们没有能够做到这一点。他们毕竟生活在两种教养的圈子，有着太大的距离。他们曾试图宽容和理解对方，但是他们很快明白，处在激情中的他们，做不到这一点。

李纪元每一次吃完饭后，都要伸出舌头，像狗一样将碗舔得干干净净。麦凤凰为他害羞，告诉他，即便全世界发生粮食恐慌，也不会饿到考察团头上来。这是公家的粮食，他尽可以放开肚子吃。国家的贫穷，并不是人们吃得太多的缘故。可是李纪元不能立即改变自小养成的习惯，舔碗成了他吃饭的最后一道工序，一种无法改变的条件反射。他为自己辩解说，他的父亲就是这样舔了一辈子碗，这是饥馑留给人们的赐予。

麦凤凰每次吃完饭后，总要给碗里留下点。李纪元十分不满，他认为这是对粮食这种神圣之物的一种亵渎，对农民的一种无声的轻蔑。麦凤凰也知道这种习惯不好，可是改正不了，每当碗里剩下一口饭时，她就饱了。她为自己辩解说，这是一种讲究，叫“碗里不空”。她开始揶揄李纪元。她说，她自出生以来一直丰衣足食，就是顺应了这个讲究的缘故。

如果纯粹是为了吃饭，两个人还不至于闹翻。但是像这样的事太多了，这就不能不严重损害两人的感情。

李纪元尤其不能容忍的，是麦凤凰对待男人那种随随便便的态度。自从钻入山林后，李纪元就主动承担起了保护麦凤凰的责任，他将考察团所有的男人，都当作敌人来防范。他甚至觉得一个姑娘和一群男人在深山老林里游历，似乎有失体统。考察团所有的男同胞都知趣地退让了，包括头脑光光的考察团长。作为团长来说，他所以退让，第一是疲惫的旅程打消了他的非分之想，第二是他还必须依靠李纪元来完成考察任务，这位脚夫和向导在深山老林中越来越显示出自己的价值。

倒是麦凤凰不能容忍了，她觉得这位陕北后生十分可笑。为了报复他，麦凤凰从行囊中取出了一件红格子衫衣。在此之前，自从李纪元赞美她，认为她穿上那件黄衫衣、红裙子最漂亮后，她一直穿着这身衣服。穿上红格子衫衣后，她横了气鼓鼓的李纪元一眼，便找考察团长去搭讪。

矛盾的总爆发是在海子边。鄂尔多斯高原据说最初曾是一片大海，后来地壳上升，风沙侵吞，便在高原上形成了一个个大小不等的海子。在鄂尔多斯高原边缘这灼热的沙地上，突然出现一个酷似平原上那种池塘的海子，使大家一阵喜悦。随后考察团所有的成员，除李纪元外，都穿上游泳衣，跳进了水里。李纪元不会水，他只能看着亲爱的人儿，像一条雪白的美人鱼一样，在男人中穿梭。

后来麦凤凰上来了，也许为李纪元而上来的，也许是冰凉的秋水使她感到不适，这我们无从知道了。上岸后，穿着尼龙游泳衣的她，平平地躺在岸边灼热的沙丘上。她的脚伸进水里，感受着波浪的冲击，她的湿漉漉的长发像扇面一样摊在沙地上。

游泳者中间有谁产生了一种恶作剧的念头。他悄悄地游过去，爬上岸，躺在麦凤凰身边，让摄影师拍下了这个镜头。他走过来后说，回到城里后，他将用这张照片，向老婆和朋友炫耀。

这个游泳者激发了大家的灵感，于是又有一位游泳者爬了过去，躺在麦凤凰身边。李纪元再也不能容忍了，他一个箭步冲过去，举起这个轻浮的游泳者，将他扔进水里。他以为麦凤凰一定是睡着了，不知道这一切，当他冲过去的那一刻，发现麦凤凰的眼睛，正在以欣赏的神情接受着这一切，而看到李纪元的莽撞举动时，她嘴角露出一丝嘲讽的微笑。

这样他们便发生了严重的口角。而在口角中，麦凤凰脱口而出，说出了她一生都为之深深内疚的一番话。

“你是谁？你是一个靠别人施舍感情才能直起腰的乡巴佬！你有什么权力来管我。我已经给予了你太多感情，你应当知足了，不要再来纠缠我了。”

李纪元愣住了。他感到了一种从未有过的屈辱。经过这一段漫长的感情历程后，他终于明白自己还在原来的位置。他轻轻地提起麦凤凰的头发，让她站起来，然后另一只手攥成拳头，朝麦凤凰脸上打去。

但是拳头在半空中停住了。他意识到麦凤凰说的是对的。昨天尚感熟悉的这个面孔现在变得如此陌生。我是谁？我只是一个胸前挎着粪兜子，永远在盘陀路上行走着的高原人，即便偶然去一次那遥远的城市，当欢欢乐乐的少男少女们迎面而来时，我唯一能做的是赶快让路。是的，我已经得到许多了，我应当满足了，我应当赶快回到我生活的位置去了。

他古怪地笑了一声，背过身，走了。考察活动即将结束的那天夜里，麦凤凰怀着忏悔和赎罪的心情，第一次光着身子钻进李纪元的被窝。如果读者还记得的话，就知道李纪元拒绝了她。他也没有接受麦凤凰的解释，他觉得一切解释都是多余的。

19

李自成的后裔没有食言，他领着考察团来到了他的家乡桃镇。瞒着父亲，他将那张烟熏火燎的“秦直道路线示意图”交给了考察团长。

秦始皇堪与万里长城相媲美的这项浩大工程——秦直道的秘密，马上就要大白于天下了。考察团长激动得热泪盈眶，他说公路史将要重写，他说全世界的学术界都将为这一发现激动，他说他将建议有关部门研究修复这条古道的可能性，还有一点他没有说出：秦直道的考察成功将使他晋升一级职称和担任研究所副所长职务。

考察团长参照李纪元提供的地图画出了“秦直道路线示意图”。图左边的那个剪纸，是寡妇送给考察团的纪念品，团长觉得那里是个空白，于是就将剪纸贴在那里了。

20

黄沙漫漫，一颗太阳缓缓地落入地平线。太阳最初是一团凝重的赭黄，慢慢变成了红色；越接近地面，颜色越重，轮廓越分明；等到与地面相撞的那一刻，便活像泼了一团鲜血于地上了。远远近近的山丘都红了，空气中甚至有一种腥味。

李纪元静静地趴在一架山丘上，像只野兽一样，把爪子伸进沙土里。他的头在疼，关节在疼，身上每一根神经都在疼。

沙丘下边是一堆篝火。考察秦直道的工作顺利完成了，李纪元献出的地图，又为这次考察增加了辉煌的、具有决定意义的一笔。考察团明天将返回城里，接他们的面包车已经来了，现在就停在沙丘下边，面包车里传出迪斯科的音乐。

篝火的灰烬像黑蝴蝶一样在空中飞飘，有几片落在了李纪元的头顶。考察团长光光的前额在火光中一闪一闪，与他翩翩共舞的是麦凤凰。麦凤凰细长的腰肢映在沙地上，并且随着火光的摇动变幻不定。团长不知附在麦凤凰耳边说了一句什么，麦凤凰笑了，她的笑容媚人而又高雅。

但是李纪元明白麦凤凰在焦躁不安地等待他的出现。麦凤凰的眼光不时向沙丘睃望，那眼里有一种祈求的味道。

城里有教养的女人的这种克制能力真令人惊叹。李纪元几次想从沙丘上溜下来，但是手伸进了很深很深的沙地中，在火燎火烤中他感到一种残酷的快感，就是说，爪子不愿意抽出。他倒不是存心在折磨麦凤凰，而是他明白，自己应该退出来了。

迪斯科的旋律突然加快，麦凤凰像被激情驱使着，搂着考察团长疯狂地旋转。考察团长从来没有承受过这样的礼遇，他终于幸福地晕倒了。麦凤凰尖叫一声“失陪”，便丢开他，向沙丘爬来。

她站在了李纪元面前，注视着这个紧紧地拥抱着沙丘的痛苦的人，她说：“我陪你跳一阵舞吧！”

半晌，李纪元说：“我不会！”

“我教你，很好学的！”

李纪元没有再吱声，他像鸵鸟一样将头使劲地埋进了沙丘。女人哭了。她跪下来，也将手伸进滚烫的沙丘里，好像在摸索着什么。

她说：“我真不想离开你。我不知道，你以后将怎么生活！”

“各人有各人的活法。陕北有一句老话说：猪娃头上还顶三升粗糠哩！”李纪元瓮声瓮气地说。

“我真后悔这次到陕北来。爱上一个人原来是这么痛苦。我也许一辈子都要背上这个十字架的！你后悔吗？”

“这是命运，命运安排让你骑上了我的毛驴。我不后悔。我真幸福，我尝过被人爱的滋味了。”

“我愿意付出，此刻！”女人说。

“我不敢接受！”男人说。

麦凤凰的细嫩的纤手在沙土里摸索，手上燎起了火泡。她终于摸到李纪元骨节僵硬的大手了。她把手拉出地面，贴在自己的胸脯上。

两颗苦难的心痉挛起来，两个身躯紧紧地拥抱在一起。沙丘因为他们的滚动而荡起一阵黄尘。迪斯科的音乐在旁边响着。

秋风荡起高原两千年的悲哀，
以欢乐曲祭奠那往昔的年代。
男人的英雄结和美人的长发，
证明这块土地尚有灵性存在。

“你哭了！”

“没有！”

“你骗我，你的脸上沾满了沙子。”

“你的衬衣肩头绽缝了。”

“我没有发觉。”

女人低下头，轻轻地吮吸着肩头那露出皮肉的地方，最后，又用牙齿咬紧它。鲜血一滴一滴地掉下来，滴在这无定河边的黄沙上。

远方突然传来凄凉的唢呐声。河对岸，李纪元的那个村子，不知谁死了，正在举行出殡仪式。最前面是一个高高举起的招魂幡，一张白纸上写着“驾鹤西游”四个字。后边是吹鼓手的队伍。再后边，是死者的棺材。棺材由八个人抬着。棺材前面系着无数条麻绳，每根麻绳都由一个人象征性地拉着，或是老人，或是孩童，都是男性。

队伍走过去了，在经过的地方每几步要燃起一堆火。这些火是用原油点燃的。所以河对岸现在出现了一列奇妙的火光，这火光又倒映在无定河里。

死者入土后，送葬的大人们都回去了，头上蒙着白布片的孩子，现在在无定河对岸，整齐地跄蹴成一排，看着这边的火光和舞动的身影。

一只公鸡，不知在什么地方尖利地叫着。这是安葬后，“放生”的公鸡。按照迷信的说法，现在死者的灵魂，附在这只公鸡身上了。

“我感觉到我自己快要死了。我感觉到我看见的是为我出殡的情景。”李纪元说。麦凤凰捂住李纪元的嘴，不让他继续说下去。可是，李纪元蛮横地把手推开了。李纪元说：“现在，我该回去了。明天早上，原谅我不来送行。”说完，趁麦凤凰一愣的工夫，他溜下沙丘，走上了河上的浮桥。

21

第二天早晨，考察团就要出发的时候，司机发现有一个精瘦的老头，正在两手抱住汽车的前轮酣睡。考察团长气恼地叫醒了他，让他躲开。可这老头既不言语，也不松手。司机自恃力大，上来提起老头的两条腿，想要拉开。可是拽了几下，纹丝不动。后来，考察团长命令司机闭着眼睛从老头身上开过去，司机懂得交通规则，他不干。

麦凤凰猛然觉得这老头可能是李纪元的父亲。按说，李干大和李纪元长得并不太像，麦凤凰能猛然想起，也是一种心理因素在作怪。麦凤凰走上前来，问道："你是李纪元的父亲吗？"老头点点头。

"你有什么事？"麦凤凰又问。

老头伸出一只手，指了指远处晨曦中的那座辉煌建筑（盘龙山上的闯王行宫），又立即缩回手，重新抱定汽车轮子。麦凤凰明白过来，她笑了。

"团长，这是李纪元的父亲，他来要那张李自成画的秦直道路线图。"团长闻说，气焰立即减了一半。他走过来，友好地拍了拍老头的肩膀，反复解释说，这图是李纪元无偿捐献给国家的，他应当为儿子的举动骄傲。私藏文物是一种违法的行为，李干大私藏多年而不上交国家，这个问题本应该追究。现在李纪元献出来了，就不提旧事了。

老头不以为然地笑了笑，那神情仿佛在说，你小瞧我这乡下人了，毛主席当年转战陕北时，还在我家吃过饭哩！

考察团长无计可施，悻悻地站起来。倒是麦凤凰看出了一点门道，她撩了一下裙子，蹲下来说："老人家，你是不是想要一点钱？按照规定，像这样捐献文物给国家的，有时可以得到国家的奖励费。"

老头现在眉开眼笑了，他点点头，好像说，这姑娘说话还像话。"那么，你想要多少钱呢？"老头腾出一只手，从头上抹下油腻腻的毛巾，又将另一只手放在毛巾底下，然后用眼睛去寻找团长，不过仍然坐着，身子依偎在车轮上。

得到团长的默许后．麦凤凰笑盈盈地伸出了一只手，在脏毛巾底下摸索。她感觉到自己的手心被轻轻按了一下，但是她没有在脸上表现出这一按。后来她摸到了两个指头。

“二百元？”麦凤凰说。老头脸上的表情显出鄙夷的样子：这个城里人太小气了，二百元能说出口。“那么，两万元？”麦凤凰逗他。

老头脸上的表情在说：两万元太多了，我不敢要。要这么多我怕闪了自己的舌头。“这么说，你要两千元！”老头拍了一下手掌，高兴地笑了。随后又紧紧地搂住汽车轮子。

两千元的要价并不高，尤其在这物价飞涨的今天。考察团长思索了一会儿，决定拿出这两千元来。公款已经不多了，于是又凑了一些大家的钱，点过一遍后，交给了这老头。

老头没有再点。因为在考察团长点钱的时候，他已经一张一张地用眼睛点过了。他收起钱，包在脏毛巾里，然后站起身，退后两步，让出了道路。

就在汽车发动的那一刻，老头突然说话了。他说：“打搅你们了，城里人！甭骂我贪财，这钱是为儿子问媳妇要的，没法子的事情。哦，南天上飘来一朵云，凤凰展翅你们起身。”

李干大的最后两句是唱着说的，用了陕北春节闹秧歌时两句现成的台词。听到老头开始说话，考察团长吃了一惊，他觉得陕北人太难理解了。

22

李纪元是在春节的前一天死的，他没能跨过这个门槛。乡长带来了腰鼓和一条新的毛巾。他为李纪元不能参加腰鼓队而遗憾。李纪元是乡上腰鼓队的领头。乡长想在全县腰鼓会演中，取得名次，从而为他调回县上、当上文化局局长铺平道路。李纪元使他的计划落空了。他倒没有怪罪李纪元，而是诅咒考察团那个穿着大红鞋的衣服架子。

寡妇感觉到李纪元病倒的责任在她，如果那天晚上她将李纪元留住了，李纪元的心也许就不会那么高了。此刻她正在窑洞那半月形的窗户上，贴着她铰的窗花。

李干大披着一身雪花回来了。高原正在落雪。李干大刚刚办完一件大事，经媒人说合，他为儿子找了一个媳妇，花去了那两千元。他想用喜事来冲冲儿子的疾病。媳妇不理想，个头太矮，脸色发黄，头发稀稀落落的。年龄虽然不大，却像一个婆姨。名字他没有记准，好像叫什么“红梅”。

当他将这一喜讯告诉在炕上躺着的李纪元时，儿子只心不在焉地点点头。他原来估计儿子会高兴的，现在看见儿子这样，他多少有些败兴。

“‘老子短儿子一个媳妇，儿子短老子一副棺材’，这是老人们传下来的话。我现在活成人了，我为你找下了媳妇。可你还短我一副棺材，你却想一走了事，你好意思就起身吗？”

李干大坐在炕边，开始了他的冗长的演说。这位乡村理论家本来还有许多李纪元不该死去的理由要阐述，但是正在贴窗花的寡妇打断了他的话。

寡妇穿着一件蓝底白花的大襟袄。衣服洗过一水后，小了一点，因此勒出细长的腰身和丰满的胸部，以及浑圆的肩膀。她那将高原的苦难和灵秀凝为一体的谜一样的面孔，此刻又一次令李纪元惊骇。她正在哼着一支歌。歌十分古老，歌词模糊，形同咒语。歌声使压抑的空气有些缓和，后来，窑洞里出现了一种令人迷醉的和谐气氛。

寡妇的窗花贴完了，一共贴了四幅，那红色的剪纸图案，使窑内窑外鲜亮了许多。一些天后，一群北京来的专家，曾对这窗户上的剪纸进行了研究，他们可怕地意识到，现有的理论无法对这四幅剪纸做出解释。一位专家认为，这四幅剪纸是描绘了人类已经经历和将要经历的四个阶段。一位专家则认为，这是我们民族古老文化、古老哲学试图对世界做出的解释，它也许在暗示着我们这个民族的起源之谜、生存之迷、发展之谜和终结之谜。

李纪元现在看见了剪纸，一种无限喜悦、无限幸福的感觉涌上心头，感到自己突然超凡脱俗了，他注视着那四幅剪纸。

第一幅：一个小人站在那里，像在歌唱，又像在祈祷。她的两臂成对称状高举起来，一手托着三足鸟，一手托着玉兔。她的头发像角一样向两边分开，眉目清晰。她的耳边各吊着两片饰物，仿佛树叶。她的中部剪成倒放的喇叭口形状，以表现其臀部的硕大。有理由相信这硕大的臀部其实是挂着的一块遮羞布。遮羞布的目的，是引起人们的注意，以便在异性中产生一种性的刺激。这种刺激的目的是显然的。

第二幅：需要仔细观察才能认出。原来是两只吃饭的大碗，倒扣在一起，两只碗里分别扣着一个男人和女人。由于碗的挤压，他们的身躯蜷曲成一个肉蛋。这一对男女由于碗口紧紧地合在一起，而呼吸困难，表情痛苦，但他们仍然在麻木中寻找着对方的嘴唇，希望用温存来安慰对方和解脱自己。

第三幅：杂乱无章的画面。画面正上方是一团黑色的云，仔细分辨，才可以看清是一位男人和一位女人，玉体横陈，像宇宙飞船一样从天空掠过，他们的脸上出现一种鸟类才有的那种圣洁的感情。太阳和月亮在他们的下方照耀着。画面的下方是一座门，门半掩着，洪水正不可遏制地从门内迸出。画面的左方是一群手拉手的女人，她们站在一条鲤鱼的背上，举起伸开手指的手。她们大襟袄的左下角印着一个桃形，标志着她们的性别。画面的右方是一群手拉手的男人，他们同样站在一条鲤鱼的背上，举起手，衣襟的右方画着小太阳。鲤鱼正在洪水的冲击下浮起，使画面显得动荡不定。其余充斥画面的，就是各种纷纷扬扬的小旗帜，飘忽不定的乱云，和各种说不清是象形文字还是外文的线条。

第四幅：东方，一泓浩瀚的海水上正沉浮着一轮落日。落日的余晖将海水染成了绛红色。在东方海岸上跪着一位裸体的女人，她秀美的长发一直落在地上，两只很长的手臂正在打捞太阳，祈望它重新升起。整个画面很是宁静，像人类混沌初开时的那种宁静，又像世界将要完结时的充斥宇宙空间的那种令人恐怖的宁静。

李纪元在这一刻看到了许多。按照最新的科学解释，一个人的一生，恰好是整个人类从发生到终结的全过程的一个缩影。李纪元已经悟觉出剪纸中所要告诉他的东西了，他想将这些告诉人类，可是，话刚到喉咙，就咽下去了。他平静地走向了死亡。

这时候从遥远的城市里，寄来了一包婚宴喜糖。这时候李家父子播种的那块土地，麦苗已经破土，在雪被下静静生长。这时候李纪元与麦凤凰邂逅的那块荞麦地，荞麦已经割倒，垛成塔状，农人们准备一旦有空，就就地起场，赶上牛羊来踩。故事的讲述者也因感觉到自己耽搁了读者太多的时间而内心不安，他想结束这个故事，并以牛踩场作为开头，开始他的另外的故事。他预感到那将是一部高原史诗。

23

读者一定注意到不久前的那次全国摄影大奖赛了。那里面有一幅获奖照片。雄浑、迟钝的荒原上，太阳正在低低地照耀。摄影家以特殊的手法，将那圆状物处理成黑色。一个十分美丽的女子，骑在驴背上，翘着腰。与这位现代色彩的女性形成鲜明对照的，是牵驴的后生。他扎着羊肚手巾，平平的后脑勺微微扬起，脸上出现一丝惶惑的微笑。这件摄影作品的标题叫《骑驴婆姨赶驴汉》，标题采自一首著名陕北民歌的歌词。

1988年5月于古高奴

一个梦的三种诠释

槭树的黄叶落地无声。

世人都必将腐朽无踪。

天下的芸芸众生啊，你们生生不息。

我愿你永远美好繁荣。

——叶赛宁

1

这是一个平常得再不能平常的姑娘，就是经典作家以轻蔑的口吻说到的那种村姑，她大约一米五五，腰围很粗，肚皮腆起，正是那种被陕北的小米汤灌胀的肚皮、被粗重的农活锻炼出的腰围。她头上扎两根小辫，头发很黑，很硬，但是不太整洁，油乎乎的。她的脸是椭圆形的，面色红润，和身材一样丰满。一双大眼睛充满了驯良的色彩，毫不戒备地直视着你。

她的脚上，穿一双系带的布鞋，裤子是那种容易被人忽视的灰色。关于服饰，它的突出之点是上衣，一件大约是税务工作人员穿的制服，纯粹的蓝色，袖口和肩头有几道黄，肩上还有两个软软的肩章。不过这件上衣不合身，显然不是她的，还因为着装者本人没有那种行业优势感。我无法判断出她的年龄，二十岁或者说三十岁，说不定还是四十岁。在这方面我是个外行。记得，一次在火车上，我称呼了我的邻座一路“大娘”，临下车时，说起年龄，才知道她和我同岁，都是蛇年生的人。

她的惊世骇俗在于她的嘴唇。那是两片丰润的、仿佛好莱坞影星那样的嘴唇。嘴唇有些大，嘴角些微翘起，在内唇与外唇之间，有一层闪着光泽的、酱紫色的、仿佛唇膏一样的颜色。最初你会以为是涂抹上的，后来你会发现，她天生这样一副嘴唇。

这嘴唇给她平俗的面貌，平添了一种高贵的东西。关于这嘴唇，以及面貌上某些若隐若现的特征，比如两只大眼，比如皱褶明显的双眼皮，都给我以似曾相识的感觉。我努力使自己回忆，但是我明白我是回忆不出来的。延川城，我这是第一次造访。

这就是我第一次见到马延都的印象。

那种似曾相识的感觉，我后来找到了依据。我这是第一次见马延都，但我知道她的老姑，养女像家姑，她的那两片丰润的嘴唇，确实像她。“文革”中的批判片之一，有个叫《刘少奇访问印度尼西亚》，当解说员以优美的女中音，说出“美丽的兰花献给刘少奇主席以及他的夫人王光美”时，我注意到了，这位原国家主席夫人，正有这种嘴唇。那时，没有别的什么影片好放，因此，这个影片我们看了又看，对于身穿旗袍的她，记忆得相当深。

2

生活中有许多偶然的东西，比如我与马延都的相遇，就纯属偶然。我是偶然到延川去的，我是偶然从县城里这家饭馆门口经过的，而她那时候恰好站在门口、朝街上张望。

现今的小饭馆门上，常常摆些这种活动的花瓶，来招徕顾客。

但是她不是，她站在门口，足以令人对她，以及这个饭馆产生一种暧昧的感觉。但是我从门口走过时，还是很注意地看了看她，注意的原因是她的眼圈有些发红，大约刚刚哭过。“这位姑娘有什么烦恼呢？”我在看她一眼的同时，这样想。而她，也在此同时，认真地看了我一眼，并且露出某种期待的神色。

我硬着头皮走了过去。走过去后，似乎又有点于心不忍，就又回了一下头。结果，我发现，她的脸色突然暗淡了下来，期望的神色已经消失在半边脸上。“反正都是吃饭，不管在哪一家。”我想。这时，我也确实是饿了，于是，走进了这个有着马延都的饭馆。

当后来知道了她是马延都，是北京插队知青的女儿，我突然明白了她望我一眼的原因。在平淡无奇死气沉沉的生活中，她也许常常幻想，某一个早晨或者黄昏，一辆小车突然停在这家简陋的饭馆门口，那位女北京知青从车上走下来，将她揽在怀里，泪落如雨地说：“孩子，你受委屈了！”或者，一个像我这样装束的公家人（她后来告诉我，她一眼就看出了，我不是本城人），某一天，突然来找她，先神色严肃地和饭馆经理谈一阵话，然后对她说：跟我走吧，我是你母亲的朋友，我受她的委托，来接你，接你到很远很远的地方去。

我把自己的想法对马延都谈了，结果她“扑哧”一声笑了。她说最初的日子，她确实是这样的，朝思暮想，但是现在，这种想法已经有些淡了。“我真的很认真地看了你一眼吗？我不记得了！”她说。

一个老太婆家里，刚才，是老太婆来喂奶。马延都说着，用手揉了揉膨胀的胸部。

“你都有女儿了！”我有些惊奇，“那么，你今年多大了呢？”

"二十二了。1970年生的。像我这个年龄，孩子还算小的呢！"马延都说。

我点点头。

女北京知青的女儿已经有了女儿，这事尽管是正常的，但总给人——至少是给我一种不可思议的感觉。在我的印象中，她们永远是扎着两根羊角小辫，穿一身红卫服，见一样东西就要发一声惊叹的女孩子。她们花八块钱买了一头跛腿的驴子，骑在上面，然后让男知青牵着，招招摇摇地从街道上走过去，还将家里寄来的糖果、面包之类，硬往驴嘴里填。

就在我见到马延都大约一个月之后，一位女北京知青回访。她现在还是单身，正儿八经一个姑娘家，在北京一家报社当记者。当年，我们之间似乎都有那么一点意思，后来不知为什么又搁置了下来。她现在还是单身，这令有了妻室儿女的我，总觉得在她面前有点理屈。她倒不在乎什么，见人乐呵呵地大笑。她还对着我臃肿的身体说，当年你刚从部队回来，第一次参加文艺创作学习班时，一副英气勃勃的样子。"英气勃勃"这个词从她口中说出，使我感动而又感慨，感动的是看来她当年确实对我有意，感慨的是我已非我。

我陪她去了一趟南泥湾。当她喋喋不休地谈到和她一起插队来的邓小平的两个女儿、王光美的侄女之类的事情时，我愚蠢地插了一句话。我说，你不觉得世界有些奇怪吗？北京知青的女儿，已经又有了女儿，也就是说，她们中已经有人做了祖母。我将马延都的事给她说了，我想她一定会感兴趣的，但是，当我说完后，行驶的车厢内是一片沉默。许久，我才明白，我戳到了她的痛处，她还是单身，她的乐呵呵的大笑其实是伪装的，是保护自己的自尊心不受伤害的一种手段。其实在内心，哪一个女人不希望成为人妻、成为人母呢？我真蠢！

以上是插言，还是回到延川城，回到这个小饭馆，回到马延都身上吧！

3

饭馆的起间很高，水泥结构，墙壁有些灰暗，而桌椅板凳之类，也都有些灰暗和破旧。我从马延都口中知道，这里当初是国营食堂，现在则被私人承包，于是，便成为那种几种因素混合在一起的有些奇怪的食堂了。

是经理的一声吆喝使我知道她叫“马延都”的。马延都的母亲王庚的故事，在插队的年月里，曾经在这高原成为一个传奇。我的一位女知青朋友，曾经含着眼泪讲过这个故事，讲男人怎么打她，婆婆怎么虐待她。“是往死的打，你知道吗？”这位口齿伶俐的女知青说，“我真不能理解，既然你们知道她是叛徒、内奸、工贼的内侄女，你们就不该找她做媳妇，既然找了她做媳妇，就不该打她！”就是如今，前不久的时候，我到北京的文学圈子时去转悠，倘若几个“老插”遇到一起，谈论最多的话题，还是这个王庚的故事。“不知道她丢在陕北的那个孩子，现在怎么样了？”他们问我，我不能回答她们的问题，我很抱歉。他们说：“她叫马延都，延安的延，首都的都，你记住！”

“你叫马延都吗？是哪三个字，你能不能写给我看？”吃饭的途中，我对这位姑娘说。她正抱一把笤帚，在扫地。

她回答说，她不会写字，不过“马延都”这三个字，她是知道的，马牛羊的“马”，延安的“延”，首都的“都”。

“那么说，你就是王庚的女儿了！”

马延都告诉我，她是三岁上离开母亲的，当时组织决定，父亲和母亲离婚，母亲就失踪了，不知道被转移到哪里去了。她自小在农村长大，放牛，放羊，干各种农活。后来，她母亲的一位同学，在百货公司工作的一个女知青跑前跑后，将她转成城市户口，到这家小饭馆里。现在，那个女知青也回北京了。

她告诉我，她的男人是个复员军人，现在在水厂工作。你们感情好吗？我问。她回答说，他不打我！看来，她将打不打作为衡量夫妻关系的一个重要因素，童年时母亲的故事，一定给她留下了难以磨灭的印象。

我问她后来还见没见过王庚。她说见过的，妈妈后来调到了西安，和大学里的一位讲师结了婚，妈妈很想我，整天哭，我和爸爸还专门到西安，看了一次她。妈妈想把我留在身边，并且征得了那位讲师的同意，可是，爸爸不让我跟他们，说城里人不可靠，他们会害死你的。我们走的那天晚上，妈妈哭着，把我送到公共汽车上，我们走了很远，还看见她扶着一棵树，孤零零地站在那里发呆。

“你的父亲呢？他后来再婚了没有？”我问。

“他没有，自从妈妈走后，他的神经就有些不正常了。他是爱妈妈的。后来，他不参加劳动，整天四处流浪，不过光景了！”

“传说，你的父亲经常打你的妈妈，是吗？”

“是的，是经常打。不过，这不是他的本意，是奶奶挑唆的！”

奶奶瞅妈妈不在跟前，就偷偷地将锅盖掀开了一条缝，结果，这一锅米饭夹生了。父亲下工回来的时候，奶奶指着妈妈说：“你看你这媳妇，这哪是做饭，简直是给猪搓食。”父亲听了，顺手操起个镢把，就没头没脑地朝妈妈打来！“那么说，形成这桩悲剧婚姻的，你奶奶是一个重要的因素。在某种意义上说，正是你的奶奶，使你失去了母亲。那么，你恨你的奶奶吗？”

"不，我不恨。我谁也不恨。我的母亲，好可怜，我怎么能恨她？我的父亲，也好可怜，我只有心疼的份儿。至于奶奶，这是我世上最亲的人，她最心疼我，爱我。母亲丢下我时才三岁，一把干骨殖，村上人都说我活不了，是奶奶把我养活大的！"

听着马延都的话，我默然了。世界上有些事情，你是永远无法说清的。

4

这天下午，马延都夫妇，抱着他们八个月的女儿，来到县招待所找我。

她的男人是个瘦瘦的很精干的青年，个头不高，身子骨有些单薄，大约小时候营养不良。他在部队里当过上士。他是一个很好的、很善良的人。他不会打马延都的，我相信，他们夫妇关系很好。即便打，我想那也不要紧的。他的麻秆一样的胳膊打在胖嘟嘟的马延都身上，也不会疼。

我怀着一种难以名状的情绪，陪着他们一家三口，在街上走了走，给孩子买了点巧克力之类的东西。我并且拿着相机，为他们一家三口，拍了很多的照片。拍照片这件事，是马延都提醒我的。她说这一年清明节的时候，她的一个外爷王光英，来轩辕黄帝陵祭祖，他们赶去见到了他，向他打问王庚的下落。王光英没有说，只是说，让他们寄来孩子的照片，给他，他转给王庚。

在拍照片的途中，从远远的秀延河上游，走下来一位骑着毛驴，瘦骨棱棱的老者。

这位老者的身躯很高，两条长腿骑在驴背上，两只脚斜斜地耷拉在地上，再加上他瘦瘦的一张长脸，络腮胡子，身上左一片右一片破旧的衣服，令我想起那个西班牙苍凉高原上的游侠堂吉诃德。

我和他搭讪。搭讪的目的是想借他的毛驴用一用。因为我突然产生了一种灵感，我想马延都抱着孩子，骑在驴上，然后由她的男人牵着驴，照一张相，一定很有趣。望着这个已经完完全全成了陕北女儿或者陕北婆姨的马延都，我想这张照片是合适她的。“骑驴婆姨赶驴汉，调过你的白脸脸让哥哥看”，这个流传久远的陕北民歌，它表现了一种什么情绪呢？我每一次听一个村姑或一个后生站在畔上唱出，都不由得热泪盈眶。它表现了一种在苦难的无望的岁月中，人类的一种自我超脱，一种苦中作乐。我想将这样一张照片寄给音讯杳然的王庚，既可以解释为她的马延都已经像这块土地生生不息的代代女儿那样，找到了自己的文化心理的支撑点，她将像山间野草一样顽强地生活下去，又可以解释为对没有尽到责任的母亲的一种谴责！她是你的亲生女儿，面对你和她这种强烈的反差，你的灵魂能安宁吗？

老者和人打招呼时，半扬起胳膊，他下驴的姿势从容不迫，身上确实有股古代游侠那种高贵气质。他告诉我他是沿这条河下来的，他老家是清涧，就是毛泽东写过《沁园春·雪》的那个地方，这条河流在上游叫清涧河。他问我在哪里工作。我回答说在延安，他说他正是去延安的，他的一个侄儿在那里工作。他说出侄儿的名字。结果，我发现，我和他的侄儿原来是同事。

他说这毛驴是他自己的。我说我知道这一点。前几年，我还在报社的时候，就写过两篇专题报道，一篇是《狼又回到了陕北高原》，这主要是对生态平衡而言；另一篇就是《农民进城有驴骑了》，这是说包产到户给农民带来了好处。

马延都骑在毛驴上，抱着她的小裙裙，她的丈夫在前面牵着驴，顺着秀延河重重叠叠的石头崖岸，他们走了几个来回，而我，适时地为他们拍了好多照片。

拍照完后，我提出要为这头毛驴付钱。谁知，老者听完我的话，像受到侮辱似的摆了摆手。他说他也曾经是一个公家人。他还说，这条毛驴有福分照相，是它的荣耀，他早就说过，这头毛驴跟了他，要沾他的光的。

这样，我邀请老者，到我下榻的招待所就宿。县上为我安排了一个有些奢侈的房间，除了一张大床，还有一张小床，不住白不住。

5

这天晚上，马延都夫妇，邀请我到他们家去，他们像亲人一样地邀请我，好像我是她的母亲派来的专使似的，这使我有些为难，但是又不好令他们失望。

年轻的丈夫陪着我，穿过一段有些阴暗的、树枝婆娑的街道。我们来到水厂的小院里，马延都抱着孩子在门口迎候。

他们住在单位一孔石砌的窑洞里。窑洞的墙壁刷得很白，一套家具也是比较新的，有沙发，有钢化玻璃茶几，墙壁上还挂着一面题着几个红字的镜子。窑掌上，端端正正地贴着四领袖像。房间所有的家什，都擦拭得一尘不染，这在黄土弥漫的陕北高原上，是很难得的。

总之，整个窑洞的气氛，给人一种温馨的、稳定的、准备有年没月地过下去的感觉。知青们留下的痕迹已经荡然无存，像世界上根本没有发生过知青这档子事似的。

我见过一个北京知青的家，就是上面提到的口齿伶俐的那位，她的家里仅有的家具，是一只躲在墙旮旯的很大的白木箱子，整个零乱的房间给人一种不安定感，而那只白木箱子似乎要告诉你，明天的某个时辰，汽车喇叭会在外边响起来，而一个吊车会把她的白木箱子吊到汽车上，姑娘会带着她的白木箱子，立即从这块黄土地上消失。我还到过一个知青夫妇的家，两张床并在一起，一张的床腿低些，一张的床腿高些，这是他们两个当年的床，结婚时，就把两张床并起来。于是，那低的床腿底下，分别支了两块砖头。“难怪你们四十大几了，还没有孩子！”我摇了摇这晃晃悠悠的床说。

假如有一天，我有缘遇到王庚，我会告诉她，生活在继续着。生命既然来到了人间，她就会顽强地适应生活，生存自己，宛如那陕北原野上的山丹丹，如果雨水好，它的五瓣奇花就开得大一点，艳一点；如果旱了，它就开得小一些或者不开，但是它不会死，因为它的泥土里边，有个像蒜锤儿一样的根系。

我当时在马延都的家里，大约就是这么想的，但是，没容我细想，一碟又一碟丰盛的饭菜，已经摆在了茶几上。还有苹果、梨、葡萄、枣儿之类。“今天是九九重阳节！”马延都丈夫说。

我说我吃过了，一点不饿，我说这一桌，大约花掉了你一个月的工资吧（马延都一个月工资是八十元）。不知为什么，自从遇见马延都以后，我一直有一种伤感的情绪，我不忍心吃他们的饭。

在马延都的一再要求下，我和她的丈夫，各喝了一杯酒。好在这时候，马延都打开了电视机，于是，才把我从尴尬的气氛中解脱出来。

电视一闪：出现了王光美的镜头，确实是她，距“刘少奇访问印度尼西亚”已经二三十年了，我还能一眼辨认出她，可见她给人的印象之深。

今天是九九重阳节，九九重阳节不知什么时候又变成了老年节，屏幕上出现的剧场的横幅告诉我，这是老年协会在办文艺晚会。

王光美明显地苍老了，当年丰润的嘴唇如今普通得很薄，使劲地抿着，包着牙龈些微突出的牙齿。望着她，我有一种恍若隔世的感觉，而她，对着舞台上变幻莫测的灯光和跳跳蹦蹦、声嘶力竭的男女，面部表情也有一种恍若隔世的感觉。昔日雍容华贵的她，似乎有些不适应眼前的气氛，她的两只瘦瘦的手，在膝盖上面不停地揉搓着，那神态好像一个初涉社交场合的女中学生。只有主持人将话筒对准她，请她讲话时，我在她身上，又发现了昔日雍容大度，从容不迫的第一夫人的风采。她口齿清晰地说，她拥护正在进行的这场改革，她衷心期望，这场改革，带来中国的进步和繁荣。说完这些话后，她双掌合十，微微欠身，向电视观众点头致意。

全场起立，向她的讲话报以热烈的掌声。

这时候，我突然注意到了，在我的身边，在陕北高原这个普通的石砌窑洞里，我们的马延都正抱着孩子，指着屏幕上的王光美，教她的女儿说话。

“老姑！”她说。

孩子咿咿呀呀，不知说了句什么，马延都笑起来。“乖孩子！”她说。

我怎么也抑制不住眼泪了。我赶快将头掉过来。我抓起放在自己跟前的枣子，往口里填，我说：“这狗头枣真好吃！”

当夜已经变得深沉，当莽莽苍苍的陕北高原已经趋于一片静寂，当北斗星在北边的山顶熠熠闪烁时，当电视上的文艺晚会已经结束，而为广告取代时，我提出告辞。我问他们城里有没有事，或者捎不捎人，明早我就要走，县委的小车送我。

听说是有车，马延都夫妇唧唧咕咕了一阵，后来说，如果方便的话，他们想搭我的车去延安城，他们是想看看曹伯伯。

老曹就是我前面提到的那位老者的侄儿，我的同事。

我问他们找他有什么事。马延都说，她父母结婚的时候，老曹是介绍人，当时他是公社的知青专干。后来她父母离婚的时候，也是老曹代表组织来办的，当时，他是县上知青的专干。

我离开的时候，热情的马延都夫妇，硬将红枣给我提了一塑料袋。“你说过，这红枣好吃的！只有黄河畔上有，叫狗头枣。”马延都说。

6

顶着一弯有些朦胧的上弦月，我回到下榻的县招待所。

老者还没有睡，他正缩在沙发上，一个人吧嗒吧嗒地抽旱烟。有些悠闲，有些恍惚。他是赤着脚的，一双布鞋，面对面扣在一起，放在地上。这种放鞋子的办法，小时候我见爷爷用过，鞋子走了一天的路，有脚汗气，这样扣着放，显示了对同室的尊重。记得，我的爷爷有时候还会将眼镜扣在鞋里，他说这样对眼镜好，保养眼镜。眼镜是父亲给买的，是石头镜，但是，爷爷死后，当眼镜作为遗物又回到父亲手里后，他惊奇地发现这不是石头镜，而是人造玻璃。他有些惶惑，但是，这副眼镜，毕竟在爷爷的年代里，给过他满足和虚荣，想到这里，父亲同时感到释然。

我没有丝毫的睡意，我的思绪还停留在刚才。我接触到了一个人，一个其貌不扬、稀松平常的人，这样的人举手投足都能碰到，但是，当你深入下去，进入她的那一方世界时，你会发现，她有她的生活，她有她的痛苦和欢乐，她简直就是一部历史。我还坚定不移地相信，每一个人，只要你走进他的世界，你都一定会发现什么和得到什么的。

我按捺不住，将马延都的故事对老者讲了。讲的另一半原因也是为了向老者做出解释，因为，他对我的深夜未归，投来探询的目光。

原先，我以为，马延都的故事，一定会引起老者的感慨，即使他不像我那样激动不已，起码，他应当有所感触的。但是，我错了。老者在听完我的话后，电灯光下，他异常的平静，继续吧嗒吧嗒地抽着烟，丝毫不为这个故事所动。

后来，老者终于说话了。他说，猪娃头上还顶三升粗糠哩，一个生命来到这世界上，她总得活，各人有各人的活法，活得好孬是一回事，但总得活。如果大家都死了，那就没世事了。他还觉得，这个故事所以令我激动，无非马延都是个北京知青的女儿，如果是一般人，一个一生都足不出户的农家的孩子，那么我是不会如此关注的。他说这个胎投到谁家，用哪个女人的屁股生出来，由不得她，也说不上贵贱，包括知青下乡，不就是受几年苦，看看一般人是怎样生活的，养家糊口的，有什么不好，那些农家孩子，有年没月地厮守着黄土地，打着牛的后半截子。要说冤，他们想不到这一层，如果想到的话，非跳崖不可！

老者说完这一堆话后，就上来睡觉。他坐在床上，先用被子盖住自己的腿，然后脱裤子。他为什么要这样脱衣服呢？我突然明白了：他没穿裤头。

我明白自己遇见一位乡村哲学家，一位腮帮深陷骑一头毛驴四处游荡的堂吉诃德式的人物。应当老老实实地承认，他的话使我明白了不少的事理。

我至今还羁留在陕北高原上，没有上调，个中原因，就是一种直觉告诉我，这块地域会给我许多的东西的。记得，那位口齿伶俐的女北京知青，那年去香港时，我热泪盈眶地请她留下。我说，你的出走会是中国文坛的损失，你明白这一点吗？她说，她明白，但是她必须走，她已经寂寞了十年，她无法再继续承受这寂寞。“有你在！”她说，也许正是为了她这句话，我才至今还像游魂野鬼一样在这空旷山野奔波的。

在我游历的年月里，类似这样的乡村哲学家，我还遇到过不少。这真是块奇异的土地。记得有一年，我在一个更为偏僻的村子，遇见一位老者，老者拿出一部他的四十万言的著作。他说，人类所有错误都是他的错误，人类所以至今还生活在苦难和黑暗中，就是因为他的著作他们还没有见到。他说，他本来想给我讲讲人生的，但是他不讲，因为他一讲，我就明白了。“让你继续糊涂下去吧！”他神秘地说。

这一夜我没有睡好。我的同室最初是一个劲地呻吟。呻吟时他大约还没有睡熟。因此，还道歉似的，迷迷糊糊地向我说了一句，说他满身的关节疼。后来不再呻吟，他睡熟了，但是他开始说梦话，梦话中有“机枪给我上”“手榴弹给我上”之类的字眼，不过出现得最多的字眼，是一个叫“三交镇”的地名。

三交镇是一个令陕北人触目惊心的地名，刘志丹将军就在那里罹难。

从老者的梦话中，我判断出他以前大约是一个军人。我曾经是个军人。因此，我明白非军人是说不出那样的军事术语的。我想，他找他的侄儿，我的朋友老曹，不知有什么事。

7

汽车驶入了延安市区，喧嚣的市声纷至沓来，熟悉的林荫树，熟悉的建筑物，半熟不熟的匆匆而过的面孔，这些都给人一种亲切感。就连小贩那有板有眼的吆喝声，就连街头那身着华丽包装故作惊人姿态的姑娘们，都让人觉得亲切。

在城市的刺激中，你在乡间的封闭的每个毛孔会突然张开，你贪婪地享受着这一切，你会觉得这平常之又平常的城市，是多么可亲。当然，这要以你在乡间出差的时间长短而定，通常你在到乡下跑了一个礼拜以上，乍入城市，才会有这种感觉的。

老者，马延都一家三口，还有我，当我们来到老曹的窑洞门口时，听见老曹正在家里训斥儿子。隔着窗子，我看见他挥舞着斯大林烟斗，唾星四溅，那阵势，仿佛在面对千军万马。

“我是一位学者、诗人，今年是我走向全国的决定性的一年，我很崇高，我靠一口气活着，可是，我却不得不为你们这些庸人四处奔波，为你们的吃，为你们的穿，为你们的各种莫名其妙的事情，我在牺牲，你们明白吗？”

关于老曹，我的这位年长几岁的朋友，我一直想把他介绍给大家，只是苦于没有机会。现在，机会来了。

他出生在一个荒凉而又偏僻的陕北农村，家中兄弟姊妹们七女一男。七星伴月，这使有些金贵的他上了小学或者中学。后来他便来到公社食堂当伙夫。他大约就属于他的叔父谈到的那种“解开世事”的农家孩子。但是解开世事以后，看见了生活的全部卑微性和悲剧性以后，他没有跳崖，他捧着他的中学课本，赤着脚跑到黄河边上，对着黄河流泪。课本上有个《渔夫和金鱼》的故事，他梦呓般地念叨着，渴望有普希金式的金鱼出现。

金鱼当然没有出现，但是生活给他提供了另外一次机会。那是1964年的事。当时，省作家协会主席，一位可敬的老头来这里搞“四清”。老曹是伙夫，夜半更深，伏案劳作的主席常常会得到老曹特意做的一顿加餐，而平时吃饭的时候，主席的汤面的碗底，往往会发现一个荷包蛋。老曹是想跟这位作家学习写作。后来，他真的有一首四句的小诗在省报发表。好事接踵而至，1965年，全国青年业余创作会议在京召开，给了县上一个名额，这个名额给了已经有作品发表的他。北京开会回来，他立即提升为公社文书。接着，我们知道了，当北京知青到来时，他成为公社的知青专干，后来成为县上的知青专干。

“我不欠这个世界什么，倒是这个世界，欠我的太多！”他说，“也许，我比所有的城里人都优秀。起码，我在智力方面和他们是平等的，所以，我完全没有必要自惭形秽！”

陕北人心中那种强悍的本性突然在他的身上苏醒了。他找到了武装自己的武器和面对眼花缭乱的这个世界的武器，而城市，尽管不情愿，终于还是宽容地接纳了这个闯入者。

关于老曹的故事，后来还有很多，我们适可而止吧，总不能让他的叔父，还有马延都一家三口，长久地站在门口，听他演说。

8

窑洞里乱七八糟扔满了撕开口子的信封，还有从信封中拆出来的杂志。电话铃在不歇气地响着。老曹的儿子赤红着脸，拧着脖子，将一根嘟嘟跳动的青筋不满地对着老曹。

儿子的事情我知道。我听老曹说过。

他没有考上大学。老曹出了一些钱，让他自费上学。谁知，上了半年，他就中途辍学了。他贷款办了个食堂。据老曹说，越办越赔本，现在欠下好几万了。可是据儿子说，只要他将食堂转手给别人，不但能还清贷款，还有余头呢。

我打了声哈哈，附和着说了儿子两句。老曹的儿子大约是气不顺，还磨磨蹭蹭不走。这时，老曹的异常美丽的小女儿（她令人想起普希金笔下的杜妮亚），从里窑里走出来，半推半劝将哥哥拉走了。

“老曹，你瞧，我为你带回了什么？哈，简直是整个陕北！”风尘仆仆的我，大声说。

马延都果然没有事，他们来找老曹，是串亲戚，就像乡间的亲戚之间，好久没有见面了，走动走动而已。看得出，他们是老曹家的常客，马延都告诉我，裙裙这个名字，还是老曹给起的，马延都和北京联系的信件，通常也是老曹给写。

王庚的下落，大约是我最关心的问题，这个旧年的故事，总该寻出它的结局才对。

原先我以为老曹是知道的，他将他们接来，他将他们送走，中间有许多变故，他又都是当事人，按说他会知道的。何况，他又是个通天人物，和许多的北京知青人物都有着联系。

但是，老曹告诉我，他确实不知道那位故人的下落。只知道办了手续后，王庚就被转移到另外一个县上去了。这大约是个没有依靠就无法生存的姑娘，因此，在那个地方，又死死活活地爱了一场，后来她被保送上了一所中专，中专毕业后，便去了西安。再后来，听说她回到了北京。

“那么，她起码应该给马延都一个消息吧！”我说

“也许，她有自己的考虑吧，她想忘掉那一段不愉快。”老曹回答。

“能忘记吗？往事能隔断吗？”我苦笑着，压低嗓门说，“有马延都这个大活人在。”

老曹说：“是的，是隔不断的，也是永远无法抹掉的，即便没有孩子！这仅仅只能是一个愿望。”

王庚的故事，大约是老曹经常谈论的话。（后来我才知道了，这个故事在陕北地面流传之广，远远超过我原先的估计，就是说，几乎达到家喻户晓的地步。）因此，轻车熟路，他谈了许多王庚的故事，而这桩婚姻的前因后果，也正如我揣摩的那样差不多。

老曹说，男的当时是队长，是生产队里拔尖的人儿；女的插

队来这里以后，知青窑还没有建立起来之前，就在男的家里住。仅仅这两点，就足以构成这桩婚姻的基础了。作为女的来说，自打她踏进这个小山村起，大约就以为，她将永远在这里居住了，时代的潮水将永远将她冲击到这个角落了。背着“黑五类”沉重包袱的她，需要生存，需要有个起码的生存空间。因此她似乎有些轻率地做出了这次选择。这里面没有阴谋，没有强制，也不是我这个当年的知青专干导演出的新生事物，一切完全是在自愿的、对新生活充满渴望的基础上成为事实的。从这个意义上来讲，这是两个人的悲剧（加上马延都，是三个），并不仅仅在于女方。如果说，今天要反过来追究责任的话，责任也许在时代，是时代因素，是大环境造就的。

老曹说，当女的被殴打和虐待时，当眼看就要闹出人命时，作为组织，不能不管，而管的唯一办法，就是将他们拆开。（这时候，马延都插话说，她记得，他们的感情一直很好，母亲是哭着离开那个小山村的。）至于男的经受这个打击，作为旁观者，我们有什么办法呢？至于女的人生阅历中，有了这一段痛苦，我们亦是无能为力。

我有一个一直萦回在心中，百思不得其解的问题，我觉得现在是提出这个问题的时候了。我问老曹，既然他们夫妇的感情很好（这是马延都说的），既然那位农村老太婆是一个不乏爱心的人（同样是马延都一再捍卫的），那么，他们为什么虐待王庚？他们为什么对王庚拳脚相加，他们不知道“不要欺侮无靠的女人”那句民间俗语吗？既然他们有勇气接纳她，他们就应该对她以礼相待才对。

老曹口齿木讷了一阵，点燃了他的斯大林烟斗，猛吸了两口，又对着头顶，喷了一团烟雾，然后，说，他们的思想准备不足。原先，他们只认为自己不花钱白捡了一个媳妇，后来，当巨大社会压力向他们压来时，他们才感觉到了自己付出了多么沉重的代价。清清白白的他们，背上了一个沉重的时代包袱。他们好像接纳了一个不祥的、能给人带来厄运的事物一样。男的生产队长被撤职了，老太婆也从此在村里抬不起头来。邻家的猪圈修在你的门口，你不敢去争；谁家的羊踏了你的青苗，你不敢去骂；自家的鸡在邻家下了个蛋，你不敢去要。一场口角，一场是非，一场斗殴，总是以社会力量合起来欺侮这家为结束。农村人想不开，他们将这些责任理所当然地归结于王庚。说实在的，那老太婆，比起王庚在家里受的气来说，也不见得就少。

我却不能够同意老曹的说法。我说，老曹，尽管你巧舌如簧，将责任轻轻易易地推向了社会，但是，我还是不能原谅他们母子。接着我又感叹地说，在那个年代里，人性扭曲得多么可怕呀！

老曹同意了我的话，但他只同意了一半。他说，你站着说话不嫌腰疼，处在那个环境下，你自己试试。

王庚这个话题，我们谈了很久。当抽身拔出延川这个地面，站在它的高处，瞩望那一片莽莽苍苍的黄土山岭，瞩望那渐渐远去的年代时，这个苦涩的话题似乎不再变得苦涩，而是多了一份沉思，并且蒙上了一层哲学意蕴的思考。（这时候我又想起了我临进门时，老曹那段毕巧林式的内心独白。我有点想笑，但是，当这段话是以暴风雨般的激情，以无限的真诚脱口而出时，你没有理由去笑。因此我努力做到使自己不笑。）

没想到我们光顾拉话，冷落了窑里的另一个人。老曹的叔老子开始时抱着一个茶杯皱着眉头在喝水，脸上显出不耐烦的样子。这时瞅我们说话的间隙，他突然站起来。他问汽车站在哪里，他要买票，起身回清涧老家去。

我们赶紧安慰这位老人家。我说，既然来到了城里，你就住几天，看看风景吧。你不是说找老曹有事吗，有什么事，你就说吧！

9

老者果然是个军人。不过军人的履历很短，只有大约不到一年的时间。他参加过那次著名的东征。在东征中，陕北子弟兵死伤得不计其数，他大约是偶然从黄河岸边侥幸返回的、为数不多中的一个。

我现在明白了，他身上那种堂吉诃德情绪的原因。那次遭遇笼罩了他的一生，光荣了他的一生。自那以后，他一直就在自己的英雄梦想中活着，试想一下吧，他撇下犁杖，跟上川道里过路的队伍行进时的那种感觉。“今天，全拉满恰的人都穿着漂亮的节日衣服，正在向全世界讲述一个愉快的故事：他们中间一个人出发去解放人类，把人类从历代相传的苦难中解救出来。……现在一个新的英雄出现了，他的乡村再也留不住他，他要到外面世界中去，作为被压迫阶级的保护者，做美德与正义的守护人，在这个世界再也找不到一个比他更高贵的了。他要用他的强壮的手臂庇护无辜的人，铲除专横与暴虐；让世界上的人过上幸福的日子。”

我用一种套近乎的口吻说，我，还有马延都的丈夫，我们都穿过二尺五。不过，在这位老者面前，我们充其量只是新兵蛋子而已。

我的奉承，老兵并不领情，听见把我们和他相提并论，老兵甚至有点生气。“你们那算是当兵吗？”他说，“你们杀过人没有？你们放过几枪？你们看见过人像谷个子一样在眼前扑通扑通地栽倒吗？你们经历过那种血里头捞骨头的场面吗？”

我语塞了。不过，看到自己的话毕竟产生了效果，使这位刚才被冷落了的老者又重新找回了自己，我还是高兴的。

老者现在成了窑里的主角。他夸夸其谈起来，讲的永远是那个东征的故事。他说他们那条川，过河的五十个，过来的只有两个，他谈到那场令刘志丹将军罹难的三交镇一战，他谈到他回来，身负重伤，是从黄河上游过来的。（这令我想起他晚上睡觉时大声呻吟，全身关节疼痛的情景。）他说如果不是受伤，脱离了部队，如今不知道要混成多大世事的。

窑洞里满是虔诚的听众，包括我，包括里窑里老曹的儿子和女儿。只有老曹似乎有些不耐烦。他低声对我说，娃娃家时，他就听说过这些故事，好容易逮住了这些听众，他会有年没月地一直讲下去的。老者在他过去的光荣中陶醉了很久，游历了很久，终于突然间醒悟了，他意识到了自己来延安城的目的。他的脸色微红，木讷其词，胆怯地说了他的来意。

其实是一件不大的事情。

原来，他的红军优待证丢了。丢失了就补发一个嘛。可是，按政策条文规定，申请补发得有两个以上的人证明。“回到村子里的只有我们两个。”老者说，“自己给自己写证明，又不算数，因此找来找去，还缺一个证明人！”

“老曹能给你证明吗？”我问。

“他当然不能证明，他又没参加过东征。何况，他是我的侄儿子！”

原来，他要老曹给他托托关系找找门路，办这样一个证件来。他的根据很充分，他说老曹是公家人，事情好说一些。他这又不是让曹去杀人抢人，而是出于一种正义感和后人的责任感。为他这个叔老子“验明正身”而已。

一直没有吭声的老曹听了这话，突然从沙发上弹起来，他说他不会给办的，他没这个能耐，热屁股遇上冷板凳的事情他遇上的多了，零碎丢人都丢够了。说到这时，他的斯大林烟斗在空中挥了挥。我赶紧拽了拽他的衣角。不管怎么说，老者是我领进门的，我不忍心让他难堪。

老曹的话语变得和缓起来，他对叔老子说，你所以四处奔波无非就是为了那二十块优待么！饶了侄儿吧，从下一个月开始每月侄儿将从工资里给你寄去二十元。这样总该行了吧！

没承想，老曹的话却激起了老者更大的愤怒。骑士的面孔一下子变得通红，他也霍地一声从床上跳下来，冲到老曹跟前，挥舞着手臂说，他绝对不是为了那二十元钱，他是为了自己的那一段经历，那一段荣誉而奔波的。“你现在活成个人物了，你不认你这个叔老子了！”他气势汹汹地说。

马延都瞪着吃惊的眼睛看着这一切，她怀里的孩子甚至哇哇地哭起来。

这时候，我说了几句奇妙的话，我至今还为这段话而自鸣得意。我说：“老曹，记得我看过这样几句诗，是写人民英雄纪念碑的，诗中说，你是一个支点，一头担着历史，一头担着未来。好老曹，我真羡慕你，你就是一个支点，历史在你的左边，未来在你的右边，历史要求你还给它历史，未来要求你还给它未来，没有办法，找上门来的事情它们都有找你的理由，该你承担的你一件也推脱不掉，你说呢？”

我的支点学说使老曹冷静了下来。也许他突然意识到了完成这些也是一种崇高。他态度和缓了。“我给你跑吧，叔老子！”他无可奈何地说。

接着，老曹又转向马延都一家三口：“你们又来叫我写信吧，晚上我写。不过，我再写这一封信了。从现在起，我教你马延都识字，你的前程还大哩，不是吗？”

10

北方是悲哀的。这话是艾青说的，一前一后，郭小川也说过。哦，这悲哀的北方高原，生生不息的人类一群，我该怎么表现它，才圆满和深刻。

几年以前，一位资深编辑约我写一篇关于陕北的东西，他说我一定能写好，他说他渴望它类似小托尔斯泰的《俄罗斯性格》。那时他眯起眼睛，望着莽莽苍苍的陕北高原，说，当走在寂寥的陕北高原上，吟诵着叶赛宁的那些诗句时（我将他提供的诗句写在了头页），你不得不突然从心中涌出一股苦涩的感情，你想哭，你在这一刻想起毛泽东和李自成，想起刘志丹和谢子长，你不由得对这块土地肃然起敬。

我在一篇悼亡文章中说："在这个地球偏僻的一隅，生活着一群有些奇特的人们。他们固执，他们天真善良，他们自命不凡以至目无天下，他们大约有些神经质。他们世世代代做着英雄梦想，并且用自身去创造传说。他们是斯巴达克和堂吉诃德式性格的奇妙结合。他们是生活在这个世界的最后的骑士，尽管胯下的坐骑已经在两千年前走失。他们把死亡叫作 '上山'，把出生叫作'落草'，把生存本身过程叫作'受苦'。"我愿意重复地将这段话写在这里，并以此礼赞这块土地上每一个曾经辉煌和不曾辉煌过的生命。

这一切也同时适宜于老者，适宜于我的朋友老曹，适宜于这位命运多舛的马延都。他们同样的是梦想家，只是，用自己在诠释着他们的梦想而已。

关于马延都，我想说，她是一个纯粹的陕北女儿。看来，我在研究陕北人种的交融过程时，除了提到匈奴，除了提到大夏王赫连勃勃，除了提到清同治六年的那一场"回乱"，我还必须提到1968

年冬天至1969年春天的那一次北京知青插队，并且举马延都这个例子作为注脚。

像每一个陕北人那样，对那些远去的北京知青们，我们永远有着刻骨铭心的怀念。他们将痕迹留在了这块土地上，正如那位老者所说，他们的到来是时代使然，他们的离去亦是时代使然。这个使然纵然有一千种的错误，但是它毕竟给这块古老的高原带来了一次冲击，并留下长久不衰的话题。作为高原人来说，我们将永远注视着他们远去的背影，并随时随地为他们祈祷和祝福。

马延都至今还不知道王庚的下落。不过，有什么理由非要知道呢？为人母者和为人子者，她们都生活得很好（至少马延都是很好的），都生活在地域为他们限定的生活基础上，因此，有什么必要打破彼此的宁静呢？

倒是我想插一句，我知道了那位口齿伶俐的、远走香港的北京朋友的下落，是那位回访南泥湾的朋友告诉我的。她说某一位北京女知青突然去世，消息登出，于是，全世界范围内的北京延安插队知青，纷纷来人来电吊唁，这样，他们知道了她的下落。

她如今已经成为香港的一个大亨，这正应了她临走时告诉我的话，她说，1997年香港回归时，她将以一个香港大亨的身份昂首阔步地走进北京。她终于事业有成了，但是现在她很孤独，居住海湾的一栋花园洋房里，她拔掉花园里所有的花草，腾出地面，种满了老玉米和西红柿。她每天唯一的工作，就是搬一个小凳，坐在老玉米和西红柿跟前，一边流泪，一边怀念或者诅咒着自己的插队生涯。

一个秋色宜人的日子，当我从老曹的门口经过时，听见屋子里，他正教马延都识字：马——马牛羊的马，延——延安的延，都——首都北京的都；王——三横一竖的王，士——战士的士，光——光荣的光。老曹那嘶哑的声音，马延都那清脆的声音，还有裙裙咯咯咯的笑声，隔着窗户传来，让人感慨而又感动。

至于那位老者的“优待证”办成了没有，我不知道，我至今还没有问老曹。

作者附记

这是我三十年前写的一部中篇小说，在里面写了一个陕北高原过去年代的故事，写了一个北京知青嫁给当地农民的故事。小说中的那位女知青，我在写作时用了化名。她在和丈夫离婚后，被政府保护，转到黄龙县插队，后来被招工到陕南一个军工厂，再后来回到北京。

就在前些天，我参加省社科院四十年社庆时，该院的一个副院长对我说，那位女知青也看了我的这个中篇小说《一个梦的三种诠释》。她很痛苦，她希望有机会见一见我，说一说过去的那些事情，像亲人一样拉一拉家常。我当时听了，心里也很难过。

我在那一刻明白了，这个故事还远远地没有完毕，它在酝酿和等待着一个结局。在中国的传统戏剧中，往往都会有一个皆大欢喜的大团圆结局，作为结束，为人物画上句号。那么，我们的故事，我们故事中的人物，是不是也应当享受这样的命运？

现在，重新修订这部中篇时，依然是泪眼婆娑。

高建群小传

高建群，男，汉族，1953年12月出生，祖籍陕西省西安市临潼区。国家一级作家，著名小说家、散文家、画家、文化学者，“陕军东征”现象代表人物，被誉为当代文坛难得的具有崇高感和理想主义的写作者，浪漫派文学“最后的骑士”。历任陕西省文联第四届、第五届副主席，陕西省作家协会第四届、第五届、第六届副主席，陕西文化交流协会名誉会长，西安交通大学、西北大学客座教授，西安航空学院人文学院院长，大秦印社名誉社长等。享受国务院政府特殊津贴。被《中国作家》杂志社授予当代最具影响力的作家，陕西省委省政府授予“终身艺术成就奖”等。

其代表作有《最后一个匈奴》《大平原》《统万城》《遥远的白房子》《伊犁马》《我的菩提树》《大刈镰》等。长篇小说《最后一个匈奴》在北京研讨会上引发中国文坛“陕军东征”现象。据此改编的35集电视连续剧《盘龙卧虎高山顶》在央视播出。《大平原》获中宣部“五个一工程奖”，名列长篇小说榜首；《统万城》获国家新闻出版广电总局“优秀图书奖”，名列长篇小说榜首，其英文版获加拿大“大雅风文学奖”。高建群也是第一个在凤凰卫视《世纪大讲堂》演讲的内地作家。

高建群履历

1976年，以组诗《边防线上》踏入文坛。

1987年，以中篇小说《遥远的白房子》引起文坛强烈轰动。

1989年，担任延安地区文联（代）主席兼《延安文学》主编。

1993年，当选为陕西省作家协会副主席。

1993年，长篇小说《最后一个匈奴》出版，被誉为中国式的《百年孤独》，陕北高原史诗。

1993年至1995年，挂职黄陵县委副书记，专职创作，其代表作《最后一个匈奴》即为挂职期间所作。

1997年，参与央视十频道开播策划，并与周涛、毕淑敏共同担纲央视纪录片《中国大西北》总撰稿。该片荣获中宣部“五个一工程奖”。

2002年，当选为陕西省文联副主席。

2005年至2007年，挂职西安高新区党工委委员、管委会副主任。长篇小说《大平原》即在此期间酝酿成型。

2013年7月，被聘为西安航空学院文学院首任院长。

2017年9月，被聘为西北大学丝绸之路研究院研究员。

2020年5月，被聘为大秦印社名誉社长。

2020年7月，西安高新区文联成立，当选为第一届主席。

高建群创作年表

《边防线上》（组诗）：发表于《解放军文艺》1976年8月号，责任编辑：李瑛、纪鹏、韩瑞亭、雷抒雁。

《0.01——血液与红泥》（诗歌）：发表于《延河》1979年2月号，责任编辑：汪炎。

《将军山》（诗歌）：发表于《延河》1979年8月号，责任编辑：闻频。

《杜梨花》（短篇小说）：发表于《延河》1980年2月号，责任编辑：杨明春。

《很久以前的一堆篝火》（散文）：发表于《延安日报》1984秋，责任编辑：杨葆铭。

《人生百味》（诗歌）：发表于《星星》诗刊1985年，责任编辑：叶延滨。

《五月的哀歌》（叙事诗）：发表于《叙事诗丛刊》1985年，责任编辑：潘万提。

《现代生活启示录》（系列散文）：发表于《文学家》1985年，责任编辑：陈泽顺。

《新千字散文》（散文集）：1987年，陕西人民教育出版社出版，约稿编辑：陈续万，责任编辑：赵常安。

《遥远的白房子》（中篇小说）：发表于《中国作家》1987年第5期，约稿编辑：朱小羊，责任编辑：陈卡。《中篇小说选刊》《小说选刊》《小说月报》《新华文摘》《解放军文艺》等进行了转载。2013年，台湾风云时代公司出版繁体单行本。2014年，陕西师范大学出版总社出版简体单行本。

《给妈妈》（诗歌）：发表于日本《福井新闻》1988年3月17日，责任编辑：前川幸雄。

《骑驴婆姨赶驴汉》（中篇小说）：发表于《中国作家》1988年第6期，责任编辑：杨志广。

《伊犁马》（中篇小说）：发表于《开拓文学》1989年第3、4期合刊，责任编辑：叶梅珂。2007年，四川文艺出版社出版单行本。

《老兵的母亲》（中篇小说）：发表于《中国作家》1989年第5期，责任编辑：杨志广。

《雕像》（中篇小说）：发表于《中国作家》1991年第4期，责任编辑：杨志广。

《为了第一个猴子开始的事业》（创作谈）：发表于《解放军文艺》1991年第8期，约稿编辑：周政保，责任编辑：丁临一。

《东方金蔷薇》（散文集）：1991年，陕西人民教育出版社出版，责任编辑：田和平。

《陕北论》（散文）：发表于《人民文学》1991年，责任编辑：韩作荣，《散文选刊》转载。

《你们与延安杨家岭同在》（散文）：发表于《人民文学》1992年第6期，约稿编辑：崔道怡。

《史诗与二十世纪》（创作谈）：发表于《文学报》1992年5月，责任编辑：李俊玉。

《达摩克利斯之剑》（短篇小说）：发表于《青年文学》1992年第10期，责任编辑：康洪伟。

《最后一个匈奴》（长篇小说）：1992年，作家出版社出版，责任编辑：朱珩青。

1994年，香港天地图书公司、台湾汉湘文化发展公司分别于香港、台湾出版繁体版。2001年，中国青年出版社出版。2006年，北京十月文艺出版社出版，2016年再版。2012年，长江文艺出版社出版，2014年再版。2012年，台湾风云时代公司再版繁体版。2013年，太白文艺出版社出版。2014年，陕西师范大学出版总社出版《最后一个匈奴》（手稿版）。2014年，陕西人民出版社出版《高建群图画最后一个匈奴》。

《我从白房子走来》（文学自传）：发表于《陕西日报》1993年6月，责任编辑：刘春生。

《出国的诱惑》（中篇小说）：发表于《延安文学》1993年第2期。

《我如何个死法》（散文）：发表于《美文》1993年第7期，责任编辑：刘亚丽。

《一个梦的三种诠释形式》（中篇小说）：发表于《飞天》1993年第5期，约稿编辑：孟丁山，责任编辑：刘岸。

《家族故事》（中篇小说）：发表于《漓江》1993年，约稿编辑：王蓬。

《祭奠美丽瞬间》（散文）：发表于《文友》1993年，责任编辑：王琪玖。

《茶摊》（中篇小说）：发表于《延河》1993年第7期，约稿编辑：陈忠实，责任编辑：张艳茜。

《白房子人物》（系列散文）：发表于《西北军事文学》1994年第2期，约稿编辑：王久辛，责任编辑：张春燕。

《匈奴与匈奴以外》（创作谈）：1994年，陕西人民教育出版社出版，策划编辑：张继华，责任编辑：刘孟泽。

《张家山幽默》（短篇小说系列）：发表于《延河》1994年第4期、第9期，责任编辑：张艳茜。

《陕北剪纸女》（散文）：发表于《美文》1994年第9期，责任编辑：刘亚丽。

《女人是巫》（散文）：发表于《女友》1994年第8期，责任编辑：孙珙。

《大顺店》（中篇小说）：1994年，陕西人民出版社出版。1995年，发表于《小说家》第1期，约稿编辑：闻树国。1995年，改编为同名电影，北京电影制片厂出品。

《六六镇》（长篇小说）：1994年，陕西人民出版社出版。2007年重新修订，易名《最后的民间》由文汇出版社出版。

《丹华的故事》（系列散文）：发表于《深圳风采》1994年第10、11期，约稿编辑：吴重龙。

《马镫革》（中篇小说）：发表于《小说家》1995年第2期，约稿编辑：闻树国。

《女人的要塞》（散文）：发表于《女友》1995年第2期，责任编辑：孙珙。

《古道天机》（长篇小说）：1998年，中国文联出版社出版，责任编辑：叶梅珂。2007年重新修订，易名《最后的远行》由华龄出版社出版。2011年，陕西人民出版社再版。

《愁容骑士》（长篇小说）：1998年，中国文联出版公司出版。2000年，广州出版社再版。2000年，台湾逗点公司出版繁体版。

《我在北方收割思想》（散文集）：2000年，四川文艺出版社出版，责任编辑：林文询。

《穿越绝地——罗布泊腹地神秘探险之旅》（散文集）：2000年，湖南文艺出版社出版，责任编辑：龚湘海。2014年，修订后易名《罗布泊档案：罗布泊腹地探险之旅揭秘》由陕西师范大学出版总社再版。

《白房子》（小说集）：2002年，陕西师范大学出版社出版。

《西地平线》（散文集）：2002年，上海人民出版社出版。

《惊鸿一瞥》（散文集）：2002年，群众出版社出版。

《胡马北风大漠传》（散文集）：2003年，上海东方出版社出版。2008年，在台湾地区发行繁体版。

《刺客行》（小说集）：2004年，太白文艺出版社出版，责任编辑：韩霁虹。

《狼之独步：高建群散文选粹》（散文集）：2008年，东方出版中心出版。

《大平原》（长篇小说）：2009年，北京十月文艺出版社出版。2016年该出版社再版。2012年，台湾风云时代公司出版《大平原》（繁体版）。2014年，陕西师范大学出版总社出版《大平原》（手稿版）。

《统万城》（长篇小说）：2013年，太白文艺出版社出版，责任编辑：韩霁虹，2016年该社再版。2013年，台湾风云时代公司出版《统万城》（繁体版），责任编辑：陈晓琳。2014年，陕西师范大学出版总社出版《统万城》（手稿版）。

《独步天下》（书画集）：2013年，陕西人民出版社出版。

《生我之门》（散文集）：2016年，未来出版社出版。

《我的菩提树》（长篇小说）：2016年，北京十月文艺出版社出版。

《相忘于江湖》（散文集）：2017年，北京时代华文书局出版。

《大刈镰》（长篇小说）：2018年，三秦出版社出版。

《我的黑走马——游牧者简史》（长篇小说）：2019年，陕西师范大学出版总社出版。

《来自东方的船》（散文集）：2020年，陕西旅游出版社出版。

《丝绸之路千问千答》（文化读本）：2021年，西北大学出版社出版。

《中国文化密码（图文集）》：即将由陕西师范大学出版总社出版。

社会评价

我劝大家注意，高建群是一个很大的谜，一个很大的未知数。

——著名作家　路遥

我一直想找机会请教一下高先生，匈奴这个强悍的骁勇的游牧民族，怎么说消失就从人类历史进程中消失得无影无踪了。

——著名作家　金庸

大家说高建群骄傲、自负、目空天下。我这里想说的是，中国这么大，有这么多人口，如果没有几个像高建群这样自信心极强的作家，那才是不正常的。

——中国社会科学院文学研究所研究员　蔡葵

春秋多佳日，西北有高楼。

——著名作家　张贤亮

高建群是一位从陕北高原向我们走来的略带忧郁色彩的行吟诗人，一位周旋于历史与现实两大空间且从容自如的舞者，一个善于讲庄严“谎话”的人。

——中国作家协会副主席　高洪波

高建群的创作，具有古典精神和史诗风格，是中国文坛罕见的一位具有崇高感和理想主义色彩的写作者。《大平原》把家族史兜个底掉，看后让我很感动，也很心痛，唤起我对故乡、对农村的情感，唤起我强烈的根的意识。我没想到高建群在“潜伏”多年之后突然拿出如此有分量的作品。

——中国作家协会副主席　高洪波

《大平原》有内在的惊心动魄，写家族的尊严、生存的繁衍史，实际上是写我们民族强韧的生命力。这部长篇淋漓尽致地发挥了书写“命运”的优势，不是写一个人的命运，而是写了三代人的命运，厚重感非常强。

——著名评论家　胡平

高建群对《大平原》中的女性人物都满怀敬意和温情。为了家族立足，高安氏骂街骂了半年，成为一道风景。用这种方式起到的威慑作用，来捍卫高家人生存的权利。顾兰子是书中的灵魂式人物，也是这部书苍凉的体现。

——著名评论家　雷达

《大平原》基于高安氏、顾兰子等乡村女人的坚韧形象，这部新“乡土女性小说”中女人比男人强，乡土文明决定了女性在乡土生活里面所具有的支配性。

——著名评论家　孟繁华

《最后一个匈奴》进京的盛况如在目前。27年了，它远远跳过速朽期！27年了，它的风采依旧！27年了，人们——特别是陕西读者没有忘记它，了不起啊！

——著名文艺评论家　阎纲

作为延安的一位文艺战线上的老战士，听到介绍，《最后一个匈奴》这部长篇小说写了大革命时期以来的三代人的命运，直到现在的改革开放时期，这还是过去没有人写过的重要题材，我很高兴！我祝贺这部作品出版，并获得成功！

——原文化部副部长、中国文联党组副书记　陈荒煤

27年前，《最后一个匈奴》在北京引发轰动一时的“陕军东征”，至今在文学界仍是一个历史性的重要话题，一段难忘的记忆。

——《人民文学》杂志原常务副主编　周明

高建群的《遥远的白房子》，给我们许多启示，它也许预兆了小说艺术未来发展的某些趋势——难道，小说艺术在经过了几百年的艰难探索，它又回到讲故事这个始发点上了吗？

——北京师范大学教授、中国当代文学研究会理事　蒋原伦

如果不把《最后一个匈奴》这部中国当代文学的红色经典，变成一部电视剧，那是我们影视人的羞愧。

——央视著名制片人　李功达

《大平原》能拍一部大电影。我把中国的导演，脑子里过了一遍，最合适的这个导演叫吴天明。《大平原》中描写的那些事情，我全经历过。我父亲是解放后第一任三原县委书记，我自小就是在那一片土地上长大的。

——著名导演　吴天明